선애야 선애야

Fantasy Frontier Spirit

박신애 판타지 장편 소설

선애야, 선애야 6
박신애 판타지 장편 소설

초판 1쇄 찍은 날 § 2006년 6월 15일
초판 1쇄 펴낸 날 § 2006년 6월 25일

지은이 § 박신애
펴낸이 § 서경석

편집장 § 문혜영
편집 § 최하나 · 문정흠

펴낸곳 § 도서출판 청어람
등록번호 § 제1081-1-89호
등록일자 § 1999. 5. 31
어람번호 § 제1-0714호

주소 § 경기도 부천시 원미구 심곡1동 350-1 남성B/D 3F (우) 420-011
전화 § 032-656-4452 팩스 § 032-656-4453
http://www.chungeoram.com
E-mail § eoram99@chollian.net

ISBN 89-251-0170-X 04810
ISBN 89-5831-622-5 (SET)

Fantasy Frontier Spirit

박신애 판타지 장편 소설

선애야 선애야

6

새옹지마(塞翁之馬)

도서출판 청어람

Contents

새옹지마(塞翁之馬) •

FANTASY FRONTIER SPIRIT

Chapter 30

당당하게 고급 여관으로 가자고 한 것까지는 좋았는데 얼마 지나지 않아 일행은 당혹스러운 시선을 주고받게 되었다. 그도 그럴 것이, 이 도시 어딘가에 고급 여관 거리가 있다는 건 알지만 그리로 가는 길을 모르고 있었기 때문이다. 지나가는 사람들에게 묻고 싶었지만, 주위에 주욱 늘어서 있는 여관들 앞에 서 있는 종업원들이 우리 일행을 마치 무서운 사람 보듯 피해 버리니 지나가는 행인들까지 이상한 눈초리로 힐끔힐끔 보며 피하는 바람에 물어볼 수가 없었다. 한 녀석 붙잡아 두들겨 패서라도 알고 싶었지만, 그렇다고 아무 죄 없는 사람에게 그럴 수는 없는 일이라 일행은 재빨리 그 거리를 빠져나오기만 했다.

대로를 따라가다 운이 좋아 고급 여관 거리가 나오면 그때 여관을 잡으면 되는 것이고, 그게 아니라 하더라도 그곳을 벗어나 붙잡고 물어 볼 사람들을 찾아볼 생각이었다.

그러나 참 황당하게도 우리가 도착한 곳은 인적이 없는 바닷가였다.

휘이잉~

때맞춰 불어온 바닷바람이 마치 이곳까지 찾아온 우리를 비웃는 것만 같았다.

"도, 도대체 여기가 어디야?"

"보면 모르나? 바닷가군."

기가 막혀 중얼거린 토냐의 말을 받은 건 정말 얄미운 렌스버리 녀석이었다.

'으이구, 정말… 누가 바닷가인 거 몰라서 묻나? 나에게 능력만 있었다면 저 비만 도마뱀 녀석의 껍질을 홀라당 벗겨서 구워먹었을 텐데… 드래곤 고기가 맛있을지 모르겠지만.'

하여간, 이번 일의 원흉인 주제에 여전히 뻔뻔스러운 낯짝이다. 얼마나 낯짝이 두꺼운지 일행이 길을 잃고 엉뚱한 곳에 와서 당혹해함에도 불구하고 자신은 전~혀 잘못이 없는 양 '제대로 못해?'라는 시선으로 일행을 바라보고 있는 것이었다.

덕분에 일행은 아예 이 녀석에게 도움을 청할 엄두도 못 내고 저희들끼리 의견을 묻는 시선을 교환하고 있었다.

"하아, 정말 죄송합니다. 제가 그때 쫓아가지 않았더라면……."

별 뾰족한 수가 없었던지 아무도 입을 열지 않는 가운데, 갑자기 로어가 한숨을 쉬며 깊숙이 고개를 숙여 보였다. 일이 이렇게 된 데에 무척이나 큰 책임을 느끼고 있던 모양이다.

"됐어. 누가 너보고 뭐라고 하든?"

토냐의 시큰둥한 말 뒤로 선애도 고개를 끄덕였다.

"맞아요. 로어가 안 갔으면 나라도 가서 물었을 거예요."

그도 그럴 것이, 일행들이 그 중급 여관 거리를 벗어나 고급 여관 거리로 가는 방향을 물어보기 위해 사람을 찾고 있을 때, 때마침 골목길에서 고개를 빼꼼히 내미는 한 소년을 발견했던 것이다. 대충 14, 15살쯤 되어 보이는 소년이었다. 그 소년은 일행의 시선을 피하기에 급급한 다른 사람들과는 달리, 도망치기는커녕 호기심으로 눈을 빛내기에 로어는 마침 잘되었다 싶었던지 그 애에게 다가갔다.

　"저기, 애야, 말 좀 물어보려고 하는데……."

　혹시 아벤티노 대륙어를 모르면 어쩌나 싶었는데, 조금은 알아듣는 모양인지 아이가 고개를 끄덕끄덕하며 모습을 드러내는 것이었다. 뭐, 좀 지저분하고 허름한 옷을 입기는 했지만, 이런 애들일수록 적은 돈을 쥐어주면 많은 정보를 얻을 수 있었다.

　로어 또한 그걸 알고 있었는지 아이를 향해 사람 좋게 웃어 보이며 품에 손을 집어넣더니만 자그마한 구리 동전 하나를 꺼냈다. 아까 낮에 쇼핑을 갔을 때 금괴 하나를 처분하고 남은 잔돈들 중에서 낮은 단위의 돈은 일행들에게 조금씩 나누어 주었던 것이다.

　이곳의 돈도 아벤티노 대륙의 돈 단위처럼 구리, 은, 금 식으로 사용했는데 재미있게도 구리는 동전인 데 반해, 은과 금은 동전이 아니라 마치 통통하게 뭉뚱그려 만든 종이배 모양을 하고 있었다. 게다가 은과 금의 화폐는 각각 작은 것과 큰 것 두 가지 종류가 있었는데, 작은 건 내 검지 두 마디보다 약간 작은 정도이고 큰 것은 내 손바닥 반 정도만 했다. 은화 한 냥은 작은 은화 10냥의 가치가 있다고 한다.

　구리 동전은 백 원짜리 동전 정도의 크기였는데, 옛 버스 통화권인 토큰처럼 가운데에 동그란 구멍이 뚫려 있어 그 구멍을 기준으로 상하좌우에 이 나라의 글자가 쓰여 있었다. 지금 로어가 꺼낸 바로 그것이 말이다.

로어의 손에서 구리 동전을 발견한 아이의 눈이 반짝거렸다. 이 아이에게도 돈의 위력이 발휘된 것이다.

"자, 네가 대답만 잘하면 이것 말고도 하나를 더 주마."

아이의 눈빛이 달라진 걸 눈치 챈 로어가 동전을 왼손으로 옮겨 아이의 눈앞에 드러낸 채 동전을 더 꺼내기 위하여 품속으로 오른손을 집어넣었더니, 이 아이가 뻔뻔하게도 손을 쓰윽 내미는 것이었다.

"호오, 말하기 전에 우선 하나 달라는 거냐?"

로어의 말에 아이가 씨익 웃으며 고개를 끄덕이자 로어가 허탈하게 웃었다. 아마도 아이의 영악스러운 태도에 기가 막힌 모양이다.

[헤에, 어째 그리운 태도로군. 그렇지 않냐?]

내가 킥킥 웃으며 선애에게 말을 걸자 선애 녀석 또한 피식 웃으며 고개를 끄덕였다.

"카밀 녀석, 일 잘하고 있나 모르겠네."

"무슨 소리야?"

선애의 낮은 중얼거림을 들은 토냐가 의아한 표정으로 물어왔을 때였다.

"자, 가죠."

활기찬 로어의 말이 들려와 선애는 대답을 들려주는 대신 잠시 후에 이야기해 주겠다는 눈짓으로 대신하고 발걸음을 옮겼다.

구리 동전 두 개의 위력으로 그 아이를 우리의 안내자로 삼은 로어는 이번 일을 쉽게 해결한 것 같아 무척이나 뿌듯한지 가벼운 발걸음으로 아이의 뒤를 따랐다.

아이 또한 일행의 앞에 서서 걸어가며 가끔씩 뒤를 돌아 잘 따라오고 있나 확인하는 모양이 확실히 안내자의 폼이었다. 그리하여 우리는 이 아이가 고급 여관 골목으로 데려다 줄 것이라 믿어 의심치 않았다.

아이가 얼마 걷지 않아 대로를 벗어나 허름해 보이는 골목으로 들어 갔어도 지름길로 가는 것이라 생각했다.

'그래, 생각만……'

처음에는 골목골목을 몇 번이나 돌아도 '아, 여기가 원래 미로 같은 곳인가 보다'라고 생각했다. 정말 바보같이 자꾸 돌고, 돌고 또 돌아도 우리를 안내하는 것이 소년이라는 이유 하나만으로 손톱만 한 의심도 안 했던 것이다. 그리하여 앞장서서 걸어가던 소년의 모습이 앞에 있 는 좁은 골목으로 다시 한 번 사라졌어도 그 뒤를 따르던 일행은 '또 냐?' 하는 표정으로 부지런히 그 아이의 뒤를 좇아 꺾어진 골목 안으 로 들어갔다.

그런데 이게 웬일? 방금 전 우리 앞에서 골목 안으로 들어갔던 그 소 년이 감쪽같이 사라진 것이었다.

"헉!"

"뭐야, 그 애 어디 갔어?"

"이런 황당한 일이……"

제일 먼저 로어가 좁은 골목 안을 이리저리 뛰어다니며 소년의 모습 을 찾았고, 일행 또한 사방으로 흩어져 두리번두리번, 기웃기웃거리며 소년을 찾았지만 땅으로 꺼졌는지 하늘로 솟았는지 아이의 모습은 보 이지 않았다.

물론 나와 아리아 씨가 마음먹고 주변을 샅샅이 뒤져 본다면 찾을 수 있을지 모르겠지만, 나는 이 좁은 골목에 선애를 둔 채 떨어질 마음 이 조금도 없었다. 토나와 소피, 로어가 곁에 있기는 했지만 렌스버리라는 아주 극악한 변수가 버티고 있는 한 완전히 안심을 할 수가 없었으니 말이다.

"속은… 건가?"

토냐의 말에 소피가 신중한 표정으로 입을 열었다.

"그러고 보니 그 애… 지금까지 한 번도 말을 한 적이 없었네요. 혹시, 우리말을 하지 못하는 건 아니었을까요?"

"어… 하, 하지만 그 애는 제 말에 고개를 끄덕이고 돈도 받아 들었는데요?"

"물론 그렇기는 한데요. 뜻은 몰라도 대충 때려 맞춰서 고개를 끄덕이는 정도의 대답은… 아마 눈치가 좀 빠른 아이라면 충분히 할 수 있었을걸요?"

얼빠진 로어의 눈치를 조심조심 살피며 하는 소피의 말에 일행은 너나 할 것 없이 허탈한 웃음을 흘렸다. 소피의 말이 맞다면, 우리는 아벤티노 대륙어는 요만큼도 모르는 소년에게 사기를 당한 것이었다.

그 소년이 아벤티노 대륙어를 모른다는 건 확실했다. 고급 여관 골목까지 데려다 주면 동전 한 닢을 더 준다고 했는데 하나만 가지고 튄 걸 보면, 우리가 하나를 더 준다는 건 눈치로 알아챘다 하더라도 우리가 원하는 곳이 어딘지 알아듣지 못했다는 소리니 말이다. 그러니 대충 아무 데나 가다가 기회를 봐서 튄 거겠지.

그런 애에게 걸린 우리 일행만 난처해졌다. 튀려면 차라리 대로 가까운 곳에다 던져 놓고 튈 것이지, 골목 사이를 깊숙하게 들어온 데다가 던져 놓고 튀는 바람에 일행들 모두가 방향 감각까지 잃어버리고 말았던 것이다.

소피 또한 길을 기억해 두려고 애쓴 모양이지만 계속 꺾이고, 꺾이

고, 꺾이고 하다 보니 어느 순간부터 잃어버렸다고 한다.

"하는 수 없죠. 우선 여기를 벗어나는 걸 최종 과제로 삼지요? 뭐, 가다가 사람을 만나게 되면 그 사람에게 물어보면 될 테니까."

렌스버리에게는 요만큼의 도움도 바라지 못한 일행은 선애의 제안으로 우선 그 자리를 떴다.

아직 어두운 시기가 아니라 일행들이 골목골목을 돌자 가끔가다 운이 좋게 사람들을 만날 수 있었다. 하지만 일행들의 운은 거기까지였을 뿐, 골목길에서 만난 사람들은 아벤티노 대륙어를 조금도 하지 못했다. 물론 그들이 하는 말은 내가 알아들을 수 있었지만, 문제는 일행들이 원하는 바를 그 사람들이 알아듣지 못한다는 것에 있었다.

우리 일행이 손짓, 발짓으로 대로로 가는 길을 물으면 고개를 갸웃갸웃하면서 손가락으로 방향을 가리켜 주었다. 그런데 그게 정말 대로로 가는 길인지, 아니면 귀찮아서 아무 곳이나 가리키는 건지 헷갈렸다. 기실 그렇게 만난 사람들이 가르쳐 준 방향으로 아무리 가도 가도 비슷비슷한 골목만이 나올 뿐 우리가 원하는 고급 여관 거리는커녕 대로 비슷한 곳도 나오지 않았던 것이다.

정말 한참을 헤맸다.

나중에 아리아가 차라리 자기가 공중에 떠서 길을 찾아보겠다고 할 즈음—진작 그렇게 부탁하고 싶었지만, 렌스버리 녀석이 나중에 뭔 눈길을 줄까 무서워 그런 부탁을 할 생각도 못했다—일행은 간신히, 정말 간신히 그 미로 같은 골목길을 빠져나올 수 있었다.

문제는… 우리가 찾던 잘 뚫린 대로가 아니라 어느 한적한 바닷가였지만 말이다.

그것이 바로 우리 일행이 한적한 바닷가로 오게 된 경로였다.

덕분에 일행들은 간신히 골목길을 벗어났다는 기쁨을 느끼기도 전에 엉뚱한 곳으로 나왔다는 낭패감에 힘이 쭈욱 빠지고야 말았다.

"언제까지 날 여기에 세워둘 거냐?"
풀이 죽은 로어에게 일행들 모두가 위로의 말을 건네고 있는 것이 보이지도 않는지 렌스버리가 얄밉게 말을 톡 내던졌다. 분위기 깨는 놈의 말에 일행들의 시선이 순간적으로 험악해졌지만, 그 눈빛을 렌스버리 녀석에게 보일 만큼 간 큰 사람은 없었기에 생긴 것만큼이나 빨리 사라졌다.

"차라리 잘된 건지도 모릅니다. 날이 어두워졌으니 번화가 쪽에서 밝은 불을 켤 테니 말입니다. 저희는 이제 느긋하게 밝은 빛이 보이는 쪽으로 향하기만 하면 됩니다."
분위기를 타파하려는 듯한 소피의 말에 토냐도 나섰다.
"아무래도 불빛은 아래보다는 위쪽이 더 잘 보이겠지? 내가 올라갔다 올게."
그렇게 말한 토냐는 누가 대답을 하기도 전에 잽싸게 주문을 외우더니 하늘로 떠오르는 거였다.
그래 일행은 이렇게 된 거 토냐가 불빛을 보고 내려올 동안 잠시 쉬려고 하는 순간, 당혹스럽게도 얼마 떠오르지도 않았는데 그녀가 그냥 다시 내려오는 거였다.
"누, 누나?"
가장 기대 어린 시선으로 바라봤던 로어가 제일 먼저 토냐를 부르자 그녀가 난처한 표정으로 일행들을 돌아봤다.
"아니, 저~쪽에 사람들이 있어서 말이지."

그러면서 그녀가 가리키는 쪽은 지대가 푹 꺼져 있어 가까이 가지 않는 한 아래가 보이지 않는 곳이었다. 밑에서도 우리가 서 있는 언덕이 슬쩍 튀어나온 형태라 위에 누가 있는지 보이지 않을 것 같았다. 우리 또한 토냐의 말을 듣고 가까이 다가가서야 알았지 그전까지는 누가 있는지도 몰랐으니 말이다.

토냐의 말에 '가서 물어보자!' 란 분위기가 된 일행이 가까이 가기는 했는데, 길을 물어보지는 못했다. 어째 아래쪽은 한가하게 길을 물어볼 분위기가 아니었던 것이다. 인적이 없는 곳을 찾는 연인들에게는 따악 좋을 것 같은 장소였지만, 오늘 저녁에는 느낌이 안 좋은 한 떼의 남정네들이 그곳을 차지하고 있는 모습에 일행은 누가 먼저랄 것도 없이 그들의 눈에 뜨이지 않도록 조용히 뒤로 몇 걸음 물러났다.

"저기… 못 물어보겠지?"

토냐의 조심스러운 질문에 일행 셋은—렌스버리 놈 빼고—일제히 고개를 끄덕였다.

"그냥 여기를 벗어나죠."

"딴 사람을 찾는 게 좋겠습니다."

"바쁜 것 같으니 방해하지 말자구요."

로어, 소피, 선애의 말에 토냐가 얼른 고개를 끄덕였다.

"그렇지? 내가 보기에도 여길 벗어나는 게 좋을 거 같아."

그도 그럴 것이, 우리의 아래쪽에서는 다섯 남자를 삼십여 명쯤 되어 보이는 녀석들이 둘러싸고 있는 상황이 연출되고 있었다.

그렇지 않아도 능력은 많은 주제에 조금도 도움이 안 되는, 자기 멋대로인 어.떤 존재 때문에 이곳에 도착하자마자 엉뚱한 일에 휘말려 길거리로 내몰린 상황이었으니, 일행이 더 이상 다른 일에 휘말리지 않길 바라는 건 충분히 이해가 갔다. 게다가 나 또한 정의의 용사이거나 그 비스무리한 건 아니었으니, 오히려 내가 앞장서서 일행을 이곳에서 벗어나게 하고 싶은 심정이었다. 특히나 그 지 멋대로 인 존재가 뭔 짓을 저지르기 전에 말이다.

하지만 일행이 한발 늦었던 모양이다.

"어어어~"

아래쪽에 있는 일단의 무리를 방해하지 않고자 살금살금 발걸음을 옮기는데, 갑자기 반갑지 않은 커다란 소음(?)과 함께 로어가 허공에 부웅~ 뜨는가 싶더니만 곧바로 저 아래에 있는 무리의 머리 위로 떨어지는 것이었다.

"로어!"

"로어 씨!"

[렌!]

당혹스러워하는 토나와 선애의 외침을 뚫고 들려온 아리아 씨의 목소리에 나는 이번 일의 범인이 누구인지 금방 알아챌 수 있었다. 사실 그녀의 목소리가 아니라 하더라도 우리 일행 중 일을 벌일 존재는 단 한 놈밖에 없었지만 말이다.

'아우~ 어디 도마뱀 가죽만 전문적으로 취급하는 데 없나? 있으면 공짜로 몽땅 넘겨줄 용의가 있는데. 에휴… 불쌍한 로어.'

아닌 게 아니라 로어는 선애가 기껏 생각해서 그의 재능을 좀 발휘해 보라고 데려왔건만, 이 먼 곳까지 와서 재능 발휘는커녕 애물단지로 이리 채이고 저리 채이더니만, 그것도 모자라 저 렌스버리 놈의 문제 일으키는 것에 이용되고 있으니……. 동정을 금치 못하겠다.

그래서 나는 로어를 좇아 아래로 내려가는 토나와 선애를 막지 못하고 그 뒤를 쫄래쫄래 따라갔다.

"우아아악~!!"

멀리서 로어의 처절한 비명이 들려온다. 아무래도 거의 다 떨어진(?)
듯.

'으음, 아무래도 느긋하게 갈 때가 아닌 거 같은데?'

그러나 천만다행스럽게도 일단의 무리 한가운데, 좀 더 정확히는 삼
십여 명의 무리에게 둘러싸인 다섯 남자의 머리 위로 떨어지던 로어는
그들 중 키가 가장 크고 건장한 체격을 가진 남자가 잡아준 덕분에 땅
위로 곤두박질치는 것만은 면할 수가 있었다.

'나이스 캐치!' 라 말하고 싶었지만, 로어 입장에서도 그럴 수 있을
지는 모르겠다. 키가 큰 그 남자가 로어를 잡아준 건 사실이지만, 그게
로어가 거꾸로 떨어지며 마악 머리가 땅을 잡기 직전에 로어의 발 한
쪽을 잡아챈 것이었다. 그것도 로어의 발목을 말이다. 덕분에 로어의
머리와 땅과의 거리는 내 손으로 한 뼘 정도밖에 안 됐고, 로어는 피가
얼굴로 몰렸을 텐데도 무지 핼쑥해졌다.

그런 걸 보면, 그는 하늘에서 떨어지는 로어를 가엽게 여겨 도와주
려고 했다기보다는 바로 자기 코앞에서 떨어지자 얼결에 잡은 것 같았
다. 기실 그는 자기가 로어의 발을 잡았다는 것에 황당함을 느끼는 듯
곧바로 잡은 로어의 발을 놓아버렸다.

꽈당~!

"윽…….'

그래도 높은 곳에서 떨어진 게 아니라 크게 다치지는 않았을 테지만,
로어는 상당히 아팠던지 땅과 부딪친 머리를 문지르며 어기적 몸을 일

으키려고 했다.

그즈음 그들 무리가 있는 곳에 도착한 토냐는 바깥에서 둘러싸고 있는 사람들을 부랴부랴 헤치고 들어가 로어를 부축했다.

"괜찮아?"

"아, 누나… 괜찮은 거 같아."

"다행입니다. 그 높은 곳에서 그대로 떨어졌다면 무사하지 못했을 걸요?"

그 뒤를 이어 달려온 소피가 토냐와 같이 로어의 이곳저곳을 살펴보며 말했다.

"다친 데는 없는 거죠?"

선애의 말에 로어가 어색하게 하하, 웃으며 고개를 끄덕였다.

"예, 어디 부러진 곳은 없는 것 같습니다."

이 난데없고 정신 사나운 소동에 다섯 남자를 둘러싸고 있던 사람들은 처음에는 긴장했다가 곧 그들이 다른 대륙에서 온, 학자처럼 보이는 남자 하나와 여자 셋인 걸 보고는 마음을 놓는 기색이었다.

[그런데… 선애야, 드래곤님이 안 보이신다.]

선애의 뒤를 졸래졸래 쫓아온 내가 문득 든 생각에 주변을 둘러보니 렌스버리의 모습이 보이지 않는 거였다. 위쪽에서 아예 내려오지 않은 것 같다.

"음? 렌스버리님이 안 보이시는데요?"

선애의 말에 나머지 세 일행이 두리번거리더니만 어깨를 으쓱해 보였다.

"사실 말이야 바른 말이지, 안 계시는 게 도와주는 거 아니냐?"

토냐가 작게 속삭이는 말에 소피가 고개를 끄덕였다.

"맞습니다. 게다가 안 보인다고 해서 걱정되는 것도 아니구요."

"그러게. 오히려 같이 있다간 무슨 일을 저지를지 몰라 걱정만 되지. 방금 로어를 던진 것도 그분이잖아?"

이렇게 우리가 속닥거리는 사이, 우리를 둘러싼 사람들도 저희들끼리 쑥덕거리고 있었다.

"(뭐야, 이것들은?)"

"(같이 잡아버릴까?)"

"(하지만 저쪽 대륙에서 넘어온 사람들은 우리 담당이 아니라구.)"

"(맞아, 하류 담당 아니야? 그 자식 성격이 드러워서 괜히 우리가 건드렸다가 나중에 된통 당하면…….)"

"(아, 그러고 보니 하류 놈, 오늘 아침에 물고기를 못 잡아서 심기가 불편하다고 하던데? 건드리지 말지? 까딱 잘못하다가 분풀이당하면 어쩌려구?)"

그러한 속삭임들이 오가는 와중에 내 귀에 따악 포착된 단어가 있었으니, 꿈에서도 잊지 못할 그 이름은 '하류'였다.

[꼬맹아, 저 녀석들도 그 하류 놈 패거리인가 봐.]

내 말에 선애의 고개가 휙 들려지더니 우리 일행을 둘러싼 녀석들을 향해 눈빛을 번뜩였다.

"뭣이라? 저놈들이 그 하류와 한패거리라고?"

선애의 말에 마치 응답이라도 하듯 소피와 토냐가 거의 동시에 선애를 돌아보았다.

"하류라고요?"

"그 하류가 우리가 아는 그 하류야?"

토냐의 구체적인 질문에 선애가 나에게로 시선을 던졌고, 나는 자신있게 고개를 끄덕였다.

[틀림없어. 저놈들이 말하길, 다른 대륙에서 온 사람들은 하류 담당 인데 오늘 아침에 무슨 일을 실패했대.]

내 말에 선애의 얼굴이 분노로 단단하게 굳어졌다. 꽈악 다물린 턱에서 빠드득하는 이 가는 소리가 들릴 것만 같았다. 여관에서 그대로 쫓겨난 것에 어지간히도 화가 났던 모양이다.

하기야, 그놈에 대한 원한이 그것 하나만이 아니었으니 말이다. 그나마 좋게 좋게 끝났으니 다행이었지, 안 좋았더라면 우리는 여기 이렇게 멀쩡하게 서 있지도 못했을 거다.

선애의 반응에 확답을 얻은 토냐 또한 분노로 활활 타오르는 시선으로 놈들을 바라보더니, 갑자기 저벅저벅 걸어 앞으로 나섰다.

"그으래, 네놈들이 그 하류인지 뭔지 하는 녀석과 같은 패거리라고?"

한마디 한마디 씹어 내뱉듯이 말하던 그녀는 말뿐만이 아니라는 걸 보여주려는 듯 치렁치렁한 소매까지 걷어올리는 거였다.

"누, 누나, 도대체 뭘 하려고?"

로어가 걱정되는지 만류하려 했지만 토어는 들은 채 만 채 입 속으로 작게 읊조리더니 오른손을 앞으로 뻗으며 외쳤다.

"라이트닝 볼트!!"

비록 크기가 야구공만 한 전기 공이긴 하지만 개수가 척 보기에도 이십여 개 정도였다. 그러한 전기 공들은 토냐의 분노를 받아 작지만 강력해 보이는 전기 스파크를 일으키며 놈들에게 날아갔다.

그런데 정말 기가 막히게도 놈들은 토냐의 주변에 전기 공이 파직거리며 생겨나는 걸 보자마자 우르르 사방으로 흩어지며 도망치기 시작하는 것이었다. 사실, 놈들의 입장에서 본다면 좀 자존심 상하는 일일지 모르나 무척 현명한 선택이기는 했다. 그러나 이제 막 분노의 대상을 발견하여 그 화를 좀 풀려고(?) 했던 놈들의 입장에서 보면 오히려 불타는 분노에 부채질을 하는 꼴이었다.

"야! 이것들아! 거기 안 서?"

토냐가 외쳤지만, 세상에 서란다고 서는 놈이 어디 있단 말인가? 토냐의 외침에 오히려 더욱더 빠르게 사방으로 흩어지는 놈들이었다.

라이트닝 볼트는 시전자가 방향과 속도를 조절할 수 있기에 적을 끝까지 쫓아가서 맞출 수 있는 공격 마법이다. 그러나 개수가 이십여 개나 되다 보니 토냐가 컨트롤하기가 어려웠던 모양인지 절반은 허공에서 그냥 사라져 버리고, 절반 정도만 겨우 발이 늦은 놈들에게 도달할 수 있었다. 맞은 녀석들은 온몸으로 짜릿한 맛을 보았지만, 그런 행운(?)을 받은 놈들은 도망친 놈들에 비하면 너무나 미미한 숫자였다.

그에 더욱더 분노한 토냐가 녀석들을 쫓아가며 다시 주문을 외웠지만 몇 걸음 못 가서 멈춰 설 수밖에 없었다.

"누나, 누나아아~ 안 돼, 절대로 못 가! 가면 위험하단 말야!"

토냐가 몸을 움직이자마자 로어가 몸을 던져 그녀의 다리에 매달렸던 것이다. 그런 상태에서도 몇 걸음이나 앞으로 나아가다니, 정말 대단한 아가씨다. 그게 원래 본인의 힘인지 분노의 힘인지 모르겠지만 말이다. 하지만 그런 상태에서도 끝까지 주문을 완성시킨 그녀의 정신력이 더 대단하게 느껴졌다.

"매직 미사일!"

그런데 그녀의 분노에 찬 외침에 비해 나타난 매직 미사일은 채 열 개도되지 않았다. 아마도 그전에 라이트닝 볼트의 실패를 생각해서 일부러 숫자를 조절한 모양이었다.

그러나 참으로 안타깝게도, 놈들은 벌써 사방팔방으로 흩어진 후였기에 토냐는 기껏 만든 매직 미사일을 어디다 던질지 결정을 못하고 이만 부득부득 갈았다. 능력만 되었다면 매직 미사일을 수십, 수백 개 정도 만들어 온 사방으로 뿌렸으면 좋겠지만, 토냐의 능력은 아직 거기까지는 미치지 못하는 모양이다.

그런데 그때, 울 꼬맹이가 나섰다.

"제가 오른쪽을 맡을게요, 토냐님은 왼쪽을 맡으세요."

"그래, 네가 있었지? 좋았어!"

선애의 말이 끝나자마자 토냐는 씨익 웃으며 자신이 만든 매직 미사일을 왼쪽으로 날렸다.

"언니, 부탁할게!"

그 뒤를 이어 들려오는 선애의 작은 속삭임에 미리 준비하고 있던 나는 양손을 뻗은 채 정신을 집중했다. 허공에 불덩어리를 만드는 건 예전부터 할 수 있는 일이었지만, 공격 마법처럼 사용해 본 적은 한 번도 없기에 약간 긴장되었던 것이다. 게다가 저들을 해하려 하는 게 아니라 좀 혼내주려는 것뿐이라 화력 조절 때문에라도 더 더욱 긴장되었다.

곧바로 허공에 형성된 다섯 개의 불덩어리가 내 의지를 따라 날아가기 시작했다. 그런데 어째 마법사가 만들어 던지는 파이어 볼처럼 둥근 공의 형태가 아니라 모닥불 같은 물방울 형태의 불이, 빠르게 목표를 향해 일직선으로 날아가는 것이 아니라 느긋하게, 그것도 이리 왔다 저리 왔다 하며 날아가는 것이다. 이건 공격 마법 같은 게 아니라 완전 어두운 밤길 가는 사람을 놀라게 하는 장난 같은 도깨비불이었다.

덕분에 구경으로나마 스트레스 좀 풀려고 했던 선애가 김이 팍 샜는지 황당하다는 목소리로 속삭여 왔다.

"언니, 지금 뭐 해?"

[그, 그게… 이런 건 또 처음이라서 그런지 잘 안 되네. 정신이 조금만 흐트러지면 저놈들이 지 멋대로… 아앗, 또 엉뚱한 데로 간다.]

선애에게 대답하느라 정신이 흐트러져 그렇지 않아도 비틀비틀 거리며 전진하던 불덩어리들이 사방으로 흩어지려고 하는 거다. 그에 얼른 정신을 집중하여 진로를 바로잡는데 선애가 다시 속삭였다.

"불덩어리를 그냥 던지면 안 돼?"

[그래도 되면 진작에 그랬지. 땅에서 일으키는 거와는 달라서 허공에서 일으킨 불은 목표에 도달할 때까지 계속 신경 쓰지 않으면 그대로 꺼진단 말이야. 우쒸, 불덩어리를 세 개만 만들 걸 그랬나? 너무 많이 만들었나 봐.]

"그래 봤자 다섯 개인데……. 그럼 땅에서 불이나 일으키지? 도망가는 거 방해나 하게."

선애의 제안에 나는 고개를 저었다.

[아까면 몰라도 지금은 너무 멀고 범위가 넓어서 어려워.]

내 말에 뭔가를 생각하는지 잠시 텀을 둔 선애가 다시 물었다.

"언니, 지금 불의 장벽을 만드는 게 어렵다고 한 거지?"

[그러라는 거 아니었어?]

"뭐어, 그래도 상관없긴 하지만 저놈들을 다 생포해서 뭘 하려는 것도 아니고, 그냥 단지 스트레스 좀 풀어보자는 건데 불의 장벽까지 만들 필요 있어? 그냥 중간 중간에 불기둥이나 하나씩 솟게 만들거나 폭발을 일으켜서 진로를 방해하거나 기겁하게 하는 정도……."

선애의 말이 채 끝나기도 전에 나는 허탈한 심정이 되어 맥이 탁 풀려 버렸고, 그와 함께 정신도 흩어져 겨우겨우 유지시키며 날려 보내던 다섯 개의 불덩어리가 피식~ 하며 꺼져 버렸다.

그러나 나는 큰 허탈감에 빠져 그에 대해 아깝다거나 안타깝다는 느낌도 없었다.

오히려 불덩어리가 날아가는 모습을 불안스레 바라보고 있던 선애가 난리였다.

"언니이~ 뭐 하는 거야? 불이⋯⋯."

작게 속삭이던 중이라 큰 고함 소리는 아니었지만 선애의 심정이 고스란히 드러나 있는 어조였다.

하나, 평소라면 나에게 큰 영향을 미칠 선애의 당혹스러운 어조도 이때만큼은 별 영향을 끼치지 못했다. 오히려 나는 그러는 선애에게 무지 원망스러운 시선을 보내며 말했다.

[어우야~ 그런 방법이 있었으면 진작 좀 알려주지. 그럼 이 고생을 안 해도 됐잖아.]

내 말에 선애가 황당하기 그지없다는 어조로 물었다.

"뭐야, 몰랐어?"

[내가 알았으면 자신 없는 이 짓을 하고 있었겠냐?]

한숨을 내쉰 내가 지금이라도 불기둥을 솟아나게 하려고 시선을 돌렸지만, 이미 때는 늦어 도망치는 녀석들의 뒷모습이 까마득히 멀어져 있었다.

[에엣, 뭐야? 벌써 저기까지 갔잖아?]

내 말에 선애가 한숨을 푸욱 내쉬더니 말했다.

"아까 그 도깨비불들이 다 도망가기 전에 도착할 수나 있었을지 의

문이었어."

[우쒸, 나는 나름대로 열심히 노력했단 말이다.]

"알아, 알아."

내가 기분이 상했다는 티를 팍팍 내자 선애가 기분을 풀어주려는지 달래는 어조로 말한다. 그러나 그 뒤 선애가 뭐라고 더 하기 전에 토냐의 화난 음성이 들려오는 거였다.

"선애, 뭐 하는 거야? 놈들이 그냥 다 도망가 버렸잖아?"

그에 선애는 날 한 번 힐끔 보더니 난처한 표정으로 입을 열었다.

"에궁, 정말 죄송해요. 제가 너무 흥분해서 저를 보호하는 존재에게 제대로 의지를 전달하지 못한 거 있죠? 그런 줄도 모르고 저는 제대로 전달한 줄 알고 가만히 기다리고 있었지 뭐예요."

"뭐어? 나 원……."

토냐는 선애의 변명에 기가 막힌다는 표정이었지만, 그렇다고 놈들의 모습도 이제 보이지 않게 된 마당에 선애에게 뭐라 하기도 뭣했는지 아깝다는 듯 입맛만 쩝쩝 다실뿐이었다. 뭐, 드문드문 토냐의 마법에 당해 바닥에 쓰러져 있는 놈들이 보이긴 했지만 녀석들을 끌고 와 심문할 생각은 하지 못했다. 우리 일행 중 이 나라의 말을 할 줄 아는 이가 아무도 없었기 때문이다. 게다가 그들을 들들 볶아 알아내고 싶은 정보도 없었기에 일행은 그쯤에서 상황을 정리하려 했다.

그러자 그때까지 있다는 것도 까맣게 잊고 있던 사람들에게 신경이 미쳤다.

"아, 그러고 보니 이 사람들……."

선애의 말에 그제야 생각났다는 듯 토냐와 로어가 그들을 돌아보았다. 단지 소피만이 힐끗 시선을 던졌는데, 아마도 소피는 복수심에 불타느라 바빴던 다른 일행들과는 달리 그 낯선 일행들을 쭈욱 지켜보고 있었던 모양이다.

'과연, 선애의 보디가드.'

그렇다고 그들이 수상한 행동을 한 것도 아니었다. 그들은 단지 처음 봤던 그 자리에 조용히 서서 사태를 주시하고 있었던 거 같다. 하지만 조금의 두려움도 없이 침착한 시선을 보내오는 그들을 보자니 아무래도 평범한 사람들은 아닌 것 같았다.

내가 그들을 주의 깊게 살펴보는 사이 로어가 상대방이 경계하지 않게끔 천천히 몇 발 앞으로 나서더니 아까 자신이 떨어질 때 잡아줬던, 그 일행 중 가장 키가 크고 체격이 좋은 남자를 향해 정중히 고개를 숙였다.

"아까 잡아주셔서 감사했습니다. 아, 제 말을 알아들으실지는 모르겠습니다만, 그래도 인사는 드리고 싶습니다. 아까 드렸어야 했는데 상황이 복잡했던 터라 이제야 감사의 인사를 드리게 되었군요."

지금에야 이야기하는 건데, 키가 큰 남자는 삿갓을 쓰고 있어 꾸욱 다물린 입술과 약간 각이 져 고집스러우면서도 강인해 보이는 턱밖에 안 보였다.

그런데 로어가 인사를 하고 고개를 들자 그 남자의 뒤쪽에 있던 네 사람 중 한 사람이 슬며시 그의 옆으로 가서 작은 목소리로 뭐라뭐라 속삭이는 것이었다. 귀를 기울이니 로어가 말한 내용을 그대로 이야기하고 있었다. 다행히 그들 일행 중 아벤티노 대륙어를 익힌 사람이 있었던 모양이다.

키가 큰 관계로 살짝 몸을 기울여 옆 사람의 말을 듣던 키 큰 남자가 알아들었다는 듯 고개를 끄덕이더니 쓰고 있던 삿갓을 벗었다. 그제야 송충이처럼 짙은 눈썹과 가늘게 옆으로 찢어진 눈에 검은 눈동자, 산맥이라 표현하고 싶을 만큼 높게 솟은 큰 코가 드러났다. 키와 덩치가 커서 대충 짐작은 했지만, 전체적인 인상도 강해 보이는 것이 '나 한가락 하는 무사요!' 라고 말하고 있었다.

그가 나지막한 목소리로 입을 열자 통역하러 나온 남자가 고개를 끄덕끄덕하더니 말을 꺼냈다.

"도우려 했던 것이 아니니 인사를 받을 이유가 없다고 하십니다."

아까는 계속 키 큰 남자에게로 향하고 있어 얼굴이 제대로 보이지 않았는데, 로어에게 말하느라 우리를 향해 고개를 돌리는 바람에 나는 그제야 그의 얼굴을 볼 수 있었다.

그는 놀랍게도 굉장히 잘생긴 미남이었다.

내가 이 세계에 와서 본 남자들 중 가장 뛰어난 꽃미남을 꼽으라면 저 얄미운 드래곤인 렌스버리와 그랜트 루빈스타인 자작의 보좌관인 괘씸한 엘리엇 제네비아 녀석—그러고 보니 둘 다 싫은 놈들이다—정도였다. 뭐, 렌스버리는 마법으로 외모를 만든 거니 진정한 꽃미남이라면 엘리엇 녀석일 텐데, 이 남자의 외모는 엘리엇은 물론이거니와 마법으로 만들어진 그 렌스버리의 잘난 외모 못지않은 거였다. 아니, 오히려 이쪽은 동양의 신비스러운 분위기까지 가미하고 있어서 내 개인적인 의견으로는 그 둘보다 더 높은 점수를 주고 싶다.

이쪽 서대륙인도 아벤티노 대륙인 못지않은 흰 피부를 가질 수 있다는 걸 증명하는 듯한 티 하나 없는 백옥 같은 피부에 상꺼풀이 없는데도 크고 예쁜 눈, 거기에 뚜렷하고 반듯한 선을 가진 코와 입술까지……

'어라, 그런데 어째 그의 머리카락이 약간 푸른색인 것 같단 말이야?'

내가 고개를 갸웃거리는 사이 로어가 다시 말하는 소리가 들려왔다.

"의도야 어쨌든, 덕분에 제가 큰 도움을 받았으니 감사 인사를 드리는 건 당연하다 생각합니다."

자알생긴 동양판 꽃미남의 통역을 전해 들은 키 큰 무사는 여전히 시큰둥한 표정으로 뭐라뭐라 대꾸한다.

"에… 아무리 그렇다 해도 이분 입장에서는 받을 이유가 없다고 하시는군요."

로어가 정중히 인사를 하는데 거기다 대고 이런 말을 하는 것이 미안했던지 난처한 표정이다.

그러자 뒤에서 뚱~ 하니 지켜보고 있던 토냐가 불쑥 나섰다.

"이제 그만둬, 로어. 넌 할 만큼 했고, 저쪽은 받을 이유가 없다잖아."

나도 같은 생각이었다.

'나원 참, 저 사람도 그래. 그냥 고맙다고 하면 고개를 끄덕여 주면 될 것을 뭘 저리 정색을 하고 받을 수 없다느니, 어쩌느니 그럴까?'

그러나 로어는 생각이 달랐나 보다.

"에… 그래도 누나, 은혜는 확실히 인사를 해둬야……."

로어가 키 큰 무사를 힐끔 바라보며 머뭇거리자 토냐가 코웃음 쳤다.

"뭐야, 그렇게 따지면 오히려 인사를 받을 쪽은 우리 아니니? 아까 그 녀석들을 다 쫓아줬으니 말야."

'옳소~ 토냐, 잘한다!'

"에이, 누나, 그건……."

로어가 얼른 토냐의 말을 반박하려 했지만, 그건 동양 꽃미남에 의하여 끊기고 말았다.

"그에 대하여 저희 도련님이 하고 싶은 말씀이 있으시답니다."

"예?"

뜬금없는 동양 꽃미남의 말에 로어를 비롯한 우리 일행의 시선이 그에게로 쏠리자 그는 샤방~한 미소를 한 번 날려준 뒤 옆으로 비켜섰다. 그리하여 키 큰 무사와 동양 꽃미남 사이에 한 사람 정도가 들어갈 틈이 생기자 그곳으로 웬 남정네 하나가 끼어들었다. 뒤에 있던 세 사람 중 한 명이었는데, 성인이 된 지 얼마 안 된 듯 풋풋한 소년 티를 완전히 벗어버리지 못한 청년이었다.

그런데 그를 딱 본 순간 '귀공자'란 단어가 떠올랐다. 좋은 집안에서 곱게곱게 자라는 한편 엄격한 고등 교육을 받은 듯한, 단정한 얼굴형에 반듯한 자세, 맑고 총기가 가득한 눈을 보자니 그 단어 말고는 그 청년을 설명할 단어는 없을 것 같았다.

우리와 시선이 마주친 그 청년이 싱긋 웃어 보이는데, 그러자 벌어진 입술 사이로 살짝 덧니가 드러났다. 그게 또 무척이나 귀여워 보이는 것이었다. 알파두르 항구 도시에 있던, 루빈스타인 후작가 저택의 3대 미남 중 한 사람으로 이름 날리던(?) 맥 루돌프의 아방한 귀여움과는 또 다른 매력이었다.

'으음… 단아한 귀여움? 단정한 귀여움? 그런데… 이거 말이 되는 건가?'

그, 내가 감탄한 귀여운 매력의 귀공자께선 일행을 예의에 어긋나지 않을 정도로 쭈욱~ 둘러본 뒤 입을 열었다. 물론, 동양 꽃미남이 통역은 해줬고 말이다.

"도와주셔서 감사합니다. 불필요한 피를 흘리게 될까 봐 좀 걱정했는데, 여러분들 덕분에 무사히 해결할 수 있었습니다.”

예의 바르면서도 당당한 태도가 귀공자의 단아한 인상과 멋지게 조화되어 가벼이 본다면 정말 기분 좋은 감사 인사였다.

그러나 그가 말한 내용을 다시 곱씹어본다면 이거였다. ‘웬 날파리들이 날아와 처리하기 귀찮을 것 같았는데 대신 처리해 줘서 고맙다’라는 것. 그러니까 아까 이들을 둘러싼 놈들은 이들에게 위협은커녕 귀찮은 존재들이었고, 우리는 이들을 위험에서 구해준 게 아니라 귀찮은 일을 대신 해준 것이라는 말이다.

‘허, 이런……’

그 말로 인하여 동양 꽃미남과 귀공자를 봐서 좋아졌던 기분이 급속 하락하고 말았다.

뭐, 내가 너무 나쁜 쪽으로만 생각한 건지도 모르지만, 아무리 자신들끼리 충분히 해결할 수 있었다 하더라도 이럴 땐 예의상으로라도 ‘덕분에 살았습니다’라고 해주는 거 아닌가 말이다.

이런 생각은 나뿐이 아니었던지, 우리 일행의 얼굴은 과히 좋지 않았다.

반대로 귀공자의 옆에 있던 키 큰 무사는 만족한 표정이었고, 귀공자의 뒤쪽에 있느라 존재감이 별로 느껴지지 않는 중년 남자 둘은 무척이나 흐뭇한 표정을 짓는 거였다.

“뭐야, 저것들은……”

그들의 분위기에 토냐가 인상을 찡그리자 얼른 로어가 나섰다.

“선애님, 인사도 받았으니 그만 가도록 하지요? 어차피 처음부터 인사를 받으려고 한 건 아니지 않습니까?”

소피도 낮은 목소리로 로어의 뒤를 이었다.

"노파심에서 드리는 말씀입니다만, 저들은 확실히 만만치 않은 존재들입니다."

"저 앞의 키 큰 남자 말이야? 보통내기가 아닌 것 같지만, 소피와 내가 있는데……."

토냐의 말에 소피가 고개를 살짝 저어 보였다.

"저자만 하더라도 저와 정식으로 붙는다면 제가 이긴다고 장담하기 어렵습니다. 그러나 뒤쪽에 있는 저 평범한 체격의 중년 남자는 제가 감히 상대할 엄두도 나지 않습니다."

"헉, 그 정도나?"

선애가 눈을 동그랗게 뜨더니 새삼스럽다는 듯이 뒤쪽의 중년 남자들을 살펴본다.

나 또한 다시 그들을 찬찬히 살펴보았지만 그저 평범해 보이는, 한 사람은 약간 통통한 몸집의, 그리고 한 사람은 약간 말랐다 싶은 보통 체격의 중년 남자였다.

그러고 보니 통통한 쪽은 인상이 둥글둥글해 보이고, 약간 마른 쪽은… 나이 어린 내가 말하기에는 좀 건방질지는 모르겠지만, 중년의 완숙한 멋을 풍기는 단정하게 생긴 인상이었다. 아마 젊었을 때는 여자들에게 꽤나 인기가 있었을 듯싶다. 하기야, 지금도 사람 좋게 빙그레 웃고 있는 거 보니 나라도 '어쩜~!' 이라고 감탄할 정도다. 저런 것이 바로 중년 미남이라는 거겠지? 그러나 단지 그것뿐, 무협지에서 나오는 고수의 기세 같은 건 전혀 찾아볼 수 없었다.

"흥, 그렇게 대단하다면 어디 한번 해볼까나?"

토냐가 투지를 불사르며 나서려고 하자 로어가 얼른 그 앞을 막아섰다.

"누나, 누나야~ 왜 괜히 시비를 걸려고 그래? 선애님, 우리 어서 가야죠? 너무 늦게 가는 바람에 저녁도 못 먹고 자게 되면 어쩌시렵니까?"

"저도 될 수 있으면 저들과 안 부딪치는 것이 좋다고 생각합니다."

소피까지 로어를 거들고 나서자 나도 한마디 했다.

[렌스버리 드래곤을 생각해. 아, 그런데 그 둘은 아직까지 안 온 거야?]

그동안 신경 쓸 겨를이 없어 미처 몰랐는데, 둘의 모습이 여전히 안 보였다. 뭐, 어디다가 던져 놔도(?) 잘만 살아 있을 존재지만 눈에 안 보이니 어디서 또 뭔 일을 벌이는 건 아닌지 걱정이 되는 것이다. 물론, 눈앞에 있다 해도 막지는 못하지만.

소피와 로어, 나까지 말리자 선애 또한 일을 크게 만들 생각은 없었는지 별로 좋은 표정은 아니었지만 앞으로 나섰다. 뭐, 어쨌든 이 일행의 대표는 선애니까 말이다.

"고마워하실 필요 없습니다. 저희도 여러분을 도우려 했던 것이 아니었고, 그렇게 힘든 일도 아니었으니까요."

그래도 그냥 넘어가기는 싫었는지 키 큰 무사와 귀공자가 한 말을 그대로 돌려준다.

"에계, 그냥 지나갈 거냐? 나 한판 더 해도 되는데……."

토냐가 아쉬웠던지 한마디 던진다.

이 마법사는 생긴 거와는 달리 성격이 호전적이다. 그런데도 어째 전투 마법사—공격과 방어 마법을 중심적으로 익힌 마법사. 기사단이나 용병대, 모험가 파티에 많이 소속되어 있다—가 안 되고 연구 마법사가 되었는지 모르겠다.

"렌스버리님을 생각하셔야죠."

선애가 대답하자 토냐가 흠칫하더니 주변을 두리번거린다. 아마 그녀도 이제야 그의 모습이 아직도 보이지 않는다는 걸 깨달은 모양이다.

귀공자 측은 선애가 대표로 나서서 인사를 받아치자(?) 놀란 표정이었다. 하긴, 아벤티노 대륙에서 온 일행의 대표가 서대륙인으로 보이는 사람이니 놀랄 만도 했다.

"당신은 이 대륙 사람 같군요. 출신이 어디인지 물어도 되겠습니까?"

귀공자의 언질을 받은 동양 꽃미남이 물었지만, 그들에게 감정이 별로 좋지 못한 선애가 순순히 대답해 줄 리 없었다.

"관심은 고맙지만 사양하고 싶군요. 저희는 이만 숙소로 갔으면 하거든요? 서로 감사받을 일이 없다 하니 여기서 작별하지요."

쌀쌀맞은 선애의 대답에 귀공자는 당혹스러운 표정이었다. 마치 선애가 이럴 줄은 몰랐다는 듯이 말이다.

그러자 뒤에서 가만히 지켜보고 있던 중년 남자 중 좀 통통한 쪽이 사람 좋아 보이는 웃음을 지으며 나섰다.

"허허, 혹시 급한 일이라도 있으십니까? 괜찮으시다면, 이렇게 만난 것도 인연이니 식사라도 같이하는 것이 어떻겠습니까? 저희 일행을 도와주셨으니, 감사의 뜻으로 제가 한턱내도록 하겠습니다."

아까는 조금이라도 지기 싫은 것처럼 나와 놓고서는 이제 와서 달래는 듯이 나오니 '무슨 수작인 거야?' 싶었다.

"헤, 자기들이 한턱내겠다고? 도대체 뭐 하자는 거야?"

토냐가 기가 막히다는 표정으로 중얼거리자 로어가 선애를 바라보며 말했다.

"우리에게 뭔가 바라는 것이 있는 모양입니다."

그러나 질문은 토냐에게서 나왔다.

"뭘 바라는데?"

"그거야 아직 모르지. 어쩌시겠습니까, 선애님? 일단 호응하면서 저들이 뭘 원하는지 알아보는 것도 좋을 거 같습니다만."

토냐의 질문에 어깨를 으쓱하며 대꾸한 로어가 선애를 보면서 묻자 소피가 끼어들었다.

"위험합니다. 범상치 않은 자들인데, 또 다른 일행이 있을지도 모릅니다."

"하지만 설마 그 하류 같은 일당이겠습니까? 하류 일당에게 당할 뻔한 거 보면 저들도 외지에서 온 상인일 겁니다. 왜, 아침에 하류 놈이 말하길, 그들 일당은 그런 사람만 노린다고 하지 않았습니까?"

로어의 말에 선애는 그를 바라보며 물었다.

"로어, 혹 저들에게 바라는 게 있어요?"

그러자 로어가 화색을 띠며 고개를 끄덕인다.

"어쩌면 새로운 거래를 틀 기회인지도 모릅니다."

그의 약간 흥분이 섞인 단호한 대답에 토냐가 심드렁하니 물었다.

"뭘 보고 그렇게 단정하냐?"

"생각해 봐, 누나. 소피 양이 걱정할 정도로 대단한 사람을 호위로 두고 있는 거잖아? 그게 뭘 말한다고 생각해? 다른 건 다 제쳐 두고 저들은 돈이 많다는 거야."

맞는 말 같다. 돈이 없다면 대단한 사람을 호위로 둘 수 없으니까. 단순한 인연 덕분에 능력 밖의 호위를 둔 걸지도 모르지만, 그래도 뭔가 큰일을 하니 호위가 필요한 거 아닐까?

로어의 말은 계속 이어졌다.

"거기다 하류 일당에게 노림을 받았다는 건, 이곳에서 낯선 존재라는 거잖아? 아마 새로운 시장이나 거래처를 찾기 위하여 온 상인일 거야. 어쩌면 우리와 이해타산이 맞을지도 모릅니다. 설사 그게 아니라 하더라도 괜찮은 정보라도 듣게 될지 누가 압니까?"

로어는 토냐와 선애를 번갈아 바라보며 이야기하느라 말에 반말과 존대가 섞여 있었다. 그리고 마지막으로 이 말도 덧붙였다.

"거기다 저들이 식사를 대접한다지 않습니까? 식대를 굳힐 수 있다는……"

로어가 끝까지 이야기하기도 전에 절대로 반갑지 않은 존재의 목소리가 끼어들었다.

"호오, 누가 나에게 식사 대접하길 원한다고? 귀찮긴 하지만 너희들을 위하여 기꺼이 가주도록 하지."

'누가 네놈에게 대접한대냐?' 란 소리가 목구멍까지 치밀어 올랐지만, 뻔뻔하기가 강철 합금 저리 가라 할 정도의 존재 옆에서 배시시 웃고 있는 또 한 존재를 보자니 차마 말은 못 하고 그냥 어색하게 웃어 보일 수밖에 없었다.

'그냥… 웃지요. 젠장할……'

지금까지 안 보이다가 갑자기 나타난 존재 덕분에 우리 일행의 분위기는 차악~ 가라앉았고, 그걸 본 귀공자 측은 당혹한 표정이었다. 그런데 키 큰 무사와 마른 몸매의 중년 남자가 지금까지의 여유롭던 표정은 어디다 버렸는지 잔뜩 굳은 표정으로 이 네가지를 팔아먹은 렌스버리를 살피고 있는 거였다. 아무래도 저 둘은 이 드래곤을 척 보자마자 범상치 않다는 것을 알아챈 모양이다.

'고수는 고수를 알아본다, 이건가?'

렌스버리가 식사 대접을 받겠다고 한 이상 면전에서 '그렇게는 못하겠는데요?' 라고 반대할 수 있을 리가 없다. 그리하여 우리 가여운 선애는 괜히 이제 완전히 어두워진 하늘을 바라보며 아주 기이인~ 한숨을 내쉰 뒤 대답을 기다리는 꽃미남을 향해 몸을 돌렸다.

"그럼 그 제안을 감사히 받아들이겠습니다."

통통한 중년 남자와 귀공자의 시선이 렌스버리를 향하며 반짝 빛났다. 그들의 시선을 보아하니 우리 일행의 리더로 렌스버리를 확정지은 것 같았다.

'에휴~ 이거 맞다고도 할 수 없고, 그렇다고 틀렸다고도 할 수 없고…….'

"허허허, 잘 생각하셨소이다. 가지요. 마침 우리가 묵고 있는 여관 식당의 요리가 꽤 괜찮더군요. 제가 안내하겠습니다."

중년 남자가 몸을 돌려 척척 걸어가자 렌스버리가 느긋한 걸음으로 그 뒤를 따랐고, 우리 일행은 서로의 얼굴을 마주 보다 일제히 한숨을 한 번 내쉬고는 그 뒤를 따랐다. 그러나 그들의 걸음걸음에는 내키지 않는다는 기색이 아주 역력했다. 렌스버리의 지시대로 따르자니 저들과 접촉하길 원했던 로어마저도 무지 걱정되는 모양이다.

[에… 어째 일행 분들의 표정이 안 좋아 보여요. 렌이 괜한 일을 한 걸까요?]

나에게 보이는 것이 아리아에게 안 보일 리가 없었다.

그녀가 내 눈치를 살피며 조심스레 물어오기에 나는 얼른 대답했다.

[저들이 만만치 않아서요. 여차하면 위험할 거 같으니 걱정이에요.]

하고 싶은 말은 좀 달랐지만, 이게 내 심정과 가장 가까우면서도 그녀에게 할 수 있는 말이었다.

내가 최대한 표정에 걱정을 담으려 애쓴 보람이 있었는지 아리아의 표정이 살짝 흐려졌다. 하지만 그녀는 곧 방실 웃으며 입을 열었다.

[아, 그런 건가요? 괜찮을 거예요. 여차하면 렌이⋯⋯.]

거기까지 말한 아리아는 내 표정을 살피더니 잠깐 말끝을 흐리며 어색하게 웃어 보이는 것이었다. 아마 내 심정이 표정에 그대로 드러난 모양이다. 게다가 지금까지 렌스버리 녀석이 우리 일행을 위험에 밀어넣으면 넣었지 도운 적이 없다는 것을 나만큼이나 그녀도 알고 있었으니 말이다.

그러나 그녀는 곧 말을 맺었다.

[렌보고 제가 강력하게 도와달라고 부탁할게요.]

아리아가 나선다고 하니 조금 믿음이 갔다. 그래 나는 그녀의 두 손을 덥석 잡으며 간곡하게 부탁했다.

[아리아 씨, 부디 잘 부탁해요.]

[예, 최선을 다하겠어요.]

내 말에 아리아가 씩씩하게 대답해 준다.

뭐, 그래도 그들의 제안을 받아들여서 좋은 점은 있었다(한 끼를 공짜로 먹게 된 것 빼고 말이다). 그것은 바로 이들이 묵고 있는 숙소가 고급 여관 거리에 있었다는 것이다. 그들과의 식사 후 어떻게 될지는 모르겠지만, 그래도 최소한 머물 곳을 찾기 위해 오랜 시간 헤매지 않아도 된다는 점에서 일행은 안도의 빛을 비쳤다. 물론 그 빛은 렌스버리의 의기양양한 표정에 순식간에 꺼져 버렸지만 말이다.

"이쪽입니다."

바닷가의 경치가 잘 보이는 곳에 주르르 자리 잡은 고급스러운 고층(5, 6층 정도) 건물들 중 한곳으로 우리는 안내되었다.

과연, 고급 여관이라 그런지 안으로 들어서자 멋들어지게 꾸며진 넓은 홀이 보였다. 우리가 전날 묵은 여관에는 들어서자마자 곧바로 식당이 있었는데 말이다.

　홀 중앙 부근에는 지대가 푹 꺼져 있었는데, 그곳에는 작은 못을 중심으로 조그마한 실내 정원이 꾸며져 있었다. 그러나 주변에 앉을 만한 의자가 보이지 않는 걸 보니 휴식 공간이 아니라 그냥 홀 인테리어차 만든 모양이다.

　그 실내 정원을 기준으로 우리가 들어선 입구의 반대편에는 위층으로 올라가는 넓은 계단이 보였다. 나무로 만들어진 게 분명한 그 계단은 뭘 발랐는지, 아니면 얼마나 깨끗하게 닦였는지 빛이 번쩍번쩍 날 정도였다.

　왼쪽으로는 다른 홀—아마도 식당인 듯—로 연결된 복도가, 오른쪽에는 기다란 카운터가 보였는데 거기에는 단정한 제복을 입은 세 사람이 손님들을 상대하고 있었다.

　식사를 제안한 중년 남자가 홀을 휘이 둘러본 뒤 동양 꽃미남에게 뭔가를 속삭이자 동양 꽃미남이 우리 일행을 돌아보았다.

　"식사를 저희 방에서 하시는 것이 어떻겠습니까?"

　그 제안에 우리 일행은 렌스버리를 돌아보았다. 이곳에 온 것은 그의 결정에 따른 것이었으니 말이다.

　"그 방 넓은가? 난 좁은 곳은 질색이야."

　일행의 시선 탓인지 렌스버리가 심드렁하게 묻자 꽃미남이 친절하게 대답해 준다.

　"좁지는 않습니다. 저희가 묵는 방은 최고급은 아니지만, 그래도 고급이거든요."

　로어의 예상대로 확실히 어느 정도 재력은 있는 모양이다.

　'이렇게 된 거 뭔가 소득이 있었으면 좋겠는데.'

렌스버리는 꽃미남의 대답에 고개를 끄덕였다.

"나쁘지는 않겠군."

"그럼 위로 가실까요?"

그들이 안내한 곳은 3층에 있는 방으로, 넓은 거실을 끼고 각자 욕실이 딸려 있는 침실이 두 개나 있었다. 그곳은 두 중년 남자의 방이었던지 귀공자와 꽃미남, 그리고 키 큰 무사는 우리에게 양해를 구하고 잠시 자신들의 방에 다녀왔다. 그사이 일행은 한 침실을 빌려 욕실에서 간단히 씻고 지저분해진 옷차림도 정리했다. 덕분에 그 후 모든 사람들이 거실에 모였을 땐 모두 깔끔해진 외모로 마주할 수 있었다.

"이렇게 모이니 정말 좋군요. 자, 그럼 서로 소개부터 하는 게 어떻겠습니까? 제 이름은 사다함이라고 합니다."

우리가, 아니, 정확히는 렌스버리 녀석이 식사 제의를 받아들인 뒤 계속 분위기를 주도해 온 통통한 남자가 이번에도 제일 먼저 자신을 소개했다. 그러면서 나머지 사람들도 자신을 소개했는데 꽃미남이 오사함, 귀공자는 예흔랑, 키 큰 무사가 백운, 마른 체형의 중년 남자가 기파랑이라는 이름을 가지고 있었다.

그들이 먼저 소개를 하니 우리도 가만히 있을 수가 없었다. 그리하여 모든 일행의 시선이 렌스버리에게 쏠렸는데, 그는 자신과는 전혀 상관없는 일이라는 듯 무관심한 표정으로 날라져 온 음식에 손을 대고 있었다. 그가 그렇게 무관심할 때는 안 건드리는 것이 상책이었기에 일행들은 선애에게로 시선을 옮겼다. 그놈은 나이는 무지하게 많이 먹은 주제에 인격, 아니, 용격은 나이와는 반비례하는지 소갈딱지 저리가라 할 정도로 치사했던 것이다.

그리하여 선애가 한숨을 내쉬며 입을 열었다.

"우선 초대에 감사드립니다. 저희는 짐작하셨겠지만, 아벤티노 대륙에 있는 타이거 상회에 소속된 사람들입니다."

선애의 말이 시작되자 즉시 꽃미남, 오사함이 통역을 시작했다. 우선은 선애의 이름을 밝히고, 그 뒤 렌스버리부터 모든 일행들을 소개하고 나자 사다함이 정말 기분 좋다는 듯이 껄껄 웃었다.

"허허허, 예상은 했습니다만, 과연 상인이셨군요. 자자, 우리의 만남을 기념하는 의미에서 건배를 하시죠?"

그러면서 그 앞에 있는 작은 술잔을 치켜들자 딱히 거절할 필요성을 못 느낀 선애가 순순히 응했고, 사람들이 너도나도 술잔을 채워서 들어올렸다.

"우리의 만남을 위하여, 자!"

사다함이 선창하며 잔을 들어올리자 우리 일행들은 일제히 잔을 부딪치며 '건배~!'라고 외칠 준비를 했다. 그런데 허망하게도 이들은 우리 일행의 준비를 무시해 버린 채 자신들의 술잔을 각자 얼굴 높이까지 올려 서로 눈빛을 주고받은 뒤 홀짝 마셔 버리는 것이었다.

"어어……."

그 뒤 그들 일행은 자신들이 마신 술잔이 비었다는 것을 확인시켜주려는 듯 잔 입구를 맞은편 사람에게 보이는 것이었다. 그러다가 어정쩡한 표정으로 굳어 있는 우리 일행을 보고 멈칫거렸다.

왜 그러는지 이해하기 힘들다는 그들의 시선에 선애는 힘겹게 미소를 떠올리며 말했다.

"아. 하. 하… 건배하는 방식이 저희와 다르군요. 처음 보는 거라 당황했습니다."

하지만 렌스버리는 알고 있었던 모양이다. 시큰둥하기는 했지만 사다함의 선창에 맞춰 잔을 들어 보이고는 홀짝 마셔 버렸던 것이다. 그걸 보면서도 '알고 있었으면 일행에게 귀뜸 정도는 해줘야 하는 거 아니냐!'는 불평이 떠오르기는커녕 이제는 '저놈이 그렇지, 뭐…'하고 납득하게 된다.

"이런, 저희가 그걸 생각 못했군요. 죄송합니다."

사다함이 정말 미안하다는 표정으로 사과해 오자 우리 일행은 서로 쓴웃음을 나누며 그냥 술잔을 입에 댔다.

[많이 마시지 마, 응? 그냥 마시는 척 입술만 적셔.]

울 꼬맹이는 이제 한국에서도 성인 대접을 받을 나이지만 여전히 내게는 어린 꼬맹이로 느껴지는 터라, 나는 선애가 술이 가득한 잔을 입에 가져다 대자 괜히 안달이었다. 오죽했으면 옆에 있던 아리아가 '선애 양이 술을 마시면 큰일 나는 병이라고 있느냐?'라고 물었겠는가.

그런데 선애는 이 타는 언니의 가슴을 몰라준 채 날 한 번 흘겨보고는 그 안에 있는 술을 홀짝 하고 한입에 털어 넣는 것이었다.

[아아~ 입술만 적시라니까 그걸 다 마시냐? 이제 마시지 마, 응? 마시면 안 돼!]

그러나 이런 언니의 애타는 마음을 완전히 밝은 이가 있었으니…….

"이거, 제 실수로 제대로 건배를 못했으니 다시 한 번 하지요? 이번에는 여러분 방식대로 하는 게 어떻겠습니까?"

[안 돼에에에~ 한 번이면 충분하다고 그래, 응? 한 번이면 충분하잖아? 뭘 또 해?]

하지만 다른 이들은 사다함의 말을 통역한 오사함의 말을 듣고 얼른 술잔을 채우고는 잔을 잡고 있는 것이었다.

"이번에는 그쪽에서 선창을 하시지요?"

사다함의 권유에 선애는 별로 내키지 않은 표정이었지만 일행들의 시선에 밀려 자리에서 일어났다.

"뭐, 그럼 제가 선창을 하도록 하겠습니다. 우리의 만남을 위하여~!"

선애가 잔을 쳐들며 외치자 토냐, 로어, 소피가 흥겹게 잔을 들며 따라 외쳤다.

"위하여~!"

그리고는 서로의 잔을 가볍게 부딪치는 것이었다.

"자자, 드시지요."

"이야, 이거 와인하고는 또 맛이 다른걸?"

"거기도 같이 드시지요."

이번에야말로 제대로 건배했다는, 기분 좋은 표정의 일행들은 아까와는 달리 어색하니 잔을 들고 있는 사다함 일행들에게 잔을 부딪쳐주는 배려까지 선보였다. 그러자 그들도 마주 웃어주며 어색하게나마 서로의 잔을 부딪치고는 술을 입 안에 털어 넣었다.

그리고 그건 선애도 마찬가지였다. 렌스버리의 눈치를 살피고는—그를 무시했다가 뒷감당을 어찌하려고—어색하게 잔을 부딪치고는(렌스버리 녀석이 선애와 건배하고 싶었던지 안 마시고 기다리고 있었던 것이다) 홀짝하고 또 다 마셔 버렸다.

"크에, 쓰다!"

술을 아직 즐길 줄 모르는 선애는 인상을 쓰며 투덜댔다.

[그러니까 마시지 말고 입술만 적시랬지? 얼렁 안주 먹어. 속 버린다.]

내 잔소리가 통했던 건지, 아니면 원래 먹으려고 했던 건지 선애는 앞에 놓인 먹음직스러운 새우 튀김을 집어 한입 베어 물었다.

샛노랗게 튀겨진 그 새우 튀김은 보기에도 맛있어 보이는데, 선애가 한 입 베어(?) 무는 순간 나는 바삭~! 하는 소리가 너무나 맛있게 들리는 것이었다.

　[그거… 맛있냐?]

　"응. 금방 튀겼는지 아직도 *따끈따끈하네*."

　[쩝, 맛있겠다.]

　"무지 *맛있어*."

　[좋겠다…….]

　"응."

　[쩝…….]

　날 놀리려는지 선애가 씨익 웃으며 새우 튀김을 완전히 입에 넣는데 사다함의 목소리가 들려왔다.

　"그런데 상인이시라면 이 대륙과 지금 거래를 하고 계시다는 겁니까?"

　"그건 아닙니다. 저희는 필요한 물건이 있어서 구하러 온 것뿐이죠. 그러나 뭔가 괜찮은 기회가 있다면 할 용의는 있습니다."

　얼른 입 안의 음식물을 삼킨 선애가 대답하자 사다함 일행이 눈을 빛내는 것이었다.

　"그거 참 흥미로운 말씀이시군요. 그런데 무엇을 구하러 여기까지 오신 겁니까?"

　"술이요. 이쪽 대륙의 괜찮은 술들을 구하려 합니다."

　선애의 대답에 그들은 고개를 갸웃하더니 서로 고개를 맞대고 수군수군거리는 것이었다. 그러다가 잠시 후 사다함이 선애를 향해 입을 열었다.

　"술은 이미 거래가 되고 있는 걸로 알고 있습니다만… 그리고 보니 두 상회가 독점 거래한다던데, 설마 그들의 시장을 파고드시려 하는 겁니까?"

사다함의 말은 사실이었다. 서대륙과—정확하게는 진 나라 하나뿐이지만—무역하는 아벤티노 대륙의 나라는 두 곳, 바로 우리가 살고 있는 바이런 국과 바로 옆 나라이면서 가장 사이가 안 좋아 무엇이든 치열하게 경쟁하는 헤이븐 국. 그중 바이런 국에서는 크로스웰 상회에서 술 거래를 독점하고 있었다. 그러니 나머지 한 곳은 헤이븐 국의 상회일 것이다.

그러고 보면 크로스웰 상회도 참 대단했다. 처음에야 아무도 주목하지 않은 틈새시장을 공략한 것이라고 하지만, 나중에 서대륙의 술이 서서히 퍼지면서 이윤이 꽤나 된다는 걸 알고 다른 곳에서 공략해 왔을 텐데도 독점권을 끝까지 지켜냈으니 말이다. 모르긴 몰라도 음으로나 양으로나 치열한 상업적 전투가 수도 없이 벌어졌을 거다.

바이런 국 전체에서 본다면 열 손가락 안에 들기 힘들 정도의 상회인데도 불구하고, 그런 모든 전투에서 당당하게 살아남아 지금까지 그 이름과 시장을 굳건하게 지키고 있으니 대단하다고 해도 과언이 아닐 거다. 뭐어, 회장 녀석이야 측근에게 뒤통수를 맞아서 실권을 빼앗긴 상태지만……

그런데 선애가 술을 구한다고 하니 그들이 독점하고 있는 술 시장에 뛰어드는 걸로 들렸나 보다.

[사다함은 우리가 크로스웰 상회와 다투려는 줄 아나 봐.]

내 속삭임에 선애가 피식 웃더니 오사함의 통역이 끝나길 기다려 입을 열었다.

"다른 상회와 다투는 일은 없을 겁니다. 판로가 완전히 다르거든요."

선애의 말에 사다함의 눈이 빛났다.

"그렇습니까? 그런데 구하시려는 양은 어느 정도이신지요?"

"우선은 최소 선박 한 척 분량을 구하려 합니다. 나중에 기회를 봐서 종류와 수를 늘릴 예정이죠. 서대륙까지 자주 왕래하기 힘드니."

"호오, 그 말씀은 이번 한 번만 구하는 것이 아니라는 이야기군요."

"그렇습니다. 지속적으로 계속 구입할 예정입니다. 그게 주된 목적이고요."

"술은 어디 것으로 하시게요? 아, 설마 진 나라 것으로만 생각하신다든지……."

"그건 아닙니다. 괜찮은 것이면 어디 것이든 상관없습니다. 아까 말씀드렸다시피 기회가 닿는 대로 여러 종류를 구하는 것도 목표라서요."

선애의 말에 잠시 뜸을 들이던 사다함이 진지한 목소리로 물어왔다.

"그렇다면 한 나라의 술들은 어떻습니까? 사실을 말씀드리자면, 저희가 이번에 한 나라의 술을 수입하기 위해 준비하고 있었습니다만."

사다함의 제안은 눈이 번쩍 뜨이는 일이었다.

사실 이번엔 우리가 여기까지 직접 와서 술을 구입하게 되었지만, 이것도 어디까지나 응급 처치였다. 이곳은 핸들리 크로스웰의 눈길이 미치기 어렵기에 지금은 손쉽게 구입할 수 있다 하더라도 나중에 우리가 직접 와서 샀다는 걸 알게 되면 여기에 손을 쓸 게 뻔했기 때문이다.

크로스웰 상회에서 수입하는 주류의 양은 장난이 아닐 터, 그런데 거기서 '당신네 것은 사지 않겠소!' 라고 한다면 그에 영향을 받지 않을 곳이 얼마나 될까? 모르긴 몰라도 이곳의 주류 업계에서의 영향력도 작지는 않을 것이다. 그리하여 우리는 될 수 있는 한 크로스웰 상회의 영향력을 적게 받는, 이곳에서 손꼽힐 정도로 큰 곳이면서 주류를 중점적으로 취급하지 않고 여러 가지를 같이 취급하는 곳을 노리고 있었다.

그런 사정이니, 만약 크로스웰 상회에서 있는지도 모르는 새로운 주류 거래처를 개발한다면 핸들리의 방해에 대한 염려의 크기가 줄어드는 것은 물론이요, 그것으로 핸들리와 거래를 할 수도 있을 거다. 어느 상업이든 새로운 상품은 필요한 거니까 말이다.

"좋군요. 여러분이 정말 한 나라의 술을 취급하신다면 저희와 좋은 이야기가 되겠습니다."

선애는 물론이거니와 로어까지 얼굴이 활짝 폈다. 생각지도 못한 대어를 낚게 되었으니 말이다.

"다른 것들도 취급하는데, 듣고 싶으십니까? 이것들도 모두 한 나라에서 수입하는 것입니다."

이제 보니 이들은 한 나라와 무역하는 상회인 모양이다. 거기서 좀 더 상회를 발전시키기 위하여 진 나라에 수입하는 것에 그치지 않고 그것을 아벤티노 대륙에까지 수출시켜 중개상인으로서의 이득도 취하려 이 도시에 온 듯했다.

이러한 나의 추측은 대부분이 맞았다. 몇 가지만 빼고 말이다.

"너희들이 취급하는 한 나라 물품에는 독도 포함되는 모양이지?"

이제 막 활기를 띠며 본격적으로 거래 이야기에 들어가려는 찰나, 이러한 좋은 분위기가 마음에 안 들었는지 렌스버리가 차가운 어조로 툭 내뱉었다.

처음에는 '저 녀석이 또 무슨 방해를 하려고?' 라고 생각했는데, 그가 말한 내용이 무시할 수 없는 것이었다.

"술잔에만 발라놓다니, 머리 좀 썼는데?"

'뭣이라고라?'

CHAPTER

31

FANTASY FRONTIER SPIRIT

Chapter 31

"독이요?"

"독이라고요?"

그렇지 않아도 해적선에서 한 번 호되게 당한 전적이 있는 일행이었던 터라 반응은 즉각 나왔다. 자리에서 벌떡 일어난 일행이 렌스버리와 사다함 일행 전체를 살피며 뭔 일이 일어나면 바로 반격할 수 있도록 온몸을 긴장시켰던 것이다.

그러자 그 즉시 키 큰 무사 백운과 마른 중년 남자 기파랑이 슬며시 자리에서 일어나 귀공자, 즉 예흔랑에게 다가가는 것이었다.

'흠, 여기서 가장 중요한 인물이 저 녀석인 모양이군. 여차하면 인질로 잡아야지.'

그렇게 일촉즉발의 긴장된 공기가 흐르는 와중, 갑자기 이러한 분위기를 깨는, 어이없다는 듯한 웃음소리가 울려 퍼졌다.

사다함이었다.

"헛헛헛, 이거 참……. 일행에 대한 장난이 너무 심하신 것 아닙니까? 저도 깜짝 놀랐습니다."

정말 황당하다는 듯한, 자신은 절대로 무죄라는 듯한 당당한 그의 태도를 보자니 왠지 '어라, 아닌가?' 하는 생각이 들었다.

게다가 이 렌스버리 녀석이 여전히 자리에 앉은 채 태연하게 술을 홀짝홀짝 자작하고 있는 거였다. 그것도 자기 입으로 독이 발렸다고 한 바로 그 술잔으로 말이다.

그걸 본 일행들은 기가 막히다는 기색이 가득했다. 그리고는 시선을 토냐에게로 돌렸다. 아무래도 우리 중 그런데 지식이 가장 많은 사람이 바로 그녀였으니 말이다.

하지만 그녀는 일행들의 시선을 받자 자신 없는 표정으로 렌스버리의 눈치를 살피더니 주저하며 말하는 것이었다.

"그, 그게… 나는 잘 모르겠거든? 내가 아는 건 아벤티노 대륙 거라……."

자신 없는 말이긴 했지만, 그녀의 말에 일행은 서로의 얼굴을 보더니 어깨에서 긴장을 뺐다. 그런 우리 일행에게 사다함이 다시 입을 열었다.

"허허허! 아니, 우리가 독을 사용할 이유가 없지 않습니까? 원한 관계가 있는 것도 아니고, 이익을 두고 서로 다투는 사이도 아닌데요."

그의 말에 우리 일행은 완전히 의심을 벗어버리고 다시 자리에 앉으려 했다. 그런데 그때 쫘악~ 깔린 렌스버리의 음성이 들렸으니,

"내 말을 못 믿겠다, 이거지?"

그 녀석의 말에 막 자리에 앉으려던 일행은 경직되고 말았다. 그 상태로 서로 시선을 주고받은 일행은 기나긴 한숨을 내쉬고는 주섬주섬 자리에서 벗어나 렌스버리의 뒤쪽으로 모여들었다. 그가 장난을 치는 거라고 해도 우리 중 그에게 불만을 토로할 수 있는 이는 없었던 것이다.

[아리아씨이이~]

괜히 렌스버리의 심술에 울 꼬맹이만 식사도 못하고 고생하게 되자 나는 아리아를 붙들고 울먹거렸다.

[죄송해요. 나중에 렌에게 한마디 할게요. 그래도 렌이 괜히 그러는 것은 아닐 거예요.]

괜히 안 그러기는 뭐가 안 그렇단 말인가? 렌스버리 녀석이 언제는 괜히 안 그랬나?

'게다가 나중에 한마디 한다고 무슨 소용이야?'

라고 속으로 투덜대고 있는데, 렌스버리의 '심술+고집'으로 인하여 그의 뒤에 엉거주춤 모여 있던 일행 중 토냐가 선애를 툭툭 치더니 뭐라뭐라 속삭이는 것이었다. 그에 선애는 별로 내키지 않는다는 표정이었지만, 토냐의 찔림과 시선의 재촉에 어쩔 수 없이 렌스버리를 향해 고개를 기울였다.

"저기… 저희가 독에 중독된 거라면 해독해야 하지 않습니까?"

이런 선애의 속삭임을 어떻게 들었는지 오사함이 일행에게 통역을 하는 거였다. 그리고 그걸 들은 사다함이 곧바로 응수해 왔다.

"허허허, 그 말씀이 옳습니다. 그러나 중독이 되어야 해독을 하든지 하겠지요. 어디 독에 중독된 증상이라도 보이십니까? 구토 증상이 있으신가요? 어지러우신가요? 아님 피라도 토하실 것 같습니까? 렌스버리님, 장난이 너무 과하신 것 같습니다. 좋은 의도로 여러분을 초대한 건데 이러시면 서로 불쾌해지지 않겠습니까?"

사다함이 불쾌감을 내비치며 말하자 일행은 무지 미안한 듯 안절부절못했다. 그러나 힘 없는 게 죄라 일행은 뭐라고 말할 수도, 움직일 수도 없었다. 단지 사다함에게 미안하다는 기색이 역력한 시선만 열렬하게 보낼 뿐이었다.

그러자 사다함이 그 시선을 느꼈는지 한결 누그러진 어조로 다시 말했다.

"렌스버리님, 음식이 다 식겠습니다. 이제 그만 하시지요? 아, 혹시 음식이 입에 맞지 않으신 겁니까? 다른 것을 가져오게 할까요?"

그의 말에 렌스버리가 비죽 웃었다.

"극진한 배려는 고맙네만, 음식은 아주 맛있었네."

"그럼 왜……?"

사다함은 당혹스러운 표정으로 렌스버리의 뒤에 꼼짝 못하고 서 있는 일행을 바라봤다. 그의 표정을 보니 아무래도 렌스버리가 부하들 군기를 잡고 있는 걸로 생각하고 있는 것 같았다.

그건 나도 마찬가지였다. 물론 일행은 부하가 아니라 단지 힘이 없는 탓이긴 했지만 말이다.

결국 아리아가 보다 못했는지 단호한 표정으로 나섰다.

[신애 씨, 렌에게 말 좀 전해주세요. 여기서 조금만 더 하면 정말 화낼 거라고요.]

[넵! 선애야, 아리아 씨가…….]

그녀의 말에 화색이 돈 내가 선애에게 잽싸게 말을 전했고, 선애 또한 얼른 렌스버리에게 속삭였다.

"아리아 씨가 화내신답니다."

선애의 말에 렌스버리 녀석이 한쪽 눈썹을 치켜 올리며 정말이냐고 묻는 듯한 표정을 지어 보이는 것이었다.

'아니이~ 선애가 그렇다면 그런 줄 알 것이지 뭔 의심이 저리 많담.'

나의 못마땅한 심정을 아는지 모르는지, 렌스버리는 선애의 단호한 끄덕임을 보고 나서야 '쳇!' 하고 혀를 한 번 차더니 자리에서 일어났다.

"가자."

그러자 당황한 것은 사다함 쪽이었다.

"아니, 그냥 가시게요?"

같이 자리에서 벌떡 일어나며 당황한 어조로 묻는 사다함에게 렌스버리는 시큰둥하게 내뱉었다.

"흥이 식었어. 그러니 네놈들은 딴 데나 알아봐."

그러면서 정말 가려는 듯 렌스버리가 입구를 향해 몸을 돌리자 로어는 뒤로 넘어갈 듯한 표정이 되었다. 그리고 그건 나도 마찬가지였다. 다 된 밥에 코를 빠뜨린다더니만, 저놈이 따악 그 짝이다. 우리 일행이 여기에 왜 왔는가? 바로 저놈이 오자고 해서 온 게 아닌가 말이다.

'그래 놓고서는 일이 잘 해결되게 협조는 못해줄망정, 기껏 좋은 이야기가 나올 분위기인데 그것을 방해하는 것도 모자라 이제는 여길 떠나기까지 해? 울 꼬맹이 밥도 못 먹었단 말이다아~!! 어휴, 저놈이 그렇지. 아이구 속 터져.'

그러나 누가 감히 그에게 입을 뻥긋이라도 할 수 있겠는가? 일행은 벙어리 냉가슴 앓는 표정으로 어깨를 추욱 늘어뜨린 채 렌스버리의 뒤를 따르려 했다.

하지만 이런 로어를 안타까이 여긴 것일까? 렌스버리 녀석이 채 한 발자국을 떼기 전에 사다함이 비장한 표정으로 다시 물었다.

"정말 가실 겁니까?"

그도 우리와의 거래를 놓치기 싫었던 모양이다.

그러나 렌스버리가 어디 그런 데 상관할 녀석이던가?

"간다고 했잖아."

시큰둥하게 대답하는 렌스버리.

사다함 일행이 보면 참 성의 없는 무례한 태도였지만, 내가 보니 '저도 좀 미안하기는 한가 봐?' 하는 생각이 들었다. 렌스버리는 관심이 없으면 대꾸는커녕 아예 없는 듯 싸악 무시해 버리는 녀석이었던 것이다.

그러나 이러한 내 생각을 알 리 없는 사다함은 렌스버리가 자신을 무시한다 여겼는지, 결국 분노한 표정으로 말했다.

"이대로 가신다면 영영 해독을 못하게 되실 텐데요?"

그의 말에 렌스버리를 제외한 일행들은 사다함을 무척이나 동정의 눈길로, 그리고 동지의 눈길로 쳐다보았다. 아마 그들의 마음속에는 '오죽 열 받았으면 사다함이 저런 말까지……. 내 그 마음 이해한다, 이해해' 란 문장이 떠돌고 있을 거다.

그러나 그런 생각을 요~만큼도 하지 않을 렌스버리 녀석은 비죽 웃으며 대답하는 것이다.

"중독시킬 이유 따윈 없다며? 중독시킨 적 없다고 극구 부인하지 않았던가?"

노골적인 비웃는 어조에 사다함의 얼굴이 딱딱하게 굳어짐과 동시에 붉게 달아올랐다. 웃고 있을 때는 무척이나 좋은 인상이라 여겨졌는데, 분노를 드러내니 무지 험악해 보인다. 그러나 그 역시 보통 인물이 아니었던지 길게 심호흡을 한 번 하고 나자 안색이 금방 본래대로 돌아왔다. 그렇다고 처음의 사람 좋은 미소를 지은 건 아니었지만 말이다.

사다함은 렌스버리를 한 번 매섭게 노려보고는 일행과 작게 속닥속닥 대화를 나누기 시작했다. 놀라운 건 곧바로 그 자리를 떠날 듯 보였던 렌스버리 녀석이 그들이 하는 모습을, 비죽 웃기는 했지만 그래도 그런 그들을 가만히 지켜보고 있다는 거였다.

'허, 저놈이 도대체 무슨 생각이래?'

그걸 아는지 모르는지, 사다함이 일행과의 의논을 끝냈는지 정색을 하고 입을 열었다.

"좋습니다. 독을 사용했다는 걸 시인하지요. 이 말을 기다리신 거 아닙니까, 렌스버리님?"

마치 내기 바둑을 큰 차이로 이기며 두고 있었는데 거의 끝날 즈음 갑자기 나타나 고의로 판을 엎어버린 훼방꾼을 바라보는 듯한 시선으로 사다함이 렌스버리를 노려보며 말하자, 렌스버리보다는 옆에 있던 우리가 더 놀라 버렸다.

'헉! 정말 독이 있었단 말이야?'

입을 떠억 벌리고 놀라움을 여과 없이 표현하는 나와는 달리 아리아는 감격이 가득한 눈에 눈물까지 그렁그렁 맺힌 채 이렇게 말하는 것이었다.

[으흑흑, 미안해요, 렌. 당신을 끝까지 믿었어야 했는데… 이제는 당신만 믿을게요.]

그녀의 말을 옆에서 들은 나는 다시 한 번 경악해야 했다.

'헉! 앞으로 정말 큰일 났다.'

충격 고백을 한 사다함은 렌스버리의 잘난 체하는 말을 더 듣고 싶지 않았던지, 렌스버리가 뭐라 하기 전에 다시 입을 열었다.

"앉으시지요. 이제 그럴 이유가 생기지 않았습니까?"

잔뜩 비꼬는 감정이 그대로 드러나는 어조에—오사함의 통역을 거쳐 조금 완화되었다 해도 사다함의 표정만 보면 그가 말하고 싶은 심정을 누구라도 알 수 있을 터였다—우리 일행은 잔뜩 긴장했다. 해적선에서 단지 시끄럽게 굴었다는 이유로 수십 명의 해적들을 두 동강 내고, 그에게 건방지게 굴었다고 해적선은 물론이거니와 해적들의 시신까지 몽땅 태워 찾지도 못하게 한 작자가 바로 렌스버리였으니 말이다.

하류 일행이 렌스버리에게 혼나지 않고 무사히 돌아갈 수 있었던 것은 우선 렌스버리가 그들과 우리 일행을 붙여보고 싶어 했기 때문이지만, 직접적으로 렌스버리의 심기를 거스르지 않았다는 것이 그들이 무사할 수 있었던 비결(?)일 것이다. 만약 렌스버리에게 직접 뭐라고 한마디라도 했다면, 렌스버리의 성격상 재미고 뭐고 그냥 그 자리에서 즉결 처분을 내렸을 거다.

그런데 지금 사다함이 즉결 처분되게 생겼으니 일행이 잔뜩 긴장을 한 거다. 비록 직접적으로 험한 말을 한 건 아니지만, 대놓고 비꼬았으니 렌스버리의 성격상 가만있지는 않을 것이라 모두들 예측한 것이다. 사다함 혼자만 얌전하게 보내(?) 버리면 별 걱정도 안 되겠지만, 이건 빈대 잡으려다 집까지 몽땅 날려 버릴 확률이 높으니 말이다. 여기서는 십중팔구 이 여관까지 다 날려 버릴 거다.

'저번에 렌스버리 녀석이 준 목걸이 가지고 무사할 수 있으려나 모

르겠네. 여차하면 선애를 들고 튈 준비를……'

이런 나의 고심이 무색하게도 렌스버리 녀석이 아무렇지도 않은 덤덤한 표정으로 선애를 바라보며 말하는 거였다.

"뭐 해? 저 녀석이 앉으라잖아."

"예?"

'어라? 저 녀석 화가 안 났어?

당연히 무슨 말인지 못 알아들은 선애가 당황한 표정으로 되묻자 렌스버리 녀석이 한심하다는 시선으로 선애를 바라보는 거였다.

"뭘 멍청하게 바라봐? 이 일행의 리더는 너 아니야? 저놈이 할 말이 있는 거 같으니 들어주든지 거절하든지 해야지."

"하아?"

선애는 렌스버리가 지금 진심으로 말하고 있는 건지 아닌지 긴가민가하다는 표정으로 그를 바라보았다.

그리고 그건 다른 일행들도 마찬가지였다. 그도 그럴 것이, 지금까지 일행을 마음대로 휘두르던 존재가 바로 그였으니 말이다. 그런데 이제 와서 선애보고 결정하라고 하다니, 이런 황당한 일이 어디 있단 말인가? 그러니 그가 진심으로 말하는 건지, 심술부리는 건지 의중을 알 수가 없었던 것이다.

일행에게는 이미 사다함 일행의 존재는 안중에도 없었다.

그러자 그걸 참기 힘들었던지 사다함의 말을 통역한 오사함의 목소리가 들려왔다.

"좋습니다. 진지하게 이야기할 마음이 없다면 우리도 더 이상 권하지 않겠습니다."

그 말을 들은 렌스버리가 다시 선애에게 입을 열었다.

"네가 머뭇거리니까 저들이 화가 났잖아. 쯧쯧, 이 먼 곳까지 와서 일을 제대로 처리하지 못하면 어떻게 해?"

마치 선애가 모두 잘못했다는 듯 책망하는 어투에 선애의 입이 떠억 벌어졌다. 그러다 눈이 붉어지며 눈물이 그렁그렁해지더니 마악 뭐라 입을 열려고 하는 것이다. 얼마나 억울하고 분했으면 렌스버리 놈이 어떤 놈인지도 잊은 채 그에게 대들려고 했겠는가? 내 선애의 심정을 십분 이해하고도 남았다.

그러나 감정적으로 상대하기에는 렌스버리 놈이 너무나 버거운 존재였다. 그리하여 나는 선애의 편을 들고 싶은, 아주아주 커다란 마음을 어렵사리 억누르고 원하지 않은 몸을 움직여 선애를 말리려 했다.

그 순간 이러한 생각을 한 것이 나만이 아니었던지 나보다도 먼저 로어, 소피, 토냐가 선애를 막아섰다.

"선애야, 렌스버리님 말씀이 옳아. 빨리 결정해 줘야지."

"선애님, 오히려 지금이 더 좋은 기회일 수도 있습니다."

소피는 토냐나 로어처럼 직접적으로 말은 안 했지만 슬그머니 선애의 옆으로 다가가 소매를 잡아끌었다.

그런 셋의 노력이 효과가 있었는지 딱딱하게 굳어 있던 선애는 곧 긴 한숨과 함께 몸에서 힘을 빼고 소피의 당김에 얌전히 따라가 아까 박차고 일어났던 그 의자에 다시 앉았다. 하지만 화가 완전히 풀린 건 아니었는지 앉았어도 입을 앙다물고 있을 뿐이었다. 예전보다 많이 성장했다고 해도 완전히 어른이 되기에는 아직도 2% 부족한 모양이다.

[야, 야, 화 풀어라, 응? 저 성격을 몰랐던 것도 아니고…….]

옆에 아리아 씨가 두 눈을 말똥말똥 뜨고 있는 바람에 차마 하고 싶은 말은 하지 못하고 우회적인 말만 늘어놓으니 제대로 효과가 날 리 없었다.

'어휴, 말을 아니한 만 못하구만.'

덕분에 다시 자리에 앉은 우리 일행을 의아함 반 기대 반의 시선으로 쳐다보던 사다함 일행들의 표정이 점점 굳어지기 시작했다.

그 모습에 토냐가 얼른 로어의 옆구리를 꾹꾹 눌러댔고, 선애의 상태가 이들과 대화할 수 없다는 걸 자각한 로어가 결국 대표로 입을 열었다.

"기다리게 해서 죄송합니다. 그럼 이제 본격적으로 이야기를 나누어볼까요?"

그러나 로어의 반응이 너무 늦었던 것일까? 로어가 말을 마칠 무렵에는 어째 사다함 쪽 사람들의 표정이 더 더욱 굳어지는 것이었다. 이유를 몰랐는지 로어와 토냐가 당혹스러운 시선을 교환하는데, 사다함이 차가운 어조로 입을 열었다.

"지금… 뭐 하자는 것이오?"

"예? 그러니까 거래 이야기를……."

로어가 다급히 입을 열었지만 사다함은 냉혹한 어조로 로어의 말을 잘랐다.

"지금 당신이 나와 거래를 논하겠다는 것이오?"

그러니까 사다함의 말은 한마디로 '높은 사람 불러와!' 인 거다.

사다함 측에서는 아마도 울 일행의 리더는 렌스버리, 그 다음은 이해는 안 가지만 어쨌든 선애, 다음은 토냐, 그 다음에야 로어 혹은 소피로 보고 있었다. 그러니까 일행 중 가장 아랫사람이 대표로 사다함을 대하고 있으니 화가 난 거다. 아무래도 사다함은 그쪽 일행에서는 두 무사에게 보호받는 귀공자 다음 서열인 듯하니 말이다.

보아하니 귀공자는 후계자쯤 되고 사다함이 실무 경험자인 듯하니 그가 귀공자 대리로 나와도 무리는 없을 테지만, 우리 측은 그게 아니었으니 그가 화를 내는 것도 당연했다.

모든 거래를 할 때는 거기에 적당한 권한이 있는 직책을 가진 사람이 담당해야 한다는 건 상식이다. 그럴 때 거래 상대자는 비슷한 직책을 가진 사람이 하는 법이었다. 거래처에서는 이사 급이 왔는데 맞이하는 사람이 대리 급, 혹은 과장 급 정도라면 상대를 얕보고 있다는 소리밖에 안 되니 말이다. 그것이 예의이기도 하지만, 또한 일의 원활한 진행을 위해서도 필요한 일이었다. 식당 안의 인테리어를 바꾸는 데 식당 종업원이 인테리어의 방식과 가격을 흥정할 수는 없는 일 아닌가?

그걸 잘 알고 있었는지 로어는 사다함의 말에 반박하지 못한 채 난처한 표정으로 선애를 바라봤다. 아마 로어는 급하니까 선애의 보좌관으로서 나선 거지 자신이 할 수 있다는 생각은 못했을 거다. 아니면 그들이 잘못한 게 있으니까 이쪽에서 좀 막 나가도 괜찮다고 생각한 걸지도. 그런데 그게 통하지 않으니 선애 보고 나서달라는 것이다.

그러자 울 꼬맹이가 분노를 좀 가라앉혔는지 입을 열었다.

"거래를 하고 싶은 마음이 없는 것은 그쪽 또한 마찬가지 아닙니까? 도대체 왜 우리에게 독을 사용한 겁니까?"

분노를 가라앉힌 게 아니라 분노의 화살 방향을 돌린 모양이다. 착 가라앉은 선애의 어조에는 냉기가 휘몰아치고 있었다.

그러나 사다함 또한 이러한 반응과 질문을 예상이라도 하고 있었는지—당연하겠지만…—눈 하나 깜짝 않고 태연히 대답하는 거였다.

"예방책이지요. 당신들과의 거래가 만족스러웠다면, 당신들은 독에 중독되었다는 것도 모른 채 해독되었을 겁니다."

너무나 태연한 반응에 오히려 선애가 흥분을 드러내 버렸다. 그렇다고 탁자를 뒤엎는다던가 자리를 박차고 일어나는 것은 아니었고, 눈썹을 꿈틀대며 꽉 쥔 주먹을 부르르 떠는 정도였다.

'음음, 부족하긴 하지만 그래도 전에 비한다면 많이 성숙했다니까.'

대체적으로 침착한 태도에 지켜보고 있던 나는 가슴 뭉클하니 다가오는 진한 감동을 느끼며 그 다음에 이어지는 선애의 말에 귀를 기울였다.

"사람에게 독 먹인 걸 너무 가볍게 말씀하시는군요. 그것만큼이나 사람의 목숨을 가벼이 생각하시는 것 아닌가요? 거래상대로는 최악의 조건이네요."

'장하다, 내 동생. 저 약점 찌르기의 말발. 캬~ 감탄스럽다. 거기서 더 밀어붙여 버렷!'

옆에서 아리아가 의아하게 바라보는 것도 알아채지 못하고 두 주먹까지 불끈 쥐어가며 차마 방해가 될까 입도 열지 못한 채 속으로만 열심히 응원했다.

하지만 이 사다함 녀석도 정말 노련한 사람이었다.

"사람의 목숨을 가벼이 생각한 적 없습니다. 단지, 언제든 마음만 먹으면 해독할 수 있기에 손을 쓴 거지요. 유비무환 아니겠습니까?"

"흥, 그러다 마음에 안 들면 그냥 놔두고 말이죠?"

"계약 내용만 충실하게 지켜 신용만 잃지 않는다면 그럴 염려는 없을 겁니다. 아, 차 한잔 드시겠습니까?"

선애의 맞은편에 앉아 있던 사다함은 자신이 승기를 잡았다 여겼음인지 태연히 시종이 가지고 온 차를 받아 들며 차를 권하는 여유까지 보이는 것이었다.

"사양하겠습니다. 거기에 뭐가 들어 있을 줄 알고요?"

"아하하하, 설마 또 그러겠습니까?"

"귀하께선 이미 저희에게 신용을 잃으셨는데 그 말을 어떻게 믿는단 말입니까?"

선애의 날카로운 질문에 자신 앞에 놓인 찻잔을 들어 슬쩍 차향을 맡던 사다함이 만족스러운 표정으로 싱긋 미소를 날렸다. 전이라면 '참 사람 좋아 보이는 선한 미소다'라고 생각했겠지만, 지금은 '어쩜 저런 미소를 지을 수 있지? 사람이 정말 겉 다르고 속 다르네'라는 생각만 들었다.

"정말 안 드시겠습니까? 차향이 무척 좋은데요."

"됐습니다. 이쪽 차는 별로 입에 안 맞아서요."

향 좋은 차를 즐기는 편인 토냐가 아쉬워하는 듯했지만 선애는 사다함만 노려보느라 깨닫지 못하고 있었다.

그럴 때 안 나서도 되건만 꼬옥 나서서 산통 깨는 놈이 하나 있었으니,

"난 한 잔 줘. 이쪽 차라는 게 처음에는 이상한 거 같아도 한번 맛들이면 계속 찾게 되더군."

어느새 떠억 자리를 잡고 앉아 있었는지 렌스버리 녀석이 건방진 포즈로—이제는 그가 뭘 하든 내 눈에는 다 삐딱하게만 비쳐졌다—시종을 향해 손짓하는 것이었다.

그러자 사다함 녀석이 아까 열 받아 했던 건 그새 싸악 잊었는지 싱글싱글 웃으며 말을 받는 거다.

"오호라, 렌스버리님께선 차를 즐길 줄 아시는군요."

"훗, 내가 못하는 것이 어디 있을까?"

렌스버리 녀석이 손에는 찻잔을 들고 다리는 꼰 거만한 자세로 아주 당연한 이야기를 한다는 듯이 말하는데, 아리아에게는 정말 미안한 말이지만 지이인~짜 별꼴이 반쪽이었다.

렌스버리가 차를 받아들이자 시종은 선애가 거절했음에도 불구하고 토냐와 로어, 소피는 물론이거니와 선애의 앞에도 찻잔을 내려놓는 것이었다. 그거 보면 아무래도 저 시종 또한 사다함 일행과 한패인 거 같았다.

"그러고 보니 그쪽 대륙에 이 차도 수출한다지요? 혹, 차도 취급하고 있으신가요?"

기분 좋은 표정으로 차를 한 모금 마신 사다함이 문득 생각이 났다는 어투로 물어왔다.

"아니요. 차는 취급하지 않습니다. 한 나라에서 차도 수입하시나 보죠?"

그에 톡 쏠 줄 알았던 선애가 의외로 순순히 대답해 준다. 얼굴을 보니 만사를 다 초월한 표정. 렌스버리의 산통 깨기 덕분에 화를 내는 것이 허탈해진 모양이다.

"아쉽게도 아닙니다. 차는 한 나라보다 진 나라가 더 뛰어나서요. 오히려 진 나라에서 한 나라 쪽으로 수출하고 있는 형편이지요. 아, 그래도 그쪽에 루트를 가지고 있으니 혹 원하신다면 거래를 틔워 드릴 수 있습니다만……."

그러나 사다함의 그 말에 선애의 눈빛이 다시 차가워졌다. 그 상태로 씨익 입꼬리를 올리며 비웃음을 던지는 거였다.

"사다함님은 참 긍정적이신 분이군요. 상거래에서 가장 중요한 신뢰를 잃어버리셨으면서 저희가 거래를 할 것이라 생각하신 겁니까?"

가시가 삐죽삐죽 솟은 말이었지만 사다함은 느긋했다. 찻잔을 양손으로 감싸 그 따뜻함을 즐기며 마치 손녀에게 대하듯 인자한 어조로 말을 꺼내는 것이었다.

"사람이 살면서 때로는 원하지 않아도 할 수밖에 없는 일도 있지요. 그렇게 생각지 않으십니까?"

처음에는 선애를 향해 말해 선애를 열 받게 하더니만 나중에는 렌스버리를 향해 싱긋 웃어 보이는 것이다. 아무래도 아까 열 받게 했던 걸 완전히 씻어버리지는 않았던 모양이다.

그러자 렌스버리도 마주 웃어주며 대꾸한다.

"그런가? 나는 잘 모르겠군. 그런 적이 없어서 말이지. 그런데 뭘 거래하고 싶은 거지?"

"저희가 내놓을 것은 우선 종이와 도자기, 술, 장식류, 곡물 몇 가지입니다. 우선은 진 나라 물건보다 괜찮거나 최소한 그에 못지않은 것만 가지고 왔습니다만, 그쪽 대륙에서 통할지는 여러분들이 판단해 주셔야겠지요."

사다함은 거래가 다 이루어진 것인 양 줄줄줄 늘어놓는다.

그의 말을 관심이 많은 것처럼 진지한 표정으로 듣고 있던 렌스버리 녀석이 우아한 포즈로 마시던 찻잔을 내려놓더니 양손을 각지 껴 무릎 위에 내려놓으며 입을 열었다.

"그런데 말이야, 상거래에 있어서는 역시 신용이 제일인 것 같아. 그렇지?"

'갑자기 무슨 뜬금없는 소리를? 지금 설마 그걸 몰라서 묻는 건 아니겠지?

'이번에는 또 왜?' 란 기색이 역력한 시선들이 렌스버리를 향하며 순간 정적이 흘렀다. 그러다가 렌스버리가 사다함만을 집요하게 바라보고 있자—아마 그에게 한 말이었나 보다—사다함이 당혹스러운 웃음을 지으며 입을 열었다.

"무, 물론 그렇지요. 그런데 그 말씀은 갑자기 왜……?"

방 안의 모든 인물을 당혹감 속에 빠뜨려 놓고는 자신과는 아무런 상관도 없는 일인 양 태연히 다시 차 한 모금을 마신 렌스버리가 천천히 입을 열었다.

"으음, 차 맛이 정말 좋군. 아, 내가 하고 싶은 말은 신용을 쌓고 싶으면 서로 간의 신뢰가 있어야 하지 않겠냐는 거지. 신뢰, 믿음. 얼마나 좋은 말이야?"

자기가 한 말에 감탄한 건지, 차 맛에 감탄한 건지 렌스버리가 무지 만족스러운 표정으로 고개를 끄덕인다.

'아니, 그게 좋은 말이라는 거 누가 몰라? 저 녀석 도대체 왜 그래? 무슨 말이 하고 싶은 거야?'

"하. 하. 하, 옳으신 말씀입니다. 저희 상회와 여러분의 상회는 신뢰로 맺어졌으니 더 이상 바랄 것이 없을 정도입니다."

사다함 녀석, 누가 상인 아니랄까 봐 말은 매끄럽게 잘한다. 그러나 그보다도 계속 만족스레 웃고 있는 렌스버리가 더 신경 쓰였다.

"자네가 그리 생각한다니 더 더욱 내 가만히 있을 수 없지. 상호 간의 신뢰를 쌓기 위해서는 '진실'이 필요한 법. 그렇지 않은가? 그래 자네 상회와 이쪽 상회의 돈독한 신뢰를 위하여 내가 '진실'의 물고를 틔워줌세."

통역을 하는 오사함이나 그의 말을 듣는 나머지 일행의 표정이란,

마치 별나라 외계어를 듣는 듯하다.

그런 그들의 표정을 감상하듯 잠시 텀을 둔 렌스버리가 드디어 본론을 꺼냈다.

"그거 아나? 이쪽 상회 사람들에게 독은 별 소용이 없다는 거."

"예에?"

"아니, 그걸 왜?"

"렌스버리님!"

"헉스……."

이건 사다함 일행이 내는 소리가 아니었다. 최후의 최후까지 숨기려 했을─상대방의 방심을 유도하기에 딱이었으니까─일행들이었을 텐데, 그걸 자기 마음대로 밝혀 버렸으니 놀라는 건 당연했다.

로어는 얼마나 놀랐는지 자리를 박차고 일어나는 바람에 찻잔을 넘어뜨릴 정도였다. 그가 경악해서 렌스버리의 이름을 부르자─애가 얼마나 놀라고 다급했으면 그랬겠는가?─렌스버리가 로어에게 싸늘한 시선을 던졌다.

"왜 불러?"

"예? 아니, 그게……."

그러나 렌스버리의 싸늘한 시선은 보통 사람이 쉽게 감당할 수 있는 게 아니었다. 그 시선을 직격으로 받은 로어가 황급히 시선을 피하며 쩔쩔맸지만, 렌스버리 녀석은 다음 타격을 날렸다.

"뭐야, 불렀으면 말을 해?"

보통 사람이야 그 정도에서 가벼운 경고의 시선이나 준 뒤에 넘어가겠지만, 렌스버리 녀석이 어디 그럴 만한 관용이라도 가지고 있던 녀석이었던가?

이때, 토냐가 도저히 가만히 있을 수 없겠던지 용감하게 나섰다.

"그걸 말씀하시면 어쩝니까?"

"왜? 내가 어디 틀린 말했나?"

틀린 말은 아니었다. 우리에게는 마법사인 토냐가 있었으니 말이다. 독이 어떤 건지는 몰라도 그녀의 마법만 있으면 어떻게든 해결할 수 있을 터였다. 정 안 되면 렌스버리 녀석이 있으니까. 설마 선애를 죽게 내버려 두기야 하겠는가?

그러나 지금 그 말이 진실인지 거짓인지를 가지고 토냐가 따지고 드는 것이겠는가?

렌스버리 놈, 빤히 알고 있을 텐데도 저렇게 나온다.

다른 때라면 이쯤에서 얌전히 물러났을 테지만, 이번에는 토냐가 아주 단단히 작심을 한 모양이다.

"그건 아니지만, 지금은 말하지 않는 것이……."

토냐가 끝까지 용감하고 침착하게 말하려 했지만, 정말 아쉽게도 렌스버리 녀석의 치사한 성격을 당해낼 수는 없었다.

"내 마음이야."

그놈이 자기 마음이라는데 누가 뭐라고 할 수 있겠는가?

그렇게 렌스버리가 간단히 토냐의 입을 막자 그제야 오사함이 황급히 통역을 시작했다. 아마 스스로 렌스버리의 말이 믿기지 않아 통역할 생각도 못하고 있다가 우리 일행의 반응과 사다함 일행의 재촉에 가까스로 입을 열었던 것 같다.

'하지만 너희들도 그 말을 들으면 반응이 비슷할걸?'

과연 오사함의 통역을 들은 그들은 두 가지 반응을 보였다.

사다함이 제일 먼저 기가 막히다는 표정으로 입을 열었다.

"그거… 통역을 제대로 한 거 맞는가?"

믿기 힘들다는 말에 오사함이 이해한다는 표정으로 대답했다.

"저도 처음에 제가 잘못 들은 건 줄 알았습니다. 하지만 다른 사람들의 반응을 보아하니 제대로 들은 것 같습니다."

"독이 소용없다니… 그게 무슨 말일까요? 설마 저쪽 대륙 사람들은 독이 듣지 않는 체질이란 소리일까요?"

그동안 거의 말이 없었던 백운—키가 큰 무사—이 심각한 어조로 끼어들자 사다함이 코웃음 쳤다.

"무슨 소리. 저들이 인간이 아니라 어디 선인이라도 됐단 말인가?"

거기에 오사함도 사다함을 거들었다.

"선인이라도 독에 완전히 자유로운 건 아닙니다. 단지 독의 효력이 나타나는 게 인간보다 약간 느린데다 그들이 약초나 독초에 뛰어난 지식을 가지고 있기 때문에 웬만한 독은 별 소용이 없을 뿐이지요."

그들 모르게—당연하겠지만—그들의 대화를 선애에게 열심히 통역해 주던 나는 잠시 멈칫거렸다.

[선인? 선인이 뭐지? 이 대륙에 있는 유사 인종인가?]

그러자 내 곁에 있던 아리아가 불쑥 끼어들었다.

[아니에요. 우리 엘프를 여기에서 선인이라고 불러요.]

[에에? 선인이 엘프였어요?]

내 말에 아리아가 싱긋 웃으며 설명해 줬다.

[이 대륙에서 도를 닦는 사람들이 우리 엘프의 생활 방식이 무척 마음에 든 모양이에요. 게다가 약초에 대한 지식과 주술에 대한 지식을 높이 평가했던지, 선인이라고 부르며 존중해 준답니다.]

[오오…….]

아리아의 설명에 흥미를 느끼며 귀를 기울이는데 선애의 다급한 속삭임이 들려왔다.

"언니, 통역, 통역."

[아아, 그래, 그래.]

선애의 재촉에 나는 아리아에게 나중에 이야기하자는 사인을 보내고는 얼른 사다함 일행 쪽으로 귀를 기울였다.

잠깐 대화를 놓치기는 했지만 대화의 내용을 짐작하는 건 어렵지 않았다.

사다함과 오사함, 그리고 가장 지위가 높아 보이는 귀공자 예혼랑은 렌스버리의 말에 무슨 속임수가 있는 거라 여기고 있었으며, 무사 측인 백운과 고수 기파랑은 정말 독에 영향을 받지 않는 무슨 방법을 가지고 있을지도 모른다고 여겼다.

"허허허, 기 대협은 상인들에게 너무 많은 걸 바라시는구려. 대협 같은 고수야 내공으로 독을 막을 수도 있다 하지만, 저들은 보통 상인이올시다."

사다함의 말에 '고수' 기파랑이 우리 일행 쪽으로 힐끔 시선을 주더니 대꾸한다.

"다른 사람은 몰라도 확실히 저자는… 모르는 일이오."

기파랑의 말에 그들 일행의 시선이 렌스버리에게 향했다. 그가 범상치 않다는 것은 모든 일행이 동의하는가 보다.

"저자가 문제요? 하면, 저자만 확실히 제압한다면 그의 말이 허풍이냐 진심이냐며 싸울 필요가 없이 모든 게 정리될 거 같은데… 그렇게 생각지 않소?"

귀공자 예혼랑의 침착한 말투.

난 그 이야기를 통역하며 속으로 쓴웃음을 흘렸다.

'맞는 말이야. 하나 그게 쉬운 일이 아니라는 게 문제겠지. 물론 그렇게 해준다면 우리로서야 고마운 일이지만.'

그러나 안타깝게도 사다함은 반색을 표하고 백운은 눈을 반짝 빛냈지만, 오사함과 기파랑이 동시에 고개를 저어 보이는 것이었다.

"위험합니다."

"죄송한 말씀이오나, 저는 그를 감당할 자신이 없습니다."

예흔랑은 설마 기파랑이 그리 말할 줄은 몰랐다는 듯 무척이나 놀란 표정이었다.

"그대가 그리 말할 줄은 몰랐소만… 저자가 그 정도란 말이오? 기껏해야 나보다 몇 살 위로 보일 뿐인데. 하다못해 한번 해볼 만하다도 아니고……."

렌스버리의 외모야 20대 중반 정도로 보이긴 했다. 그런데 그게 하필이면 마법으로 만든 외모였으니…….

'외모에 속으면 안 되지.'

예흔랑의 말에 기파랑이 밑으로 자연스레 내리고 있던 오른팔을 들어올렸다. 밑에 늘어뜨려져 잘 보이지 않았던 그의 오른손은 주먹을 꽈악 쥐고 있었는데, 사람들 앞에 그 손을 펴 보였던 것이다.

갑작스런 그의 행동에 일행은 어리둥절한 표정이었지만, 백운과 오사함만은 움찔 놀라는 표정이었다. 단지 상회에 소속된 머리 좋은 꽃미남인 줄만 알았는데, 그걸 보니 오사함이 아무래도 보통 인물은 아닌 것 같았다.

"대협……."

신음성을 흘리는 듯한 백운의 목소리에 기파랑이 헛헛한 웃음을 흘렸다.

"제가 저자와 맞선다는 생각만으로도 제 주먹이 덜덜 떨리더군요."

"그런……."

기파랑의 자신 없는 말에 사다함과 예혼랑의 눈이 커졌다.

"그럼, 기 대협과 백운이 합공을 한다면 어떻소?"

예혼랑의 말에 백운의 눈이 번쩍 빛났다. 그동안 마치 석상처럼 움직임이나 말, 그리고 감정도 극도로 자제하던 그가 크게 흥분한 모습을 보이자 내가 다 놀랄 정도였다. 그건 나뿐만이 아니라 예혼랑까지 놀란 표정을 지어 보이자 백운이 창피했던지 고개를 숙였다.

그 모습에 기파랑이 가볍게 웃었다.

"젊다는 건 좋은 거죠. 불가능해 보이는 상대라 해도 계속 도전해 보고 싶은 열정이 샘솟으니."

그러나 마냥 웃고만 있을 수 없는 사람이 있었으니,

"지금 웃고 계실 때입니까? 기 대협과 백운 군을 투입하다니요. 아니 될 말씀입니다."

사다함이 펄쩍 뛰며 반대했지만, 예혼랑은 렌스버리의 실력 체크에 관심이 있었던 모양이다.

"아아, 그냥 한번 물어보는데 뭘 그렇게 흥분하시오? 어떻소, 기 대협? 기 대협과 백운이면… 내 생각에는 가능할 거 같은데?"

예혼랑의 재촉에 기파랑은 백운을 바라보다가 천천히 시선을 돌리더니 오사함을 바라보며 씨익 웃었다. 그 순간, 나는 그들과 떨어진 탁자 너머에서 바라보고 있는데도 그의 눈빛이 마치 얼음 송곳 같다는 느낌이 들어 몸서리가 쳐졌다. 내가 이런데 바로 코앞에서 그 시선을 받는 오사함은 아마 한겨울에 팬티만 입은 채로 차가운 얼음 계곡 물

속에 빠지는 느낌일 거다. 그런데 오사함은 눈 하나 꿈쩍도 않은 채 그 샤방~한 미소만 보이는 것이었다.

"저에게 볼일이 있으십니까?"

게다가 그는 말하는 데 한 치의 흔들림도 보이지 않았다.

그러자 기파랑이 '그럼 그렇지~' 하는 표정으로 고개를 끄덕이는 것이었다.

"과연… 저와 사함 군, 그리고 백운이라면 완전한 제압은 불가능하 더라도 일행들이 제압될 때까지 최소한 버티는 건 가능할지도 모르겠 군요."

"사, 사함 군이 말입니까? 아니, 잠깐, 그건 그렇다 치고… 셋이 덤 벼도 이기는 게 불가능하단 말입니까?"

사다함의 경악한 어조에 기파랑이 빙그레 웃어 보인다.

"나머지 일행을 제압하는 데 너무 시간이 걸리면 오히려 우리가 당 할지 모르니 조심해야 할 겁니다. 공자, 어쩌시겠습니까?"

마지막으로 기파랑이 예흔랑을 바라보자 나머지 이들의 시선도 예 흔랑에게로 향했다. 과연, 모든 일의 결정권이 예흔랑에게 있었던 것 이다.

"나머지 일행들을 제압하는 데는 얼마나 걸리겠소?"

"안 됩니다, 공자님. 정말 하시면 어쩝니까? 기 대협과 백운을 이 일 에 투입하다니요. 그럼 공자님의 경호는 어쩐답니까?"

우리 일행, 정확하게는 렌스버리를 제압하는 데 마음이 기울었다는 듯한 공자의 말에 사다함이 사색이 되며 강력하게 반대했지만 예흔랑 은 고집을 꺾지 않았다.

"어차피 저 일행들은 모두 바쁠 텐데 내 경호가 무슨 필요가 있겠소? 게다가 나 또한 내 몸 하나는 지킬 수 있소."

"아니 되십니다. 그 귀한 몸에 상처 하나라도 생긴다면……."

사다함이 다시 펄펄 뛰려고 했으나 예흔랑이 매섭게 노려보자 그는 찔끔하며 뒤로 물러날 수밖에 없었다.

"그만. 사숙, 난 여기에 보호받기 위해서 온 것이 아니오. 내가 일에 방해가 된다면 여기까지 올 이유가 없었지 않소?"

"그, 그게 무슨 말씀이십니까? 방해라니요."

사다함이 얼른 손을 저으며 말하려고 했지만 예흔랑이 이번에도 말을 잘랐다.

"그럼, 지금 저들을 단숨에 제압하는 것보다 더 좋은 방법이 있소?"

"그러니까… 저자의 말을 완벽히 믿을 수 없으니 그대로 밀고 나가시면……."

"확실한 게 아니잖소. 정말 저자의 말대로 독을 해결할 방법이 있다면 어쩔 것이오?"

"공자님, 기 대협도 저들을 확실하게 제압할 수 있다고 자신하지 못하지 않습니까? 원래 상거래란 적당히 밀고 당기는 것입니다."

"우리가 독을 쓴 것이 밝혀진 이 상황에서도 말이오? 이대로 간다면 우리에게 상당히 불리한 것 아니오?"

"그, 그게……."

"논쟁은 그만 합시다. 이 상태라면 난 차라리 강경하게 나가는 것이 더 낫다 생각하오. 혹 더 좋은 의견 있소, 오사함?"

예흔랑이 오사함을 바라보자 오사함은 샤방~한 미소를 띠며 허리를 숙여 보였다.

"저는 공자님의 뜻에 따를 뿐입니다."

오사함의 반응이 마음에 들었는지 예혼랑이 흡족한 미소를 띠었다.

"좋소. 밖으로 연락하시오. 이번 일의 지휘는 기 대협, 그대에게 맡기겠소. 사숙은 밖에서 연락이 올 때까지 저들을 맡도록 하시오. 그리고 신호가 오면 나랑 뒤로 물러나 있읍시다. 그럼 되겠소?"

단호한 결단력과 명령을 내리는 걸 보니 온실 속에서 고이고이 자라기만 한 도련님은 아닌 모양이다.

예혼랑의 말에 사다함이 하는 수 없다는 듯 길게 숨을 내쉬며 고개를 숙여 보였다.

"뜻을 따르겠습니다."

그리고 기파랑과 백운, 오사함도 같이 고개를 숙였다.

"명을 받듭니다."

그들의 말을 잽싸게 통역하자 선애가 킥킥 웃었다. 그리고는 토냐에게—선애의 왼쪽에는 소피가, 오른쪽에는 토냐가 앉아 있었다. 렌스버리는 일행의 끄트머리에 앉아 있었다—속닥거렸다.

"토냐님, 저들이 우리를 제압한대요."

"우리만?"

"렌스버리님을 집중적으로 노린다는데요?"

"오옷, 이런 횡재가 다 있니? 만약을 대비해 실드를 준비해야겠군."

렌스버리에게는 별로 알려주고 싶은 마음도, 알려줄 필요성도 느끼지 못한 일행이었지만, 그래도 나중에 뭔 꼬투리를 잡힐까 무서워서 그의 옆에 앉아 있던 로어가 슬며시 그에게 조심하라는 식의 말을 건넸다.

그런데 놀랍게도 렌스버리 녀석은 이미 모든 상황을 알고 있었다. 처음에는 눈치로 때려 맞춘 건가 생각했는데, 가만히 보니 아무래도 저들의 대화를 알아듣는 것 같았다. 하기야, 따지고 보면 아리아가 이쪽 대륙 출신이었으니 이 대륙의 언어를 좀 알고 있다는 것이 이상한 일은 아니었다.

'그런데… 자기도 이야기를 들어 알고 있었으면서 말할 생각이 없었단 말이야? 정말 도움이 안 되는 놈이라니까.'

나는 차마 노골적으로 노려보지는 못하고 곁눈질로만 힐끗 보며 속으로 한숨을 내쉬었다.

그런데 그때,

"정말 믿을 수가 없군요. 그 말이 사실이란 말입니까?"

사다함의 대외용(?) 어조의 말에 오사함이 통역을 시작했다. 저들의 말을 빌리자면, 바깥에서 신호가 올 때까지 우리를 맡으려는 거였다.

그걸 뻔히 알면서도 렌스버리는 느긋했다. 하기야, 저놈이 느긋하지 않을 때가 어디 있었던가?

"내 아까 '진실'을 말한다고 한 것 같은데? 하지만 믿고 안 믿고는 그대들의 자유겠지."

"사실이라면 정녕 놀라운 일이군요. 어찌 그럴 수 있단 말입니까?"

오사함의 통역을 들은 렌스버리가 빙긋 웃으며 손가락을 좌우로 까딱였다.

"안 돼지, 안 돼. 자네들은 상인이면서 왜 이러시는가? 거래란 당연히 주고받는 거 아니던가? 가는 게 있으면 오는 게 있어야지."

'저 자식… 완전히 놀고 있잖아?'

렌스버리의 느긋한 말에 사다함의 인상이 못마땅하다는 듯 찡그려지는 게 보였지만, 그건 아마도 다분히 의도적인 연출일 거라는데 나는 내 전 재산을 걸 수도 있다. 그런데 사다함이야 그렇다 치고, 렌스버리 녀석도 저들의 의도를 뻔히 알면서 아주 즐겁게 그 의도에 장단 맞춰 놀아주고 있는 이유를 알 수가 없었다. 설마 우리 일행이 저들에게 습격당하는 꼴을 보고 싶은 건가?

'핫, 그렇다면… 조금 있다가 저들이 습격해 올 때 우리에게 조금도 도움이 안 되겠군?

갑자기 떠오른 생각에 내 느린 두뇌가 오랜만에 팽팽 돌아가는 게 느껴졌다.

'렌스버리에게 세 사람이 들러붙는다고 했지만—아마 여기 있는 사람들 중 가장 고수들일 거다—렌스버리가 그들에게 제압은 안 당하더라도 최소한 공격할 의사가 없다는 걸 알아채서 한 사람이라도 빠져 나머지 일행들을 공격하는 데 가담한다면……'

거기까지 생각이 미친 나는 왠지 마음이 다급해졌다.

[선애야, 소피하고 토냐에게 방어 위주로 하지 말고 공격할 준비도 하라고 그래. 아무래도 렌스버리님의 도움을 받기는 어려울 것 같아.]

아리아가 옆에 버티고 있는 관계로 우회적으로 말하기는 했지만, 선애는 충분히 알아들은 듯 몸을 살짝 긴장시키며 토냐와 소피에게 작게 속닥거렸다.

그런데 그때였다. 노크 소리가 들리고 문이 열리더니 여섯 정도의 시종이 줄을 이어 들어왔다.

"탁자를 치워드릴까요?"

정말 탁자를 치우려는 양 커다란 쟁반을 줄줄이 들고 온 그들에게 오사함이 화사한 미소를 머금은 채 우리 일행을 바라봤다.

"치워도 되겠습니까?"

기실 탁자 위에는 거의 손을 안 댄—렌스버리 놈이 애들이 채 몇 번 먹기도 전에 독 이야기를 했던 것이다—많은 음식들이 차갑게 식어서 거의 내버려져 있었던 것이다.

"아아, 치우게."

렌스버리의 허락에 오사함이 시종 일행들에게 손짓했다.

[아무래도 시작한 거 같지?]

내 말에 선애가 소피와 토나에게 가만히 신호를 보냈다.

다가온 시종 일행들은 오사함의 손짓에 누구에게랄 것도 없이 깊숙이 허리를 숙여 보인 후 커다란 접시에 음식들을 옮겨 담는다고 부산을 떨어댔다. 그런 그들을 가만히 주시한 채 여차하면 선애를 잡아끌 요량으로 선애의 뒷덜미에 손을 올린 채 긴장하고 있었다.

과연, 커다란 쟁반에 음식들을 절반 정도 담았을 때 탁자 건너편에서 예혼랑의 곁에 서 있던 기파랑이 움직였다. 그의 모습이 시야에서 사라졌다 싶은 순간, 어느새 기파랑은 공중으로 뛰어올라 한 시종이 들고 있던 쟁반을 가볍게 발로 차 렌스버리를 향해 날려 버렸던 것이다.

덕분에 그 위에 있던 음식 접시들까지 같이 날아가 잘만 하면 렌스버리 녀석이 그걸 온통 뒤집어쓰는 아주 멋진 꼴을 볼… 수도 있었지만, 렌스버리가 어디 그리 만만한 녀석이었던가? 나야 기파랑의 모습이 잠깐 사라지자마자 선애의 뒷덜미를 냉큼 잡고 뒤로 물러나느라 잘은 못 봤지만, 나중에 보니 렌스버리의 몸에는 음식물은커녕 소스 한 방울도 안 묻어 있었다.

'젠장! 기파랑 씨, 잘 좀 하시지요~!'

그러나 나도 속 편히 기파랑을 응원하고 있을 입장은 아니었다. 기파랑이 움직이자 다른 모든 사람들도 같이 움직였던 것이다.

역시나 예상했던 대로 음식 접시를 치우겠다고 들어온 시종들은 모두 저 녀석들과 한패거리였다. 게다가 그 여섯 시종뿐만이 아니라 문밖에서 네 명의 시종이 더 뛰어 들어온 것이었다. 확인은 안 해봤지만, 아마 바깥에 몇 명은 더 있을 거였다.

그렇게 열 명의 시종은 모조리 렌스버리를 제외한 우리 일행을 향해 덤벼들었다.

기파랑이 움직이자마자 내가 잽싸게 선애를 들고 뒤쪽으로 물러나서 선애는 온전했지만, 긴장하고 있었던 토냐와 로어는 한발 늦어 그 시종 녀석들이 던진 음식 접시를 맞고야 말았다. 다행히 무조건 뒤로 물러나느라 큰 피해는 없었지만, 저녁 식사도 제대로 못한 상태에서 음식물 세례를 받은 토냐는 무척이나 분노했다. 왜, 아예 안 먹으면 그나마 낫지만 몇 입 먹다 말면 더 감질나서 출출하게 느껴지는 법이 아니던가. 우리 일행이 바로 그 상태였던 것이다.

"이 자식들이! 라이트닝 볼트!"

첫 방에 큰 효과를 보고 싶었던지 토냐는 강한 마법을 선사했다. 그녀의 외침이 끝나자마자 허공에 대여섯 개의 번개가 형성되더니만, 그것이 여러 갈래로 갈라져 막 우리에게 검을 들고 달려드는 시종 차림의 녀석들을 향해 날아갔다.

그것은 효과가 좋았다. 아무도 토냐가 마법사라는 것을 알지 못했던지 마법에 대한 방비를 전혀 하지 않은 탓에 다섯 명이 번개를 정통으로 맞고 뒤로 나가떨어졌던 것이다. 뒤의 다섯이 잽싸게 피하기는 했지만, 그래도 번개가 철을 향해 달려드는 것만은 피하지 못해 전기에 감전된 검을 떨어뜨려야만 했다.

그러나 얼마나 대단한 훈련을 받은 녀석들이었던지, 비록 검을 들고 있던 오른쪽 팔들을 그을리긴 했지만 신음 소리 하나 내지 않은 채 곧바로 덤벼드는 것이었다. 게다가 그 뒤로 세 놈이 더 뛰어 들어와 같이 달려들었다.

토냐의 마법을 한 번 본 뒤라 그런지 앞서 달려드는 다섯 녀석은 떨어뜨린 검은 놔둔 채 그냥 맨손으로 달려들었다.

그런 그들에게 회심의 미소를 지으며 토냐가 다시 시동어를 외치려는 찰나!

슈욱~!!

소리와 함께 그들 뒤쪽에서 세 개의 단검이 날아드는 것이었다.

"꺅!"

비록 공격 마법에는 능통한 그녀였지만, 실전 경험은 별로 없었는지 그 모습에 대경실색하여 몸을 숙이고 말았다. 다행히 소피가 나서서 세 단검을 모두 쳐냈지만, 그 틈을 타서 놈들이 우리 코앞까지 다가오고 있었다.

하지만 그걸 가만히 내버려 둘 내가 아니었다.

푸확확~!!

이번에는 자신있는 걸로 준비하고 있었던 터라, 달려들던 녀석들 코앞에서 아주 뜨거워 보이는 불의 장벽을 세울 수 있었다.

아까 전기의 짜릿함에는 버틸 수 있었던 녀석들도 이 불의 장벽만은 안 되겠던지 '헉!' 하는 신음성을 흘리며 뒤로 물러나는 기색이 비쳐진다.

그러나 그것도 잠시, 타악~! 하는 가벼운 발구름 소리와 함께 두 녀석이 높이 솟아올라 불의 장벽을 뛰어넘으려는 모습이 보였다. 아무래도 불의 장벽 너머에서 누군가가 발을 받쳐 허공에 띄워주기라도 한 모양이다.

그렇게 애써 넘어오려 하는 그들에게는 안됐지만, 그들을 기다리고 있는 건 토냐의 매서운 마법이었다.

"매직 미사일!!"

덕분에 두 녀석이 다시 고스란히 불의 장벽 너머로 떨어져 내렸다.

그 모습을 본 나는 잠시 여유를 가지고 렌스버리 놈 쪽으로 시선을 돌렸다. 그랬더니, 과연… 이라고나 할까? 렌스버리 놈이 세 사람의 공격을 아주 유연하게 살짝살짝 피하기만 하고 있는 것이었다. 너무나 여유로운 그 몸놀림으로 보아하니 세 사람을 제압하는 게 크게 어려운 일도 아니겠구만… 특하나 렌스버리의 전공은 체술이 아니라 마법이 아니던가?

'역시 도와줄 마음 따윈 없잖아?

녀석을 째려보며 발만 동동 구르는 그때, 갑자기 촤아악~ 하더니 내가 일으킨 불의 장벽을 향해 물이 끼얹어지는 것이었다. 나의 조종을 받는 불이라 해도 물에는 완전히 자유로울 수가 없었던 것인지, 녀석들이 두어 양동이 정도의 물을 더 끼얹자 푸시식 하면서 불길이 화악 죽어버렸다. 실내라서 천장이나 벽에 닿지 않을 정도로만 일으킨 것이 문제였다. 불이 옮겨 붙든 말든 그냥 크게 일으킬 걸… 하는 후회를 하며 죽어버린 불길을 다시 일으키려고 하자 전보다는 기운이 두 배 이상 드는 것이 느껴졌다.

"내가 나설게!"

토냐의 외침에 나는 내 의지를 끊어버렸고, 그와 함께 불의 장벽이 사라졌다. 너머에서 각각 나무 물통을 든 세 명의 시종이 움찔하는 게 보인다.

그들이 토냐의 모습을 보고 황급히 물러났지만, 토냐의 마법을 피할 수는 없었다.

"워드!"

그러자 허공에서 척 보기에도 끈적끈적해 보이는 거미줄이 수십 가닥이나 나타나 놈들을 향해 덮쳐들어 갔다.

녀석들이 침착하게 그 사정거리에서 벗어나려 했지만, 녀석들을 향해 기하급수적으로 불어나는 거미줄을 피하기란 쉬운 일이 아닐 것이다. 특히나 거리의 제약이 있는 이 방에서는 더욱더.

과연 녀석들은 몇 번이나 몸을 피하다가 안 되겠다 싶었는지 검을 들어서 자신들을 향해 떨어져 내리는 거미줄을 베어내기 시작했다.

'헉, 저 거미줄을 베어냈어?'

이 거미줄은 끈끈한데다가 탄력이 있어서 아무리 날카로운 검이라 해도 쉽게 잘라지는 것이 아닌데 이들은 그것들을 베어버린 것이다. 불 아니면 냉기, 그게 아니면 제거하기 어려운 것까지 베어버린 것으로 보아 아무래도 저들 또한 보통 실력자가 아닌 모양이다. 물론 다는 아니고, 다섯 명만 쉽게 잘라내고 나머지들은 거미줄에 꽁꽁 묶이긴 했지만 말이다.

"저 자식들 검기를 사용하는 실력자였어? 이거, 생각보다 어렵겠는 걸?"

토냐의 걱정스러운 말에 나는 이대로 있을 수 없겠다 생각했다.

'안 되겠어. 치사한 방법이긴 하지만… 이대로 버티는 것도 한계가 있을 거야.'

[선애야, 내가 나서야겠어.]

"뭘 어쩌려고?"

[인질을 잡으려고. 저 녀석이 여기에서 가장 귀한 신분이니 저놈을 잡으면 꼼짝 못할 거야. 내가 잽싸게 갔다 올 테니까 그때까지만 조심하고 있어.]

내 말에 선애도 지금 이대로는 어렵다고 느꼈는지 고개를 끄덕인다.

"빨리 갔다 와."

[오키!]

무기는 많았다. 아까 처음에 토냐의 번개를 맞고 녀석들이 떨어뜨린 검도 바닥에 흩어져 있었고, 그 후에 토냐를 저지하기 위해 날아온 단검도 있었으니 말이다.

나는 근처에 있던 단검 하나를 집어 들었다. 어차피 위협용이라 길거나 짧은 거에 연연할 필요가 없었다. 그러니 움직이기 편한 걸로 고르는 게 더 유익했다.

단검을 집어 든 나는 지체없이 방 한쪽 구석에서 사다함과 함께 시종 차림을 한 세 녀석의 호위를 받으며 피신해 있는 예흔랑에게로 향했다. 녀석들에게 단검을 들키지 않으려고 단검을 입에 문 채 벽을 타고 천장으로 올라가 기어서 녀석의 머리 위까지 도착한 나는 단검을 들고 그대로 뛰어들었다. 동시에 반은 화풀이로, 반은 나의 존재를 알리고자 감정을 담은 발을 들어 사다함을 걷어찼다.

"쿠엑!"

사다함과 예흔랑을 둘러싸고 등을 보이고 있던 이들이 놀라 고개를 돌리는 사이, 나는 사뿐히 바닥으로 내려선 채로 단검을 예흔랑의 목에 들이대었다.

"헉! 다, 단검? 이게 어디서?"

"누구냐? 이게 무슨 사술이냐?"

"공자님!"

다른 녀석들은 웬만한 통증에는 신음 소리 하나 안 내던데 이들은 그런 교육은 안 받았는지, 아니면 통증에는 소리를 안 내는 대신 놀라움에는 소리를 크게 내는 건지, 하여간 그 세 호위 녀석들이 크게 소리치는 바람에 방 안은 고요해졌다.

그러나 그것도 잠시,

"공자님!"

렌스버리를 상대하던―놀림을 당하던… 이 좀 더 정확하겠지만―세 고수가 달려왔던 것이다.

"누구냐?"

예흔랑의 목에 겨누어진 단검을 본 기파랑이 화난 목소리로 외쳤다. 그 기세가 얼마나 매서웠던지 주변에 있던 사람들이 움찔할 정도였다.

"저기요~ 조금 비켜주시겠어요? 안 보이는데……."

확실히 예흔랑 주위를 사람들이 둘러싸는 바람에 선애의 모습이 안 보였다.

갑작스러운 선애의 말에 기파랑의 분노에 찬 시선이 선애를 향해 돌아간 모양이다. 선애가 움찔하며 뒤로 물러나자 소피가 얼른 나서서 선애의 앞을 가로막았다.

"네가 한 짓이냐?"

그에 아랑곳 않고 선애한테 분노에 찬 목소리로 물어보는 기파랑에게 열 받은 나는 검을 들지 않은 손을 들어 예흔랑의 머리카락 몇 개를 잡아 뽑아버렸다.

"아앗!!"

갑작스러운 통증에 예흔랑이 자기도 모르게 약한 비명 소리를 내자

기파랑의 고개가 부러지지 않을까 싶을 정도로 휙, 하고 급박하게 돌아왔다.

"아. 하. 하… 그, 그게……."

그의 시선에 예혼랑이 미안했는지 어설픈 미소를 지어 보였지만, 내가 다시금 그의 머리카락을 잡아 뽑았기에 그는 다시 움찔거리며 인상을 찡그려야 했다. 뭐, 이번에는 신음 소리를 안 내려 입을 꾸욱 다물었지만 인상이 찡그려지는 것만큼은 막을 수가 없었나 보다.

"이 무슨 짓이냐? 이분이 뉘신데 감히!! 저분의 안전에 조금이라도 위해를 가한다면, 내 기필코 너를 가만두지 않겠다!"

기파랑이 다시 선애를 향해 분노에 찬 외침을 터뜨리자 토냐가 만만치 않게 화난 모습으로 나섰다.

"웃기시네. 지금 이게 다 누구 때문인데? 당신들 때문이잖아, 당신들!!"

어지간히 화가 났는지 소매를 걷어붙인 채 삿대질까지 하며 토냐가 펄펄 뛰자 찔리는 게 있던 기파랑이 움찔하더니 화를 누그러뜨렸다. 그러더니 침착한 어조로 선애를 향해 말했다.

"소저, 이분을 놓아주시오. 그럼 그대들이 원하는 바는 내 무엇이든지 들어주겠소."

그가 한결 침착한 음성으로 말하자 그제야 선애가 소피의 뒤에서 빼꼼히 고개를 내밀었다.

그런 선애를 향해 나는 목청을 높여 마음껏 큰 소리로 외쳤다.

[야, 이 녀석보고 천천히 걸어서 네 곁으로 오라고 그래! 아아, 우선 주변 녀석들부터 좀 떨어지라고 해라!]

내 말을 들은 선애가 목을 험험 가다듬고 기파랑을 향해 입을 연다.

"죄송하지만, 여러분들은 도저히 믿을 수가 없어서요. 우선은 그 주변에 있는 분들부터 좀 떨어져 주시겠어요?"

선애의 말이 오사함을 통해 통역되었지만 어느 누구도 예흔랑의 곁에서 벗어나려고 하지 않았다. 오히려 주변에 있는 놈들이 어떻게 단검이 허공에 홀로 떠서 예흔랑의 목을 겨눌 수 있는지 알기 위함인 듯 눈을 부라리며 뚫어져라 바라보는 것이었다.

[선애야, 셋 셀 동안 안 떨어지면 피 본다고 그래라.]

사실… 살짝 찔러서 조금만 피 볼 자신은… 요~만큼도 없었다. 중학교 시절, 과학 시간에 혈액형 검사를 해볼 때 약간만 찔러 피 한두 방울만 내면 되는 것을 아무리 콕콕 찔러도 안 나오기에 열 받아서 푹 찔러 피를 뚝뚝 흘린 전적이 있는 나였다. 더구나 지금은 손에 촉감이 없어서 힘 조절을 완전히 감으로 하고 있는 상태라 피 본다고 하다가 잘못해서 푹 찔러 버릴지도 모르는 나였다. 그러니 선애에게 말한 건 순전히 엄포였다.

내 말을 들은 선애는 무지 걱정스러운 표정이었지만, 그래도 순순히 입을 열었다.

"죄송하지만 제 말에 따라주지 않으신다면 피를 볼 수밖에 없을 것 같습니다. 정말 그러길 원하십니까? 숫자라도 셀까요?"

"소저! 내 진심으로 충고하건대, 그러지 않는 것이 좋을 것이오."

기파랑의 기세가 다시 매서워지자 선애가 움찔거렸다. 하기야, 기파랑의 기세는 나조차도 무서울 정도였으니 말이다.

그러자 토냐가 나섰다.

"그럼 시키는 대로 하면 될 거 아니에요? 아니면 다시 한 번 해볼래요?"

기파랑 못지않게 매서운 토냐의 말에 나에게 붙잡힌 예흔랑이 나섰다.

"그만 하고 저들이 시키는 대로 하시오."

"하지만 공자님……!"

백운이 절대 그럴 수 없다는 단호한 표정으로 나섰지만 예흔랑도 단호했다.

"그렇다고 이대로 대치하고만 있을 수는 없는 일 아니오? 우리의 계획은 실패했고, 칼자루는 저들이 쥐고 있으니 일단은 따르는 것이 좋다고 생각하오."

"그러나 저들을 믿을 수 없습니다. 저들이 혹 딴마음이라도 먹는다면……."

사다함이 무지 걱정스럽다는 어조로 말하자 예흔랑이 피식하고 웃었다.

"애초에 상황을 이렇게 만든 건 우리가 아니었소?"

"만약을 대비했을 뿐, 정말로 저들을 해칠 생각은 없었지 않습니까?"

"우리가 작전을 성공시켰으면 모르되, 지금 그건 변명거리밖에 안 되오. 실패했으니 위험을 감수할 수밖에. 그리고 이 모든 일을 지시한 것은 나, 그러니 모든 책임은 나에게 있는 것 아니오?"

'호, 역시 대단한데? 알지만 그렇게 하기는 힘들 텐데…….'

그의 말에 감탄한 것은 나뿐만이 아니었던지 주변에 있던 사람들이 감동+감탄+안타까움이 섞인 표정으로 그를 바라보는 것이었다.

"공자님……."

"그럼 이제 물러나시오."

예흔랑의 말에 기파랑이 비장한 어조로 속삭였다.

"조심하십시오. 그리고 뒤에는 저희가 있음을 기억하십시오."

"그 말을 들으니 무척이나 든든하오."

예흔랑 또한 결연한 표정으로 미소를 지으며 고개를 끄덕인다.

그 후 예흔랑의 곁에서 떨어진 기파랑이 손짓하자 예흔랑의 주위에 바글바글(?) 모여 있던 사람들이 뒤로 서너 발자국씩 떨어져 나갔다.

그 모습을 확인한 예흔랑이 방 건너편에 있는 선애를 향해 시선을 돌렸다.

"이러면 되겠습니까, 소저?"

자신이 인질이 되자 직접 선애를 상대할 모양이다.

"그걸로는 좀 부족하거든요? 그러니 이쪽으로 와주시겠습니까? 천천히 걸어오시기 바랍니다."

선애의 말에 예흔랑이 뭐라 하기도 전에 사다함이 결사적인 어조로 외쳤다.

"그건 아니 되오. 절대 아니 되오. 이 정도가 좋지 않소?"

사다함뿐만이 아니라 다른 일행들까지도 막으려는 양 예흔랑의 앞을 막자 토냐가 나섰다.

"그럼 중간 정도로 타협하지요. 완전히 이쪽으로 와주지 않는 대신, 그쪽 일행들과도 될 수 있는 한 많이 떨어졌으면 하거든요. 중간 정도에 홀로 서 있는 게 어떨까요? 이게 최대한 양보한 거니 당신들도 그 정도로 타협하죠?"

토냐의 말에도 녀석들은 여전히 불만에 찬 표정이었지만 예흔랑이 나서서 수락했다.

"좋소. 그러리다."

그리하여 그 방은, 아니, 정확히 말한다면 이제는 완전 난장판이 된 거실에는 새로운 대치 국면을 맞게 되었다. 우선은 기파랑 등의 일행이 선애네 일행과 대치하던 상황에서 예혼랑이 빠져나와 그들 가운데에 서게 되었으니 말이다. 그렇다고 거실 정중앙에 선 것이 아니라 벽 가까이에 서 있었는데, 그가 선 곳은 바깥에서 여기로 들어오는 입구의 맞은편이었다.

입구에는 아마 밖으로 빠져나가려는 것을 막으려는 듯한 새로운 무사 셋이 진을 치고 있었다. 이제는 시종으로 위장할 필요가 없어서 그런지 간편한 옷차림을 하고 있었는데, 허리에 찬 검에 손을 올리고 있는 폼이 여차하면 바로 발검할 것 같았다. 단 세 명을 가지고 우리를 막을 생각을 하다니, 아마 실력도 상당한 모양이다. 그리고 그전에 우리를 공격했다가 오히려 공격당해 쓰러졌던 이들은 다른 이들에 의하여 이미 방 밖으로 옮겨지고 없었다.

그렇게 모두 자리를 잡고 나자(?) 그동안 조금도 도움이 안 되던 렌스버리 녀석이 심히 한심스럽단 표정을 지으며 나서는 거였다.

"쯧쯧, 내 기껏 양 상회의 관계를 위하여 몸소 나서기까지 했건만, 사람들이 말이야."

렌스버리의 말에 예혼랑을 비롯한 일행들의 얼굴이 붉어졌다. 하긴, 찔리는 구석이 없다면 그건 아예 양심도 없다는 소리겠지?

"변명은 않겠습니다. 자, 이제 어쩌실 겁니까?"

나에게 위협을 당하는 상황에서도 침착하게, 비굴하지 않고 요점만 짚어 묻는 예혼랑의 모습은 솔직히 감탄스러웠다.

'헤, 이것 봐라?

그와 함께 녀석에 대한 분노가 조금은 사그라지는 것이었다. 뭐랄까, 괜한 화풀이로 상처 내기 아까운 녀석이라는 느낌?

그런 느낌을 나만이 느끼는 것이 아닌 듯 분노로 인하여 무섭게 굳어 있던 우리 쪽 일행들의 얼굴이 살짝 풀리는 게 보였다. 그리고 선애와 로어, 토냐가 눈짓을 주고받더니―대충 토냐는 선애에게 알아서 하라고 하는 것 같았고, 로어가 몇 가지 언질을 주는 것 같았다―선애가 입을 열었다.

"아까부터 말했던 건데, 우리에게 독을 사용한 이유를 알고 싶습니다."

선애의 질문이 좀 뜻밖이었는지, 예혼랑을 비롯한 일행들이 약간 당황한 표정이다. 이들은 우리가 뭔가 다른 걸 요구할 줄 알았나 보다.

그러나 뭔가를 요구하는 것도 우선 이들에 대한 걸 파악하고 난 뒤의 일 아니던가?

"그전에 한 가지 묻고 싶은데, 저희와 거래를 하시겠습니까? 만약 이대로 헤어질 거라면 이유는 묻지 않으셨으면 좋겠는데요."

이번에는 예혼랑의 말이 또 뜻밖이었다. 이들 입장에서는 손쉬운 요구라고 생각했는데, 거래를 안 할 거면 묻지 말라니.

'그럼 이유를 듣고 싶으면 거래를 하란 소리야?'

예혼랑의 말에 선애가 처음에는 기가 막히다는 표정이었지만 곧 가만히 생각에 잠겼다. 옆에서 토냐와 로어가 뭐라고 속삭이자 간간이 고개를 끄덕이던 선애가 곧 생각을 정리했는지 단호한 표정으로 입을 열었다.

"거래를 하고 싶지만 여러분을 믿지 못하겠습니다. 그러니 저를 설득시켜 보시기 바랍니다. 충분히 공감할 이야기라면 거래를 하도록 하겠습니다. 물론 여러분들은 저희 쪽에 빚이 있으니 저희 쪽이 유리하

더라도 양해해 주실 거라 생각합니다. 아, 이번에는 정말 진실을 말씀해 주시겠지요?'

선애의 말에 예혼랑의 얼굴이 미미하게 붉어지더니 천천히 고개를 끄덕인다.

"후후후… 진실이라, 좋은 말이지. 그러나 좋은 만큼 어려운 일이야."

느긋하게 벽에 등을 기대고 팔짱을 낀 채 방관자의 자세를 잡고 있던 렌스버리가 갑자기 끼어들어 툭 말을 던진다.

'뭔 소리야… 또?'

그러나 나에게는 황당한 말이라도 어떤 사람에게는 가슴을 울리는 소리였던 모양이다. 무지 심각한 어조로 입을 꾸욱 다물고 있던 예혼랑이 내가 목에다 단검을 들이대고 있다는 것도 잊어버렸는지 그대로 렌스버리를 향해 고개를 숙여 보이는 것이었다.

덕분에 놀란 건 나였다.

'힉, 하마터면 찌를 뻔했잖아? 뭐야, 이 자식! 갑자기 움직이고!!'

이런 내 심정과 자신의 수하들이 기겁하는 것에도 아랑곳하지 않고 예혼랑은 진심을 담아 렌스버리에게 감사의 인사를 하는 거였다.

"귀중한 충고, 감사드립니다."

도대체 렌스버리의 말 어디를 봐서 감사 인사를 하고 싶어지는지 모르겠지만, 정말 정중한 인사에 렌스버리 녀석이 피식하고 웃었다.

그런데 그 웃음은 그동안 보아왔던 장난조나 비웃음이 아닌, 정말 기분 좋은 미소였기에 그 녀석에게 시달릴 대로 시달리던 우리 일행을 놀라게 했다. 그동안 알고 있었음에도 별로 느끼지 못했던 그의 잘생긴 외모가 그 미소 하나만으로 정말 눈부시게 빛났던 것이다. 뭐, 그의 외모가 만들어진 거라고 해도 잘생긴 건 잘생긴 거였다.

하여간, 그렇게 난생처음 보는 렌스버리의 미소 때문에 절반 정도 빠져나간 우리 일행의 얼을 다시 제자리로 돌려놔 준 건 예흔랑이었다.

"이렇게 우리를 정식으로 소개하게 되어 죄송스럽습니다만, 아무래도 우리의 신분을 정확하게 밝히는 것이 이야기를 진행시키는 데 도움이 될 것 같군요."

예흔랑의 서두에 사다함의 얼굴이 새파랗게 질렸다.

"고, 공자님!"

얼마나 다급했던지 예흔랑이 있던 곳으로 뛰어오려고 했는데, 그의 움직임을 제지한 것은 기파랑이었다.

"기다리게."

"하지만 기 대협!"

"공자님께서 결정하신 일. 우리는 그저 따르기만 하면 되네."

처음에는 예흔랑이 위험해질까 봐 사다함이 함부로 움직이는 걸 제지한 줄 알았는데, 아무래도 예흔랑의 결심을 지지해서 그랬던 모양이다.

그런 기파랑에게 감사의 미소를 보낸 예흔랑이 선애 일행이 있는 쪽으로 완전히 몸을 돌리더니 허리와 어깨를 펴 몸을 곧추세웠다. 그와 함께 얼굴 표정에 진지함을 담자 뭔가 그에게서 위엄이라고나 할까? 카리스마… 라고 하기는 좀 부족하지만, 그래도 남들 위에 서서 사람들을 부리는 자만이 풍기는 그러한 기운을 내뿜는 것이었다.

"정식으로 소개하겠소. 나는 한 나라의 네 번째 왕자, 예흔랑이라 하오."

'왕자?'

귀공자인 건 알았지만 설마 왕족, 그것도 한 나라의 왕자일 줄 몰랐던 일행들은 그의 소개에 놀라움으로 눈이 둥그래졌다.

"전하아……."

'결국 말해 버리고 말았어어~!' 라고 온몸으로 외치는 사다함의 비통한 어조가 뒤에서 들려왔지만 예흔랑은 뒤를 돌아보지 않고 오로지 선애 일행들만 뚫어지게 바라보고 있을 뿐이었다.

뭔가를 바라는 듯한 시선에 선애가 뭘 어떻게 반응해야 할지 몰라 당황하자, 선애의 뒤에 있던 로어가 작게 속삭인다.

"다시 정식으로 소개하길 원하는 겁니다. 그리고… 저기… 왕족의 목숨을 위협하는 건……."

그에 선애가 걱정스러운 시선을 나에게 보냈지만, 나야 언제든지 마음만 먹으면 다시 그의 목숨을 위협할 수 있는 일이었으니, 걱정 말라는 제스처를 선애에게 보낸 뒤 천천히 단검을 바닥에 내려놨다. 그에 예흔랑 일행들이 안도의 표정을 짓는 걸 보고 한 번 피식 웃은 나는 선애의 옆으로 돌아갔다.

그리고 선애는 자신의 일행들을 다시금 정식으로 소개하고 있었다.

"뵙게 되어 영광입니다, 전하. 저희는 바이런이라는 나라에 있는 타이거 상회 소속 사람들이옵니다."

"나 역시 그대들을 만나서 반갑소. 이쪽은 내 수행원들이오."

그렇게 해서 다시 소개받은 사다함은 외교부 소속 대신이었고, 기파랑은 왕실 수호대 소속 무사, 백운은 같은 소속이면서 예흔랑 전속 경호원이었다. 오사함만은 정부에 소속된 이가 아닌, 한 나라를 대표할 정도로 커다란 상회에 소속된 사람이라고 했다. 나중에 알고 보니, 그는 단순히 소속된 것이 아니라 그 상회의 주인이었다. 그것도 맨손으로 상회를 일으켜서 크게 번창시킨 초대 상단 주인이라는 것이다.

　재미있는 건 그의 상회 본점이 한 나라가 아닌 진 나라에 있다는 것이다. 부모 중 부친이 한 나라 출신이라 한 나라의 국적을 가지고 있던 오사함은 소년의 나이에 진 나라로 넘어가 상회 일을 익히고, 나중에는 자신의 상회를 만들었다고 한다. 그러다 상업에 관심이 많은 현재의 한 나라 국왕의 요청으로 한 나라로 넘어와 상업 발전에 기여하고 있는 거였다. 20대 초반으로 보이는 나이에 상회를 일으키고 번창시켰다는 것에 놀랐지만, 사실 그는 102세의 하프 엘프였다. 엘프들을 선인이라 해서 존경하는 사회이다 보니 하프 엘프들도 가끔 있는 모양이었다.

　그렇게 그들이 직접 자신들에 대해 모두 이야기해 주었기에 우리 일행들도 스스로에 대하여 정식으로 다 밝혔다. 그래 봤자 대부분 그들이 짐작하는 것이었지만 말이다.

　토나가 마법사라는 거야 그들이 우리를 공격할 때 이미 알아챈 사실이었고, 선애가 타이거 상회의 이사라 했을 때도 약간 놀라기는 했지만 고개를 끄덕여 줬다. 단지 서대륙 사람으로 보이는 선애가 그 위치를 가지고 있는 것에 의아해하며 서대륙의 어느 나라 출신인지 다시 한번 밝히고 싶어 했지만, 선애는 그에 대해서 함구하며 단지 어려서 풍랑을 맞아 아벤티노 대륙으로 넘어간 거라 이쪽 말은 다 잊어버렸다고 둘러댔다.

　기실 나중에 선애가 말해주길, 자신은 한 나라 사람들이 이야기하는 걸 하나도 못 알아들었다고 하는 것이다. 하기야, 나라 이름이 같다 해도 차원이 다른 곳에 있는데 어찌 언어까지 같을 수 있겠는가? 그걸 아는데도 선애는 아예 못 알아듣자 약간 서운했던 모양이다.

선애가 한국 출신이라는 걸 아는 소피는 선애가 아무것도 모르는 체하는 것이 일부러 의도하는 건 줄 아는 눈치였다.

그리고 로어가 선애의 보좌관이고, 소피가 선애의 경호 무사라고 할 때도 그들은 납득했다. 서대륙의 높은 신분에 있는 여성들 사이에서는 여무사를 경호 무사 겸 시녀로 두는 일이 많다고 한다. 그래서 소피의 경우도 놀랍다는 대신 '그렇군.' 하는 눈치였다.

사실 우리는 원래 소피를 숨겨진 한 수로, 단순히 선애의 시녀라 소개하려고 했는데, 기파랑이 소피가 상당한 실력을 가진 무사라는 걸 알아채 버린 상태라서 사실대로 말할 수밖에 없었다.

렌스버리를 소개할 때 상회 소속이 아니라고 하자 사다함과 기파랑의 눈이 번쩍하고 빛났다. 아무래도 그를 자기네 쪽으로 스카웃하고 싶은 모양이다.

'부디 그래주길~'

아마 이런 내 마음은 우리 일행의 공통적인 심정이 아닐까?

자신들에 대하여 솔직하게 털어놔서인지 그 뒤로 그들은 자신들의 상황에 대해서도 솔직담백하게 이야기하기 시작했다. 그런데 그 이야기가 생각 외로 좀 방대한 면이 있어서 다 들으려니 시간이 꽤나 지나 있었다. 뭐, 이야기를 하다 보니 분위기가 좋아져서 좀 있다가 자리를 옮겨―그 방은 완전 난장판이었으니 말이다―새로 차려진 야식과 차를 나누면서 대화를 했기에 나쁘지는 않았지만 말이다.

그들이 왕족, 그것도 현재 왕위 계승권을 가지고 있는 왕자를 데리고 타국에 와서 상인으로 위장하여 거래를 하려는 이유를 설명하다 보니 필연적으로 그들 나라에 대한 이야기부터 시작하게 되었다.

한 나라는 '예' 씨 성을 가진 초대 왕이 200여 년 전에 세워 서대륙의 세 나라 중 가장 강대한 나라로 이름을 떨쳤다고 한다. 그게 '예전' 일이라는 게 문제였지만 말이다.

그 초대 왕과 그 다음의 두 왕 정도는 능력이 괜찮았던 모양이다. 나머지 두 나라를 합친 것만큼이나 거대한 국토를 수립하고, 두 나라가 뒤로 조약을 맺어 견제해 옴에도 불구하고 코웃음 치고 넘어갈 정도였다니 말이다.

하지만 그랬으면 뭐 하는가? 지금은 자기네 국토의 절반 정도밖에 안 되는 크기의 진 나라에게도 밀리는 실정인데. 그리하여 진 나라의 독주를 막기 위해 수 나라와 조약을 맺은 게 바로 전대 왕 때의 일이었다.

하지만 그것만으로는 진 나라의 독주를 막는 데 2%가 부족했으니…….

그렇게 서대륙의 3/4나 되는―한 나라와 수 나라 합쳐서―영토를 가지고 있으면서도 두 나라가 진 나라의 눈치를 살피는 이유는 간단했다. 진 나라가 서대륙의 경제를 한 손에 쥐고 있었기 때문이다.

간단하지만, 절대 무시할 수 없는 일이었다.

'역시 돈의 위력이란… 위대하다니까.'

그 부분을 이야기할 때 사다함과 오사함은 분통이 터지는지 무척이나 흥분한 모습을 보였다. 아무래도 그동안 하소연할 곳이 없어 쌓이고 쌓였던 감정들이 한꺼번에 쏟아진 모양이다.

속에 능구렁이 몇 마리는 품고 있는 듯하던 사다함과 상큼한 이미지의 오사함이 감정적으로 열변을 토하는 모습을 보자니 웃기기도 하고, 왠지 친근감까지 조금은 느껴질 정도였다. 지금까지 '적'이라 간주하고 털을 세우던 상대가 갑자기 속살을 내보이니 경계심이 누그러지며 인간적으로 보였던 것이다.

'허심탄회하게 이야기를 나누려면 목욕탕에 가야 한다더니, 그것과 같은 건가?'

그들이 그렇게 분노하는 건 두 나라 모르게 살금살금 손을 뻗쳐 어느새 서대륙 전체의 경제를 뒤흔들 수 있는 위력을 차지한 진 나라가 아니었다. 그것은 바로 그렇게 될 때까지 모르고 방치한 자국에 대한 분노였다.

진 나라가 그렇게 성장하는 동안 한 나라가 정말 아무것도 모르고 있었을 리가 없다. 정확하게는 모르더라도 뭔가 이상한 낌새를 눈치채거나 경계심을 느낀 사람들이 있었을 거다. 그러나 그러한 생각을 한 건 소수고, 나머지 다수의 사람들은 소수의 생각을 그대로 무시해 버렸으니 이 지경까지 된 것이리라.

오사함은 자국 정부의 한심한 작태를 한탄한 정도였지만, 사다함은 직접 '뭔가 수상하다. 조심해야 한다'고 소리 높여 외치던 소수의 사람 중 한 사람이었기에 속에 쌓이고 쌓였던 감정은 더욱더 컸다.

지금까지도 서대륙에서 손꼽히는 커다란 강이 흐르는, 기름진 곡창지대 여러 곳을 포함한 아주 넓고 기름진 국토와 그러한 국토를 굳건히 지켜낼 수 있는 강대한 군사력을 가지고 있으면서도 경제력이 뒤쳐지게 된 이유도 정말 간단했다. 경제력의 가장 큰 원동력이자 든든한 기둥이 되는 상업을 하찮게 여겼기 때문이다.

한 나라는 왕이 다스리는 나라이긴 했지만 계급 사회라 부르기는 어려웠다. 왕족 외에는 모두 다 평민이라 귀족이 없는 사회였던 것이다. 그리하여 능력만 있고 학문을 배웠으면 누구나 '공무원 시험(?)'에 응시할 자격이 있었다.

그런데 그렇게 태어나면서—왕족을 제외하고—정해진 계급이 없다 보니 직업으로 계급이 생겨 버렸던 것이다.

솔직히 한국에서도 직업에 귀천은 없다고 부르짖어도 소위 말하는 '3D 직종'은 기피하는 직업과 너도나도 되고 싶어 하는 선호 직업이 있지 않은가?

그런데 여기서는 직업 가지고 계급이 나뉠 정도로 귀천 구분이 무척이나 심하다 한다.

위에 있는 건 정부에 등용될 수 있는 학식이나 무예를 가진 사람들.

그나마 '무'를 천시 안 하는 게 다행이랄까? 그랬다가는 진 나라에 영토를 다 빼앗기든지, 아니면 고려의 무인 시대처럼 무인들이 반란이라도 일으켰을지도 모른다.

그만큼 직업에 대한 차별이 심했던 것이다.

그리고 하필이라고 해야 할지, 상업과 공업에 종사하는 사람들이 직업 귀천의 가장 밑바닥에 깔려 있었다. 덕분에 상업은 발달하지 못했고, 사치를 위한 공업 또한 마찬가지였다.

공업은 특히나 나라에서 직접 엄격하게 규제를 하고 있었다. 거기에는 아주 대단한 원인이 있었으니… 초대 한 나라 국왕이 나라를 세울 때 전에 있던 나라가 사치와 향락으로 인하여 왕족을 비롯한 고위층이 모두 부정부패로 썩어 있었다고 한다. 그리하여 군사를 이끌고 쳐들어가자 저희들끼리 우왕좌왕하다 알아서 와르르 무너져 버려 손쉽게 처리할 수 있었다고 한다. 그에 초대 왕은 나라를 세운 뒤 '나라의 적=사치'라고 생각해 버려 사치에 대해서 엄격하게 경계를 했다고 한다. 그렇게 청렴결백을 부르짖는 건 좋은데, 그 때문에 약간의 사치성이 보이는 공업을 엄격하게 금해 버렸던 것이다. 그러니 상업과 공업이 발달할 리 있겠는가?

그러나 진 나라는 달랐다.

뭐, 수 나라도 딱히 상업을 천시하는 건 아니라 꽤 발달되어 있다고 하는데, 그 나라는 지리적으로도 타국이 쉽게 침입할 수 없게 고립되어 있는데다 환경도 두 나라에 비해 훨씬 좋지 않다고 한다. 그렇다고 매력이 없는 건 아니라서 외세의 침입이 가끔 있었지만, 수 나라의 국민들은 위협이 닥치면 왕부터 온 국민이 남녀노소 할 것 없이 하나로 똘똘 뭉치는, 강한 단결력을 가진 민족이라 타국의 탐욕에서도 무사할 수 있었던 것이다.

더욱이 강력한 특수 군대가 있어서 한 나라와 서대륙에서 최고의 군대 자리를 놓고 싸울 정도라 한다. 그런데도 또 전쟁은 안 좋아하는 민족성이라 타국으로 침입해 들어간 역사가 없다나? 어쩌면 그렇기 때문에 다른 나라에 비해 오랜 역사를 가지고 있는지도 모른다. 겨우 200여 년의 역사를 가진 한 나라나 500년 약간 안 되는 역사를 가진 진 나라에 비하여 천 년의 역사라는 긍지를 가진 곳이었으니 말이다. 그러니 국력이 약하다 해도 타국들에게 무시당하지 않을 수 있었던 것이다.

게다가 지금은 단 3국밖에 없으니 어느 한 나라를 견제하기 위해서는 꼬옥 필요한 나라였으니 더 더욱 존중받을 수밖에.

필요하지만 침입당할 염려가 없어 경계하지 않는 수 나라에 비해 진 나라는 처음부터 지금까지 한 나라의 라이벌 국이라는 의식이 강해 정면으로 맞붙어야 했다.

200여 년 전, 한 나라의 초대 왕에게 많은 영토를 빼앗기고 군대도 한 수 아래가 되어버린 진 나라로서는 '돈'이라는 것이 한 나라를 상대할 최고의 무기였을지도 모른다. 게다가 한 나라와는 달리 진 나라는 상업을 대우했기에 바이런 국 못지않게 상업이 발달해 있었다.

그런 진 나라가 서대륙의 경제를 자신의 손아귀에 넣게 된 것이 대략 100여 년 전. 재미있는 건, 그때가 바로 바이런 제국의 루빈스타인 후작이 거의 독점적으로 서대륙과 교류를 활발하게 할 즈음이었다. 그걸 봐서 아마도 진 나라의 경제를 한층 더 성장시킨 것에 아벤티노 대륙과의 무역이 한몫 단단히 한 것이 틀림없었다.

그러니 진 나라에서 아벤티노 대륙과의 교역을 어디 다른 나라와 같이하고 싶어 하겠는가? 아마 철저하게 독점하기 위하여 교류한다는 사실은 물론이거니와, 아벤티노 대륙의 존재에 대해서도 숨기고 싶어 했을 것이다.

지금까지 진 나라가 그랬던 것이다.

처음 서대륙과, 정확히는 진 나라와 거래하기 위하여 이곳에 온 루빈스타인 후작을 만난 것은 그 당시 진 나라 국왕의 친동생인 광진 대군이었다.

둘이 만나게 된 경위야 모르겠지만, 그 광진 대군은 현명한 사람이었던 모양이다. 그는 루빈스타인 후작과의 거래를 성공적으로 이루자마자 자신의 형에게 아벤티노 대륙과 교역이 이루어질 항구 도시 '광진'을 자신의 영토로 얻어냈다. 그리하여 광진 군령이 된 항구 도시는 오랜 세월 동안 자칫 잘못하여 진 나라의 정권 싸움에 휘말릴 요지를 씻을 수가 있었다.

그리고 아벤티노 대륙에 대하여 퍼지는 것을 막기 위하여 아벤티노 대륙인은 광진을 벗어나지 못하게 함과 동시에 '머물' 수는 있지만 직업을 가지는 것은 금지시켰다. 광진에서 사는 사람들은 모두 호패를 가지고 있어야 했으며, 외지에서 들어오거나 혹은 외지로 나가는 것을 엄격하게 관리했다. 게다가 아벤티노 대륙과 교역할 상인, 상단들은 그의 허락을 받아야 했으며, 항구 도시를 벗어난 후로 철저하게 입단속을 시켰다.

그러한 그의 노력이 있었기에 지금까지 진 나라가 아벤티노 대륙과의 교역을 독점할 수 있었던 것이다.

지금도 그런 노력은 여전했지만, 어떤 조직이든 완벽할 수는 없는 법. 사실 지금까지 독점할 수 있었다는 것만 해도 무척이나 대단한 것이었다.

상인들이란 커다란 이익에 대해서는 아주 민감한 레이더를 가진 존재들이었다. 게다가 아벤티노 대륙과 교역을 하는 상인들 대부분이 전국을 무대로, 심지어는 타국에까지 손이 닿는 대상인들이다 보니 아무리 조심에 조심을 하더라도 '괄진'에 대한 이야기가 외부로 새어 나가는 것을 막기는 어려웠을 거다.

그리하여 지금은 알 만한 사람들은 다 아는 비밀이 된 상태. 그러니 외지인이 쉽게 들어올 수 없는 곳임에도 불구하고 새로운 거래를 찾기 위하여 사람들이 꾸역꾸역 찾아오는 것 아니겠는가?

지금 우리 일행의 앞에 앉아 있는 한 나라 왕자 일행도 마찬가지였다.

"한 나라는 상업을 천시한다 하지 않으셨던가요?"

그들의 이야기를 진지하게 경청하고 있던 로어가 심각한 어조로 질문을 던졌다.

"저희 입장에서야 한 나라와 새로 거래를 트게 된다면 반가운 일이지만, 그것이 한 나라 정부에서 추진하는 것이 아니라 단지 여러분끼리 추진하는 거라면……."

로어는 미래의 안정성을 보장받고 싶어 하는 것이다.

기실 왕자님께서 몸소 나서주셨다 하지만, 우리 눈앞에 있는 왕자는 막말로 별로 파워가 없는 존재. 왕의 거부 한마디면 찍소리 못하고 물러나야 하는 입장이었다. 혹, 그가 다른 이가 무시 못할 세력을 키우고 있다면 모르겠지만, 만약 그랬다면 그는 즉시 계승 서열 제1순위나 그 다음 서열의 왕자들에게 경계의 대상이 되어 심한 태클을 받게 될 건 뻔한 일. 이래저래 버팀목으로는 약한 존재였다.

그래서 로어가 염려하는 것이다.

하지만 이런 로어의 걱정을 예상했다는 듯, 아니, 오히려 물어봐 주길 기다렸다는 듯 사다함이 무지 환하게 웃으며 대답하는 것이다.

"허허허, 그건 걱정 마십시오. 왕자님께서 여기 오신 건 국왕 폐하의 명이었으니 말입니다."

'호오……'

'상업 중흥'을 부르짖는 소수파 중 한 사람인 사다함의 얼굴을 활짝 피게 만든 국왕인 거 보니, 아무래도 경제에 대하여 상당한 관심을 갖고 있는 모양이었다.

과연, 내 예상대로 15년 전 새로이 등극한 현 국왕은 국가 경제에 대한 관심이 지대했다. 그리하여 등극 초기부터 국내의 상업을 부흥시키기 위해 동분서주하는 한편, 2차로 외국과의 무역을 위한 물품을 개발하기 위하여 애를 썼다고 한다. 이번 일에도 크나큰 관심을 가지고 있어서 왕자를 보낸 거라나 뭐라나.

그 말까지 듣고 난 일행은 두말할 것 없이 그들과 거래하기로 약속했다. 솔직히 조금 걱정이 되는 감이 없지 않아 있었지만, 이런 난리까지 친 뒤에 이루어진 거래라 또다시 우리에게 해를 끼칠 거라고 여겨지지 않았던 것이다. 게다가 한 나라와의 거래라는 것은 위험을 감수하고서라도 하고 싶을 정도로 매력적인 것이었으니 말이다.

내친김에 한 나라가 내놓는 물품을 보려고 했으나 시간이 너무 늦어 그건 내일 하기로 했다. 거래를 한다고 해도 우리가 수용할 수 있는 것과 수용하지 못할 것은 가려내야 하니 말이다.

거기까지 이야기가 되자 한 나라 왕자 쪽에서도 기분이 업되었는지 숙소를 제공하겠다고 나섰다. 뭐, 단순히 기분이 좋아서 그런 것뿐만이 아니라 여러 가지 생각이 있는 제안이겠지만, 우리야 늦은 시각에 다른 여관을 찾아가기도 귀찮은데다 내일 어차피 다시 와야 하는 불편을 없앨 수 있었기에 그들의 제안을 기꺼이 받아들였다. 가장 일행의 마음을 흔들었던 건 공짜였기 때문이 아닐까 싶었지만 말이다.

그들은 그 여관 건물 한 층을 모두 다 빌리고 있었던 탓에 우리에게 제공한 숙소 또한 같은 층에 있었다. 게다가 오사함이나 사다함 등등이 사용하는 방 못지않게 넓은 곳이라 일행들 모두가 만족스러워했다.

뭐, 우선 렌스버리가 지적하고 사다함이 시인한, 한 나라 왕자 일행이 복용(?)시켰다는 독을 해독하기 위하여 자기 전에 한방에 모여야 했지만 말이다.

하긴, 내일 일을 위하여 여러 가지 이야기도 나누기 위해 어차피 모였으려나?

"아아, 정말 정신없고 황당한 하루였어요. 아침에는 웬 녀석들이 잡겠다고 달려들고, 점심 때는 여관에서 황당한 이유로 쫓겨나고, 거기에 길 잃고 헤매다가 얼결에 저 사람들을 만나고……."

선애의 말에 뒤이어 토냐가 킥킥거렸다.

"저녁 식사를 대접한다고 해서 따라왔더니 독을 먹이질 않나, 통하지 않으니 직접 달려들어 제압을 하질 않나. 그런데 웃긴 건 그게 다 거래를 위해서 그런 거였다니……."

"다른 사람의 이야기라면 이해는 되는데, 직접 당하니 굉장히 분한 일이더라구요."

한 나라 왕자 일행이 우리에게 독을 먹인 이유는 상대편에게 당하고 싶지 않아서란다.

그들은 몇 달 전에 이곳에 왔다고 한다. 외부에서는 아벤티노 대륙과의 무역에 대한 자세한 정보를 얻을 수 없는데다가 거래를 이루는 건 더 더욱 생각할 수가 없었을 테니 이곳에 오는 건 당연한 일이었을 거다. 자신들의 정체를 밝히지 않으려고 하는데다 들어오는 데 꽤나 힘들었다고 하는 거 보니, 어쩌면 들어오려고 서류 조작이나 뇌물 공수 등의 방법을 동원했을지도 모르겠다.

그리하여 처음 두어 달 정도는 차분하게 여기에 대한 정보를 모을 수 있는데까지 모아서 드디어 한 상회를 물색, 계약까지 맺었는데 그들이 뒤통수를 쳤다는 것이다. 하기야, 하류 같은 조직이 어디 그들뿐이겠는가? 뭐, 그들은 그래도 하류네 조직처럼 악질은 아니라 단지 대금을 지불하지 않은 채 물건만 들고 튄 정도라고 한다.

다행히 그들이 손이 미치지 않는 곳에 숨기 전에 눈치 채서 잡기는 했지만, 그로 인하여 일어난 소동을 무마하느라―그들은 자신들의 정체를 숨겨야 하는 상황이었으니 여러 가지로 힘들었을 거다―무척이나 고생을 했다고 한다.

그리하여 이번에 거래를 하게 된 상대는 신용이고 나발이고, 우선 보험으로 독을 먹이고 보자고 생각한 거라고 한다. 그들로서는 괜찮으면 나중에 기꺼이 해독시켜 줄 생각이었으니 크게 나쁘다고 생각지 않은 모양이고 말이다.

"그런데 저기… 가만히 생각해 보니까 그들의 이야기를 다 믿어도 될까요? 특히나 한 나라에 대한 이야기 말입니다. 상업을 천시해서 발달하지 않았다는 거, 나 같으면 밝히는 게 꺼려졌을 텐데 그걸 다 말하다니……."

선애가 은근히 걱정되는지 조심스레 말하자 로어가 자신있는 미소를 지어 보였다.

"괜찮습니다. 그건 그들이 거래를 오래 하고 싶어 한다는 이야기니까요. 한 나라는 아벤티노 대륙과의 무역을 계속하고자 한다면, 틀림없이 광진을 통하지 않고 한 나라에 직접 아벤티노 대륙과 무역하는 항구를 만들고 싶어 할 겁니다. 그래서 왕래가 이루어진다면, 그런 이야기야 말하지 않는다 해도 곧 알게 될 일 아니겠습니까? 어차피 알게 될 거 미리 밝혀서 나중에 그들의 약점이 되지 않게 한 걸 겁니다."

"흠, 그래요? 그러면 다행이지만……."

선애가 고개를 끄덕이자 토냐가 앉아 있던 소파에서 벌떡 일어났다.

"자아, 그럼 어디 한번 힘 좀 써볼까? 독이 어떤 건지 몰라서 마나를 남발하게 되겠군. 오늘 안에 다 해결할 수 있으면 좋겠는데……."

그녀가 힘을 내려는지 어깨를 풀며 중얼거리는데 렌스버리가 툭 끼어들었다.

"앉아라."

"예?"

뜬금없는 그의 말에 토냐가 한 손으로 어깨를 주무르던 그 포즈 그대로 굳어서 그를 바라보자 렌스버리가 상큼하게 웃어주며 다시 한 번 말했다.

"앉으라고 했다."

입은 웃고 있었지만 눈에는 '다시 한 번 말하게 하면 주~거!' 라는 메시지가 아주 강렬하게 담겨 있었다.

"예에……."

덕분에 토냐는 반은 얼어서, 반은 얼결에 자리에 앉았다.

이번에는 왜 또 갑자기 독을 해독하는 걸 방해하는 건가 기가 막혀서 바라보는데, 렌스버리가 무지 간단하게 오른손을 가볍게 튕기며 중얼거리는 것이었다.

"해독!"

그러자 그를 중심으로 사방으로 쇠아아~ 하는 초록색의 빛이 물결처럼 퍼져 나가더니만, 그의 주변에 앉아 있던 일행들에게 달라붙어 몸속으로 스며드는 것이었다.

"헉……!"

"엑?"

렌스버리가 저녁에 뭘 잘못 먹은 모양이다. 아니면 일행이 먹은 독이 렌스버리에게는 좀 다르게 영향을 미친 걸까?

너무나 뜻밖의 일이었기에 일행은 고맙다는 말을 할 생각도 못하고 경악성만 한 마디씩 내뱉었다.

그런데 렌스버리는 처음부터 그런 인사를 받을 마음이 없었는지 마법이 사라지는 것을 확인하자마자 자리에서 벌떡 일어나는 것이다.

"나는 밤새도록 글을 쓸 것이다. 그러니 방해하는 놈은 가만 안 두겠어."

그리고는 그곳을 벗어났다.

지금까지 일행이 있던 곳은 여자들이 사용하는 방이었던 것이다.

[어휴, 밤새도록 대필자가 되어야 한다는 소리네? 뭐, 하는 수 없지. 선애야, 나 갔다 온다.]

렌스버리의 말은 사랑하는 아리아 양과 대화를 나누고 싶다는 거였다. 그걸 알아챈 나는 선애에게 손을 설레설레 흔들어 보이고는 렌스버리와 이야기할 수 있다는 사실에 들뜬 아리아와 함께 렌스버리의 뒤를 좇았다.

여기가 한 나라 왕자가 내준 숙소라는 게 좀 걱정되기는 했지만, 그래도 바로 옆방이니 뭔 일이 일어나면 금방 올 수 있으리라 마음을 다독이면서 말이다.

CHAPTER 32

FANTASY FRONTIER SPIRIT

Chapter 32

그러나 멋진 거래를 성사시키는 건 쉬운 일이 아니었나 보다.

밤새도록 렌스버리와 아리아의 닭살 대화를 부러움 반, 느끼함 반을 느끼며 고스란히 다 듣느라 심적으로 지쳐 있던 나였지만, 그래도 아침이 되어 일행이 예혼랑 왕자 일행을 만나러 가기 위하여 분주히 준비하는 걸 보자니 기대가 부풀어 오르는 걸 느꼈다.

과연 얼마나 대단한 물품이 나올지, 그걸 바이런 국으로 가지고 가면 얼마나 큰 이익이 남을지, 이 거래로 인하여 타이거 상회가 혹 전국 10대 상회 안에 들어가는 건 아닌지, 그건 어렵다 해도 최소한 크로스웰 무역 상회를 핸들리 녀석에게서 돌려받을 수 있지는 않을지 등 등…….

한번 부풀기 시작한 상상은 무한대로 펼쳐지기 시작했다.

종래에는 울 꼬맹이가 한국식으로 치자면 무지 비싼 메이커 정장,

그러니까 대충 사넬 정도의 정장을 입고 보좌관(=비서)을 대여섯 명 거느리고 아랫사람이 건네준 서류를 멋진 포즈로 쓰윽 훑어본 뒤 척하고 사인해 주는 모습을 떠올리고 있을 즈음, 일행은 드디어 한 나라의 물품을 볼 수 있었다.

그러나 이런 내 상상만큼 한 나라 물품이 대단해서 큰 이익을 남길 수 있다거나, 우리 상회를 몇 단계 업그레이드시킬 정도는 아니었다.

사실 그 정도로 대단한 물품이 있었지만, 그건 우리 상회가 감당할 수 있는 게 아니었다.

그것이 무엇인고 하니, 바로 한지였다.

상업과 공업이 활발하지 못한 환경에서도 종이만은 정말 뛰어난 수준을 자랑하여 진 나라의 제품을 제치고 아벤티노 대륙에까지 수출되어 이 세계 최고의 종이라는 자리를 굳건하게 지키고 있는 위대한 한지.

현재 아벤티노 대륙으로 들어오는 한지는 100% 진 나라의 광진을 거쳐 들어오기 때문에, 만약 한 나라에서 직접 수입한다면 최소한 10~20%의 가격을 다운시킬 수 있을 것이다. 게다가 한지는 수요에 비하여 공급이 턱없이 부족한 형편이라 내놓기만 하면 날개 돋친 듯 팔려 재고가 남을 걱정이 없는 물품이었다.

정말 무지무지 군침 나는 물품이지만… 그. 러. 나. 우리 상회로서는 그림의 떡이다.

왜냐하면 바이런 국에서 한지를 독점 공급하고 있는 곳이 바로 루빈스타인 상회였기 때문이다. 그 상회가 두 눈을 부릅뜨고 있는 곳에서 한지를 판다는 것은 계란으로 바위를 깨뜨리라거나 나뭇가지로 드래곤을 찔러 죽이라고 하는 것과 똑같은 소리였다.

그러니 아쉬움이 크지만 눈물을 머금고 시선을 돌릴 수밖에…….

그 다음에 보인 것은 한 나라의 도자기였다.

여러 가지 모양의 청자와 백자의 모습을 본 토냐와 로어, 그리고 소피는 꽤나 신기하다는 표정이다. 아마도 '이런 자기도 있나?'라고 생각하는 듯했다. 그도 그럴 것이 아벤티노에만 있던 이들에게는 정말 생소한 디자인의 도자기들이었던 것이다.

지금 아벤티노 대륙으로 들어오는 도자기는 100%가 진 나라 도자기다. 그런데 진 나라 도자기의 특징은 화려하다는 것이었다. 그 때문인지 진 나라의 도자기는 백자와 청자도 많지만, 적자(붉은 도자기)가 제일 많은 수를 자랑했다. 도자기에 새겨진 무늬는 대부분 크고 화려했고, 색 또한 무척이나 컬러풀했다. 가장 많이 그려지는 것이 활짝 핀 꽃, 아니면 아름다운 아가씨들, 전설이나 신화의 한 장면들 정도였다. 무늬의 색도 붉은색과 금색, 아니면 강렬한 원색이 많이 사용되는 편이라 그림으로 비유하자면 유채 풍경화 이미지였다.

그래서 화려한 스타일을 선호하는 바이런 국에 쉽게 퍼질 수가 있었던 것 같다.

그러나 한 나라 도자기는 그것과 완전히 상반된 스타일이었다. 한 나라의 도자기는 대부분 청자나 백자였고, 붉은 계통의 색은 찾아보기 힘들었다. 게다가 무늬도 크고 화려한 대신 작고, 소박하고 간단한 형태를 띠고 있어 밋밋하고 심심한 느낌만 살짝 없애주는 수준이었다. 심지어는 아무런 무늬가 없는 민 무늬 도자기도 심심치 않게 보였다.

무늬의 색도 될 수 있는 한 튀지 않게 하고 싶었는지 흐린 무채색이나 파스텔 색조를 사용했다. 금색도 가끔 사용되기는 하는데, 화려하게 번쩍번쩍 빛나는 것이 아니라 약간 흐릿해서 겨우 금색이라는 것을 알아볼 정도였다.

마치 단아한 동양화 같은 이미지의 자기라 그 나름의 멋이 느껴지지만, 이게 과연 바이런 국에서 통용이 될지는 좀 걱정스러웠다.

그렇다고 아주 가능성이 없지는 않을 것 같다.

제일 가능성이 높은 것은 한 나라의 청자.

진 나라의 청자는 녹색빛을 띠는 것이 단 한 가지인 데 반하여 한 나라의 청자는 두 가지였다. 바로 파란빛을 띠는 것과 녹색빛을 띠는 것.

녹색빛의 청자 또한 싱그러운 수풀의 색을 가지고 있어 아름다운 색이라 여겨지지만, 파란빛의 청자에 비할 바가 아니었다.

그 파란빛의 청자를 본 순간, 비가 온 뒤 개인 맑고 구름 한 점 없는 높디높은 가을 하늘을 바라보는 것만 같았으니 말이다. 계속 바라보고 있으면 그 파아란 빛에 정신이 퐁당 빠져 버릴 것만 같은, 너무나 아름다운 색이었다.

그 색만 있으면 어떤 화려한 무늬도 필요없을 것 같았다. 그래서 무늬들이 튀지 않도록 작거나 여백을 많이 남기는 것이 아닐까? 약간 실망한 상태로 도자기들을 살펴보던 다른 일행들도 그 아름다운 색을 본 순간 감탄을 금치 못할 정도였다.

게다가 한 나라의 자기 중에는 특이하게도 동물 모양으로 만들어진 제품이 있었다.

진 나라의 자기는 '자기란 이렇다!' 라고 말하는 듯 둥근 형태에 굴곡만 약간 다른 스타일을 하고 있었는데, 한 나라 도자기는 완전히 새로운 스타일을 선보였던 것이다.

예를 든다면 위에서부터 아래까지 용이 두어 번 칭칭 감은 형태를 띠고 있는 술잔이라던가, 세 마리의 거북이가 등에 받치고 있는 형태의 대접이라던가, 커다란 잉어가 둥글게 몸을 말아 그 가운데 품고 있는 접시 등등.

"야, 이건 멋있네요! 괜찮은데요?"

로어가 감탄한 목소리로 말하자 긴장한 채 우리를 주시하고 있던 사다함과 오사함의 얼굴에 안도감이 떠오른다.

그러나 그 다음에 본 장신구들은 단아한 미 쪽으로 너무 치중하다 보니 화려한 맛이 좀 떨어졌다. 어제 아침에 잠시 장신구 가게에 들려서 진 나라의 물품들을 미리 둘러본 일행들이었으니 그 차이가 확연하게 보일 수밖에 없었다. 하기사 '사치'를 나라의 최대의 적이라고 생각하는 한 나라였으니, 이런 디자인만 나오는 것이 당연한 걸지도 모른다.

그러나 그걸 바라본 선애 일행들은 아쉬운 표정으로 중얼거렸다.

"아무래도 장신구는… 여기서 좀 더 화려함과 섬세함을 가미했으면 좋으련만……. 단아한 것도 좋지만, 바이런 국 패션과는 잘 어울리지 않겠는데?"

마침 선애의 가까이에 있었던 오사함이 그 이야기를 들었는지 말을 걸어왔다.

"그 나라의 취향이 약간 화려한 편인가 봅니다?"

"예. 너무 치렁치렁한 건 아닌데, 그 몇몇 포인트를 주되 그 포인트는 화려하고 크고 멋진 게… 랄까요?"

선애의 말에 고개를 끄덕이던 오사함이 우리에게 보여주던 장신구 밑에 깔린 넓적한 함을 드러내었다. 장신구를 받쳐 놓기 위해 놓아둔 줄 알았는데 또 다른 장신구를 넣어놓고 있었던 모양이다.

"음, 사실 이건 혹시나 하고 가지고 온 것입니다만……."

진한 갈색으로 윤기가 자르르 흘러, 척 보기에도 고급 나무로 만들어진 듯한 함 뚜껑을 열자 거기에는 비녀가 두 개 들어 있었다. 하나는 비녀 머리에 용이 만들어져 있고, 다른 하나는 주작이 만들어진 금 비녀였다. 다른 장신구들과는 정말 차원이 다른 아주 섬세함과 아름다움을 자랑하는 것이, 진 나라 장식품들과 견주어봐도 절대로 뒤떨어지지 않을 뛰어난 물품이었다.

이건 비록 화려한 맛은 없지만 우아함과 섬세함, 그리고 단아함으로 먹혀들 수 있을 것 같았다.

"야, 이거 멋지네요. 이 정도면 잘 먹혀들겠는데요?"

"하하, 그렇습니까?"

선애가 기쁨에 찬 어조로 말했는데, 어째 오사함은 선애처럼 마냥 기뻐하지 못하는 듯했다.

그때 토냐가 뭔가 괜찮은 것을 발견했는지 선애를 부르는 바람에 미처 그의 반응에 대하여 묻질 못하고 그냥 넘어가 버렸다.

"선애야, 잠깐 이리 와봐."

뭔가 싶어서 다가간 선애나 나는 솔직히 좀 실망스러웠다. 토냐가 보고 있는 것은 옥으로 만든 제품들이었던 것이다.

[뭐야, 옥이네?]

옥은 한국에서도 귀중품으로 여겨지고 있기는 했다. 게다가 선애와 내가 살았던 춘천에서 나는 옥은 세계적으로 알아주는 유명한 것인데다, 마침 우리 가족과 친분이 있으신 분이 옥 취급점을 하셔서 들은 풍월이 좀 있었다.

그분께 듣기로, 옥이라고 다 똑같은 것이 아니라 옥에도 질의 등급이 있다고 한다. 문방구에서 파는 플라스틱 장식품 비슷한 수준의 취급을 받는 것부터 시작하여 건축용 혹은 옥 매트용, 거기서 더 나아가 몸에 착용하는 장신구용까지……

물론 장신구용 급이 가장 수준 높은 건데, 그건 전 세계에서 딱 두 군데에서 난다고 한다. 그 하나가 중국에 있고, 나머지 한 곳이 바로 한국의 춘천에 있는 거다. 그곳에서 난 옥은 가격이 꽤 높아서 그 옥으로 만든 반지 하나만 해도 몇십만 원은 쉽게 넘어간다.

잠깐 옥에 대한 상식을 이야기하자면, 옥은 청색을 띠고 있는 것일수록 가격이 낮고 백색을 띠고 있는 것일수록 비싸다. 그리하여 청색이 하나도 안 섞인, 완전 백색의 옥으로 만든 주먹만 한 조각품은 몇천만 원은 가뿐하게 넘어간다.

그런데 재미있는 건, 춘천에서 나는 옥이 최고급품이라고 '춘천 옥'이란 브랜드 이름을 가진 제품을 최고급이라 오해하는데, 그건 말 그대로 오해이다.

춘천에는 옥 광산이 두 군데에 있는데, 한 곳이 옥 매트용 수준이고 나머지 한 곳이 세계 제일의 수준이다. 그런데 옥 매트용 수준 쪽 브랜드의 이름이 '춘천 옥'이고, 최고 수준의 브랜드 이름은 '옥산가'이다.

두 브랜드 제품은 가격 면에서도 많은 차이를 보이는 걸로 알고 있다.

전에 아는 분 덕분에 '옥산가' 제품을 구경할 기회가 있었는데, 거기서 나는 옥으로 만든 싱글 옥 침대 가격이 무려 1억이 넘어갔다. 시중에 파는 옥 침대하고 디자인 차이는 거의 없이 보통의 침대 모형에 디자인을 이루는 것은 원목이고, 단지 매트를 까는 부분에 옥 돌판이

갈린 것뿐인데 옥 하나의 품질 때문에 그렇게 가격 차이가 나는 것이었다.

그게 믿겨지는가?

하여간 한마디로 무지하게 비쌌다.

그렇게 질 좋은 건 엄청 비싼 귀중품인 이 옥은, 그런데 황당하게도 돌 족속인 주제에 다른 보석들과는 달리 강도가 무지 약하다.

다이아몬드를 보라. 그건 세상에서 가장 단단한 물질이라 일컬어지지 않는가 말이다.

루비나 사파이어 등등도 또한 그 정도는 아니라 해도 무지 단단해서 그 보석들을 세공하려면 직접 자르지 못하기에 갈아서 모양을 만들어야 한다.

그런데 이 옥이란 녀석은 강도가 약해서 잘못 다루면 쉽게 금이 가고 깨지기 때문에 섬세하고, 세밀한 조각을 하는 건 엄청나게 어렵다. 그러한 옥의 특성이 여기에서도 마찬가지였던지 옥 제품이 하나같이 투박한 편이었다. 드워프들의 섬세하고 세밀한 유리 공예품에 비교해 심하게 말하자면, 어른 작품과 아이들 작품을 비교하는 것 같았다. 물론 재질의 차이 때문에 그런 걸지도 모르지만, 다른 장식품들보다 더 투박한 모습에 선애가 실망감으로 한숨을 내쉬는데, 토냐는 그런 선애의 마음을 모르는지 눈을 빛내며 거북을 조각한 옥 제품을 들어올려 요리조리 살피는 것이었다.

"이것 봐. 정말 신기하지 않아? 이거 대리석과 비슷한 거 같으면서도 다르네. 이런 재질의 돌은 처음 봐. 이게 뭐지?"

옥 제품에 감탄한 게 아니라 옥 자체가 신기했던 모양이다.

'헤… 그리고 보니 아벤티노 대륙에 있을 때 선애의 액세서리를 사러 보석 가게에 몇 번이나 가봤지만 옥은 본 적이 없었지?

"그건 옥이라고 하는 돌로 만든 것이랍니다. 옥은 여기서는 무병장수를 기원한다는 뜻을 담고 있어서 보통 윗사람들에게 많이 선물한답니다. 마음에 드십니까? 진 나라에서는 옥을 수출하지 않나 보군요."

오사함의 설명에 토냐는 고개를 끄덕이며 다른 옥 제품들을 살펴보고 있었다.

한국에서는 청옥하고 백옥밖에 못 봤는데, 여기에서는 붉은색의 옥도 있었다. 그렇다고 루비처럼 투명한 것이 아니라 옥 특유의 우윳빛이 섞인 돌이었지만 말이다.

신기하기는 했지만 세공하기가 쉽지 않아 섬세하거나 화려한 맛을 낼 수가 없는데다가 아벤티노 대륙에서는 무병장수를 기원한다는 뜻을 알 리 없으니 고가치라 생각하기는 어려웠을 거다.

그런 생각을 하던 중 나는 문득 떠오르는 것이 있어 선애한테 속삭였다.

[선애야, 저 옥 드워프에게 가져다주면 어떨까? 그들은 아마 새로운 재료에 흥미를 느낄 거 같은데. 그리고 드워프들이 얼마나 잘 세공할 수 있을지도 궁금하고. 아, 또 지금 생각난 건데 옥 가루가 피부에 좋다고 하지 않냐? 그럼 영양 크림 같은 데 섞어서 마사지 팩 같은 걸로 사용하면 좋을 거 같은데. 왜, 금가루나 진주 가루처럼 말야.]

금가루나 진주 가루가 들어간 영양 크림은 다음 기획 상품으로 생각해 놓고 있는 거였다. 한국에 있을 때 약간 황당해하며 들었던 풍월을 여기서 이렇게 이용하게 될 줄은 몰랐지만, 야생화 가게가 돈 많은 아가씨들에게 제법 알려진 상태이니 잘 먹힐 거라 생각한 것이다. 이미 아주 비싼 재료들로 만들어져 서민이 보기에는 천문학적인 가격을 자랑하는 화장품들이 몇몇 있으니 금이나 진주 정도야 그럭저럭 먹히지 않겠는가?

나는 야생화 가게에서 그 제품들을 낸 뒤 다른 화장품 상회에서 루비 가루로 만든 립스틱이라든지, 사파이어나 에메랄드 가루로 만든 아이섀도를 내놓지 않을까 싶다.

하여간, 김샌 표정으로 토냐를 바라보던 선애의 눈이 내 말을 듣고선 급작스레 빛이 났다.

"흠, 시험적으로 좀 가지고 가봐야겠군."

그 다음으로 그들이 보여준 건 가장 중요한 한 나라의 술이었다.

선애는 술 맛을 잘 모르는 터라 시음은 토냐와 로어가 맡았다. 소피도 술을 좀 할 줄 알기는 하지만, 선애를 호위하는 입장이라 마실 수 없었다.

그런데 한 나라 사람들이 보여주는 술병을 본 일행은 이구동성으로 놀란 표정을 지었다.

"어라라?"

"유리병?"

"한 나라에… 유리병이?"

상업을 천시해서 무역도 생필품이나 겨우 할까 싶은 미미한 수준의 한 나라에 아벤티노 대륙에서 넘어온 것이 분명한 유리병이 떠억하니 술병으로 내놔졌으니 일행이 놀란 것도 무리는 아니었다.

비록 아무런 무늬가 없는 일반 단지 모양, 쉽게 말해 요강 단지 크기와 모양의 유리병이었지만 저렇게 굴곡 하나, 흠 하나 없이 원에 가까운 모양을 만드는 것도 꽤나 높은 실력이 필요하다고 알고 있어 가격이 꽤나 만만치 않았을 거다.

그런데 신기하게도 그런 단지 모양의 유리병 안에 아주 잘 익었을 듯한 커다란 배 하나가 떠억하니 들어가 둥둥 떠 있는 것이었다. 잘 익었는지 모르는 것은, 배 주위를 옅은 위스키 색의 액체가—아마도 술일 듯—감싸고 있어서 색이 노르스름하게 보였기 때문이다.

　　그런 종류의 술은 하나가 아니었다. 다른 하나에는 포도가 들어 있었다.

　　그 다음에는 제법 길쭉한 모양의 유리병 안에는 산삼인지 도라지인지, 아니면 더덕인지 모를 커다란 약초 뿌리가 들어 있는 단지, 그 다음에는 시커먼 뿌리, 그 다음에는 뱀 한 마리가 똬리를…

　　"꽤엑~ 뱀이야!"

　　"허허허, 이거 몸에 좋은 겁니다. 그래서 보통 술이라 안 하고 약주라고 하지요."

　　사다함이 화들짝 놀라는 선애를 향해 푸근한 웃음을 보이며 제일 먼저 그쪽으로 손을 뻗는 거였다.

　　"그래, 우선 제일 좋은 걸로 한잔하시겠습니까?"

　　"아, 아니요, 저는 사양하렵니다. 시음은 이쪽이 하실 테니……."

　　선애가 양손까지 저어가면서 사양하자 기다렸다는 듯 토냐와 로어가 앞으로 나섰다. 뱀이 안에서 똬리를 틀고 있는 게 그렇게 멋져 보일 수가 없는지 눈을 반짝반짝 빛내면서 말이다.

　　그런 그들을 피해 슬그머니 옆에 있던 술병을 살피던 선애는 뭘 발견했는지 고개를 갸웃거리더니 오사함을 바라보며 물었다.

　　"그런데… 이거 안에다 배와 포도를 어떻게 넣은 거죠?"

　　그러고 보니 유리병 몸통이야 튀어나온 똥배처럼 볼록하지만 입구는 좁았던 것이다.

뭐, 다른 약초 뿌리라든가 뱀이야 제법 큰 편이긴 했지만 입구보다 굵어 보이지 않으니 충분히 들어갈 수 있는 크기였다. 하지만 배와 포도는 입구보다 더 커 보였기에 잘라 넣지 않는 이상 불가능해 보임에도 불구하고 온전히 들어가 있었다.

"아아, 그건 말입니다. 열매가 처음 생겨 자그마했을 때 유리병을 씌워둔 겁니다. 그 상태로 자라게 하는 거지요. 그래서 다 익었을 때 그 안에 소주를 부어 저장시키면 저렇게 됩니다(이거 한국에 진짜로 있는 술입니다. 병 배라고 하더군요. 엄청 귀한 술~—작가 주)."

"오오……!"

선애의 감탄사의 뒤를 이어 마치 기다렸다는 듯 로어와 토냐의 감탄사가 터져 나왔다.

"캬아~ 이거 맛 되게 독특한데?"

"오오, 끝 맛이 깔끔한 게 좋네요!"

그들의 말이 들리자마자 선애의 곁에 있던 오사함이 잽싸게 그들의 곁으로 다가가 통역한다. 참, 통역사의 일도 힘든 거 같다.

"허허허, 마음에 드신다니 다행입니다. 한 번 개봉한 술은 상품이랄 수 없으니 잠시 후 식사 시간 때 반주로 곁들일까요?"

"오옷, 좋은 생각입니다."

그런데 그렇게 유리병에 담긴 술만 있는 건 아니었다. 한 나라 도자기의 특징을 제대로 간직한 청자로 된 술병과 백자로 된 술병이 다섯 개나 더 있었던 것이다.

하나는 배나 포도, 약초나 뱀 술을 만드는 재료인 소주.

진 나라에도 같은 이름의 소주가 있어 처음에 우리는 같은 것인 줄 알았는데, 맛을 본 토냐와 로어의 말에 의하면 이쪽이 좀 더 독하고 깨끗한 느낌이라고 한다. 그에 사다함이 자랑하는 것이, 한 나라의 술은 깊은 산속의 맑은 옹달샘에 있는 물로만 만들기 때문에 이런 맛이 난 다나 어쨌다나.

뭐, 물이라는 것이 다 똑같아 보여도 각 지방마다 아주 조금씩 조금 씩 다른 맛이 있다. 그리하여 예민한 사람들은 다른 지방에 갔을 때 그 지방의 물 맛에 적응하지 못해 고생하는 경우도 종종 있다고 한다.

아마 그 때문에 진 나라의 소주와 한 나라의 소주 맛이 다른 게 아닐 까? 뭐, 단순히 물 맛 때문만이 아니라 제조 방법에서도 뭔가 차이가 있으니까 같은 증류주라 해도 이렇게 맛이 확연하게 다른 걸 거다.

사다함의 말에 의하면, 이 소주도 한 나라의 지방마다 각각 맛이 다 르지만, 아쉽게도 생산량이 많지 않아 모두 다 가지고 오지 못했단다. 하긴, 그런 술이 어디 한두 개겠는가?

다른 하나는 사과주라고 했다.

잔에 따라 보니 마치 녹차처럼 약간 초록빛을 띤 투명한 술이었는데, 마셔본 토냐의 말에 의하면 약간 새콤하면서도 달착지근한 맛이 난다 고 한다. 이건 소주를 안 넣고 사과와 몇몇 약초, 그리고 누룩을 넣어 서 발효시킨 술이라고 한다. 마치 포도주를 만드는 것처럼 말이다.

'흠, 사과 와인이라고 하면 되겠네.'

그리고 나머지 세 술은 곡식으로 만든 것으로 이화주, 동동주, 청주 라고 했다.

그런데 이화주는 색깔이 꼬옥 막걸리처럼 탁했다. 처음에는 이화주 라고 해서 무슨 배꽃을 이용해서 만든 줄 알았는데, 배꽃 필 무렵에 이 술의 중요 재료인 누룩을 만들기 때문에 이화주라 부른다고 한다. 제 법 낭만적인 이름이지 않은가?

그렇게 모든 상품을 살펴본 일행은 점심을 먹기 전 잠깐 시간이 있었기에 일행들끼리 의논하는 시간을 가졌다. 계약은 점심을 다 먹은 후에 하기로 하고 말이다.

어차피 모든 물품들을 모두 다 취급할 수 없다는 건 우리 일행도 알고, 저쪽 일행도 알고 있어 의논할 시간이 필요하다는 걸 충분히 이해해 줬다.

"아아, 정말 아쉽더군요. 한지를 취급할 수 있는 기회가 바로 눈앞에 있는데 그걸 외면해야 하니 말입니다."

로어가 무척 아쉽다는 듯 입맛을 쩝쩝 다시며 입을 열었다.

그 뒤를 이어 토냐가 물었다.

"선애야, 아까 옥이라는 돌로 만든 제품들은 어쩔 거지?"

그에 선애는 대답하는 대신 로어를 바라봤다.

"로어가 보기에는 어때요?"

선애의 질문에 로어는 이미 생각해 둔 바가 있었는지 금방 입을 열었다.

"그게 여기에서는 귀중품으로 취급되고 색이 꽤 곱긴 했습니다만, 세공이 그렇게 멋지지는 않던데요? 그들이 내놓은 장식품도 마찬가지구요. 아, 그… 오사함 씨가 나중에 잠깐 보여준 머리 장식품은 정말 멋있었습니다만, 다른 것들은… 장식품은 차라리 진 나라 쪽을 선택하시는 게 좋을 듯합니다."

"뭐, 장식품이 별로인 거야 나도 동감이다. 하지만 아깝네. 그런 돌 처음 보는데……."

토냐 또한 로어의 의견에 수긍하는 빛이다.

그에 고개를 끄덕인 선애가 다시 물었다.

"도자기는 어때요?"

"파란빛의 자기는 감탄스러웠습니다만, 여성 물품을 주로 다루는 우리 상회에는 어울리지 않는 것 같습니다."

로어의 부정적인 말에 토냐가 반대 의견을 냈다.

"난 아까 독특한 모양으로 만들어진 거 보고 화장수 병이나 분 통으로 사용할 수 없을까 생각했는데 말이야. 으음… 이쪽에서 뭔가 수입한 식물이나 향유 같은 것으로 만든 화장품을 담으면 좋을 거 같아."

'흠, 옥 가루를 넣은 마사지 크림 통으로 쓰면 좋을 거 같네. 아, 차라리 옥을 세공해서 거기에 담으라고 하면……'

토냐의 의견에 나는 고개를 끄덕였지만, 로어는 여전히 부정적이었다.

"하지만 여성용 화장품 통이라면 좀 더 화려하거나, 아니면 아기자기한 맛이 있어야 하지 않겠습니까? 게다가 아직 본국으로 가지고 가고 싶은 이쪽 화장품이나 재료도 없는 상태고."

"아까 물품을 보니까 여러 가지 모양으로 만들었던데, 그럼 여성용으로 아기자기하고, 좀 화려하게 만들어 달라고 하면 되잖아. 화장품이야 정 수입할 게 없으면 내가 만든 화장품을 넣어도 되고 말이야. 만약 여기서 디자인을 어떻게 할지 모르겠다면, 이쪽에서 이러이러한 모양으로 해달라고 요청하면 되지 않아?"

"그러느니 차라리 술병으로 하는 게 어떻겠습니까? 어차피 술은 꼬옥 구매할 거고, 한 나라 술을 한 나라 자기에 넣으면 좋잖아요."

"좋은 생각이긴 한데, 로어, 술은 판매하려는 게 아니잖아?"

토냐의 말에 로어가 '아차!' 하는 표정을 지었다.

"맞다. 술은 몽땅 드워프에게 넘겨야 하지요?"

깜빡했다는 그의 말에 선애가 웃어 보였다.

"아니에요. 몽땅 넘길 필요는 없지요. 어차피 드워프 쪽에 넘기는 게 엄청난 양이긴 하지만 우리가 그보다 더 많이 수입하면 되는 거니까요. 사실 나는 한 나라 술을 가지고 베지테크스 상회와 뭔가 거래를 할 수 있지 않을까 생각했거든요. 마침 거기서도 도자기를 취급하니까 더 좋은 조건일 거 같은데요?"

선애의 말에 로어가 기쁜 듯 미소를 지어 보였고, 토냐는 생각에 잠긴 표정으로 입을 열었다.

"그래? 흐으음, 그럼 어찌 되는 거야? 한지는 소화시키지 못할 만찬이니 포기하고, 장식품은 진 나라 게 더 좋으니 그것도 넘어가고… 그럼 기껏 남는 게 술하고 도자기뿐인가?"

토냐의 말에 선애가 다시 입을 열었다.

"그런데요, 그 파란빛 청자는 아무래도 너무 멋진 거 같아서요. 루빈스타인 상회에서 눈독을 들이지 않겠습니까? 그래서 생각한 건데, 어차피 그쪽이 탐내면 우리로서는 대항할 방법이 없으니 얌전히 넘길 거, 미리 넘겨주면서 다른 뭔가를 얻어내면 어떨까 싶어요."

"헤에? 다른 뭔가를 얻어낸다?"

토냐와 로어의 눈이 흥미를 보이며 반짝 빛나자 선애가 자신감을 얻었는지 목소리에 좀 더 힘이 들어갔다.

"어차피 한 나라 쪽은 우리가 한지와 도자기를 사지 않는다고 하면 다른 매입자를 찾겠지요? 그럴 거 우리가 루빈스타인 상회와 연결시켜 주자고요. 어차피 그 둘은 루빈스타인 상회가 아니면 바이런 국 출신 상인은 취급하지 못하는 거니까. 그럼 우리는 한 나라와 루빈스타인 상회 양쪽에 도움을 주는 격이 되잖아요."

선애의 말에 로어가 무릎을 탁 쳤다.

"멋지십니다. 최고의 생각이에요. 게다가 루빈스타인 자작이 우리와 같이 왔으니 주변에 있겠지요? 만나기 힘든 사람이라 해도 한지를 제작국에서 곧바로 수입할 수 있다고 언질을 주면 맨발로 뛰어나올 겁니다."

"맞아요. 어차피 루빈스타인 상회의 눈치를 살피는 거, 다 넘겨주더라도 얻을 수 있는 건 최대한 얻어내야지요. 그와 함께 한 나라 도자기도 보여줄 셈입니다. 그들이 수용하겠다고 하면 술병용만이라도 우리가 얻어내고, 안 한다고 하면 다 취하도록 하죠."

"멋져! 그렇게 되면 저 한 나라 왕자 일행도 우리가 술하고 도자기만 취급한다고 서운해하지는 않겠지. 훌륭해, 선애!"

토냐의 칭찬에 선애가 쑥스러운지 얼굴을 붉히며 배시시 웃었다.

"아니, 그렇게 대단한 건 아니구요. 그냥 우연히 떠오른 거예요. 아, 그런데 이번에는 옥도 살 생각이에요."

선애의 말이 뜻밖이었는지 토냐와 로어의 눈이 둥그래졌다.

"아니, 선애님. 그게 무슨 말씀이십니까? 설마 좀 신기하다는 이유로 사시겠다는 건 아니겠지요?"

"그래, 선애야. 신기한 건 인정하지만 단지 그것만 가지고는 상품 가치가 별로 없다고. 나도 그게 신기하기는 하지만, 상품으로 내놓는 건 반대야."

둘의 열렬한 반대에도 선애는 배시시 웃으며 자신이 하고 싶은 말을 꺼냈다.

"아아, 제가 사려는 건 옥돌 원석이에요. 드워프 마을에 가지고 가보려고요. 뭐, 이렇게 세공한다는 예로 그나마 제일 좋아 보이는 제품은 몇 개 사 가지고 가겠지만요."

선애의 말에 로어가 자신의 뒤통수를 탁탁 쳤다.

"그렇군요! 아, 이런… 저도 머리가 많이 녹슬었나 봅니다. 우리가 왜 여기까지 왔는지도 잊어버리다니… 드워프들이 있었지요."

"야, 야, 그럼 나도 녹슨 거냐? 그동안 계속 정신 없었으니 깜빡할 만도 하지."

로어의 말이 은근히 거슬렸던지 토냐가 로어를 흘겨보며 말하자 선애가 얼른 토냐의 말을 거들었다.

"그럼요. 나도 잊어버리고 있었는걸요. 그냥 옥 제품을 보던 와중에 세공이 별로다, 생각하는데 우연히 드워프들이 떠올랐지 뭐예요. 왜, 그런 측면에서는 드워프들이 최고잖아요. 부디 드워프들이 저 옥돌을 마음에 들어 해야 할 텐데 말이에요. 아참참! 그리고 예전에 들은 이야기인데, 옥 가루가 미용에 좋다던데요? 피부를 탱탱하게 해준다던가?"

"오오, 그거 반가운 소식인데? 드워프들이 좋아해 주면 일석이조겠군."

"이왕이면 이쪽 화장품에 대해 좀 더 알아보시는 게 어떻겠습니까? 서대륙에서 수입한 화장품 세트로 판매하게끔 말입니다. 아, 그걸 판매하는 여점원들에겐 서대륙 복장을 입히는 겁니다. 거기에 장신구도 몇 개 착용시켜서 자연스레 장신구 홍보도 하고 말이지요. 으음, 저희가 실크 원단도 수입할 수 있으면 좋을 텐데 말입니다. 하지만 실크도 루빈스타인 상회에서 독점권을 가지고 있으니……. 아, 혹시 한 나라에 실크를 대체할 수 있는 멋진 옷감이 있지 않을까요?"

한번 머리가 돌아가기 시작하니 맹렬하게 회전을 하는가 보다.

로어의 입에서 여러 가지 의견이 줄줄줄 나오자 토냐가 키득 웃으며 로어의 어깨를 툭툭 쳤다.

"진정해, 진정. 그렇게 한꺼번에 이야기하면 정신이 하나도 없잖아?"

그에 로어가 당황한 표정으로 선애를 바라보며 머쓱하게 웃어 보이는 거였다.

"아, 죄송합니다. 혼자서 너무 앞으로 나갔나 봅니다."

"아니에요. 지금 우리 입장에서는 귀중한 의견인데요. 음, 그런데 한 나라에는 아무래도 실크를 대체할 만큼 뛰어난 옷감이 없나 봐요. 그러니까 이번에 선보이지 못했겠지요. 그리고 설사 있다 해도 루빈스타인 상회의 눈치를 봐야 하니… 우선은 장식품까지만 다뤄보도록 하지요. 화장품은 진 나라 것도 알아보고 한 나라 것도 알아보죠."

"그래, 그래. 여기까지 왔는데 이왕이면 두 나라 걸 다 보는 게 좋지. 너무 한쪽으로만 치우치는 것도 안 좋아. 그럼, 거래 내용은 결정난 건가?"

토냐의 말에 선애가 고개를 끄덕였다.

"예, 우리 입장은 결정했습니다. 이제 저쪽과 서로의 의견을 나누고 조율해 봐야겠지요. 뭐, 저쪽은 반갑지 않겠지만요."

과연, 식사 후 본격적으로 거래를 논하기 위한 자리에서 사다함 일행은 실망감을 내비쳤다.

"이거 참, 단지 술뿐입니까? 옥도 제품이 아니라 원석을 원하시고, 그것도 우선 반응을 보기 위해서 구매하시는 거라 장기 계약은 나중으로 미루시다니……."

"죄송합니다. 그러나 지금 저희 상회로서 수용할 수 있는 것이 그 정도라서요."

선애가 반은 예의상, 반의 반은 진심으로, 나머지는 계획적으로 차분하게 말하자 사다함이 길게 한숨을 내쉬었다.

"그거 참, 자세한 이야기를 하기 전에 처음부터 못 박으시니 무언가를 원해서 밀고 당기기를 하려는 건 아닌 듯하군요. 수용하기 어려우시다니 여기서 뭐라 더 이야기하겠습니까."

"이해해 주셔서 감사합니다."

사다함에게 선애가 예의 바르게 인사한다.

'이해… 라기보다는 체념 같은데.'

"그런데 이건 개인적인 의문입니다만, 저는 다른 건 다 몰라도 한지만큼은 무척이나 탐을 낼 만한 상품이라 생각했습니다. 그런데 한지에 별 관심을 보이지 않으시는군요?"

"그게 아니라 너무 탐나는 상품이라 아예 엄두를 못 내는 겁니다."

선애의 대답에 사다함의 눈에 다시금 실망의 빛이 스쳐 지나갔다. 아마 '그 정도로 작은 상회였어? 처음부터 대상을 잘못 잡았군' 이라고 생각하고 있을지도 모른다.

그런 그에게 선애가 은근한 어조로 다시 입을 열었다.

"그래서 말입니다, 저희가 좀 도와드릴까 하는데… 어떻습니까?"

선애의 말에 어리둥절한 사다함 일행들.

"도움이라… 무슨 도움을 주시겠다는 말씀입니까?"

아까의 실망 때문에 별로 기대는 안 되는지 시큰둥한 어조다.

그에 개의치 않고 선애는 준비했던 말을 꺼냈다.

지금부터가 중요했다. 우리의 제의를 저들이 거절하면 그걸로 끝.

그러면 양쪽에서 뭔가를 얻는 건 고사하고, 우리는 우리가 살 것에 대한 계약만 하고 빠이빠이 해야 하니 말이다.

"어차피 저희 말고 다른 거래자를 찾으실 것 아닙니까? 특히, 그 한지를 매입해 줄 상회를 말이죠. 저희가 그 거래자와 연결시켜 드리면 어떨까요?"

선애의 말에 사다함이 잠깐 갈등하는 눈빛이더니 오사함, 예흔랑과 의논하기 시작했다.

백운과 기파랑도 같이 자리해 있기는 하지만, 그들은 오로지 경호만을 위해 참여한 것인 듯 의논에 끼지는 않았다.

잠시 후 우선 이야기나 들어보자는 결론이 났고, 사다함이 선애를 바라봤다.

"자세한 이야기를 듣고 싶습니다만?"

"궁금한 게 있으면 물어보세요. 대답해 드리죠."

선애가 차분한 목소리로 대답했지만, 약간 긴장했는지 어깨가 딱딱하게 굳어 있었다. 그도 그럴 것이, 서로 간의 치열한 정보 쟁탈전이 시작되었으니 긴장을 안 할래야 안 할 수가 없을 것이다. 이런 데 경험이 많은 사람들도 살짝 긴장할 판에, 완전 초보인 선애라면 더 더욱.

지금 우리가 가지고 있는 카드는 루빈스타인 상회의 존재를 알고 있다는 것과 그 상회의 후계자인 그랜트 루빈스타인 자작이 우리와 같이 이곳에 왔으니 아마 이 근처에 지금 머물고 있을 거라는 것, 단 두 개의 정보뿐이다. 거기에 하나 반 어거지로 가져다 붙이자면, 그들과 여러 가지로 인연이 있다는 것 정도?

시일이 많이 지났으면 그랜트가 돌아갔을지도 모른다고 염려했을 테지만, 우리가 여기 도착한 지 오늘로 사흘째. 게다가 첫날은 한밤중이었으니 시간상으로는 48시간까지는 안 되었을 거다. 그렇게 보면 한 나라 일행과 일찍 만난 것이 행운이었다.

그러니 지금 그 정보를 넘겨주지 않은 상태에서 예혼랑 쪽으로부터 '그럼 소개해 달라'는 말을 받아내야 했다. 예혼랑 쪽은 우리와 반대로, 소개 부탁을 하는 대신 우리로부터 최대한의 정보를 빼내려 할 테고 말이다. 루빈스타인 상회가 여기서도 많은 거래를 하다 보니 어쩌면 한 나라 사람들도 그들을 알고 있을지도 모르지만, 그건 별로 중요하지 않았다.

사다함이 잠시 생각에 잠기더니 사람 좋게 웃으며 물었다.

"어느 상회와 소개시켜 주시게요?"

참 지당한 질문이었지만, 선애는 절대로 '루빈스타인'이란 이름을 올리면 안 된다. 그걸 이 자리에 앉기 전, 로어와 토냐로부터 충분하게 교육을 받은 선애 또한 예쁘게 방긋 웃으며 대답했다.

"여러분이 충분히 만족하실 만한 상회입니다."

선애의 대답에 사다함은 여전히 빙그레 웃고는 있지만, 눈에서 차가운 빛이 한 번 번득였다. 속으로 '이것 봐라?' 하고 생각했나 보다.

"하하하, 소저가 그렇다면 그렇겠지요. 그래, 그 만족할 만한 상회의 이름이 무엇입니까?"

"음… 어쩌면 아실지도 모르겠군요. 아니, 최소한 이름이라도 들어 보셨을지도……."

생글생글 웃으며 절대 이름을 밝히지 않는 선애의 대답에 사다함이 이번에도 하하하! 웃었지만 눈빛이 '아쭈?'라고 말하고 있었다.

선애도 겉으로야 웃고 있지만 무지 긴장했는지 뒷목에 땀방울이 하나둘 맺힌다.

'힘내, 꼬맹아!'

신경 쓰일까 봐 땀을 닦아주거나 부채질도 못해주는 나는 그저 마음으로만 열심히 응원해 줄 뿐이었다.

"호오, 그렇게 대단한 상회인가요? 그런데 그런 상회와 어떻게 소개를 시켜주신다는 것입니까?"

상회 이름을 절대로 안 밝히자 사다함이 작전을 바꾸기로 한 모양이다.

"다행히 그 상회와 안면이 있어서요."

"커다란 상회라면 안면 있는 자가 많겠지요."

단지 얼굴만 아는 사이 아니냐고 묻는 말이다.

그에 선애가 이번엔 진짜로 홋~ 하고 웃었다.

"제가 어쩌다 보니 그쪽과 좀 인연이 있었답니다."

"악연도 인연이라 할 수 있지요."

'으음… 뭐, 악연 비스무리하기는 하지.'

그러고 보니 정작 장본인이라고 할 수 있는 그랜트와는 별일 없었는데, 이상하게도 그 지 잘난 맛에 사는 보좌관 녀석과 네가지를 팔아먹은 철없는 여동생과는 여러 가지로 부딪쳤으니 말이다. 뭐, 그건 다 그들이 먼저 다가와서 난리를 친 거긴 하지만……

사다함의 말에 선애의 입술이 실룩이더니 곧 씨익 웃으며 말한다.

"후훗, 서로 독을 먹이는 사이는 아니에요."

그 말을 오사함이 약간 어색한 얼굴로 통역하자 그 말을 들은 네 사람의 얼굴이 굳어졌다. 그리고는 예흔랑, 사다함, 오사함 이 세 사람이 다시 머리를 맞대고 속닥속닥하는 거다. 슬그머니 다가가 귀를 기울이니, 선애가 독을 언급한 걸 가지고 그 이유를 분석하고 있었다. 그런데 결론이 점점 '저들의 제안을 받아들이게 하려고 치사하게 언급했다' 라고 나는 거였다.

아마 울 꼬맹이는 말 겨루기(?)를 하다가 자신도 모르게 언급한 걸 거다. 왜, 보통 사람들은 말다툼할 때 가끔 그러지 않는가?

하지만 자기들 멋대로 안 좋게 결론을 내버린 일행은 이제는 어찌 대처할 건지에 대해 의논하고 있었다.

듣고 있던 나는 기가 막혀 선애에게 다가가 속삭였다.

[야, 저 녀석들이 네가 치사하게 자기네가 독 쓴 걸 들먹거린다는데? 제안을 받아들이게 하려고 수 쓴대.]

내 일러바치기에 선애의 인상이 살짝 찌푸려졌다.

"열 받아서 좀 찔리라고 이야기한 건데……."

[흥, 자기가 치사하면 남들도 다 치사한 줄 아는 법이지. 야, 잠깐만.]

거의 결론을 낸 것 같은 분위기라 후다닥 다가가 귀를 기울이자, 과연 선애가 나중에 화가 나서 소문이라도 내면 곤란하니 제안을 받아들이자란 결론을 내고 있었다. 뭔가 이익을 바라고 제안을 한 거 같으니 크게 손해가 없으면 들어줘서 입막음을 하자는 것이다. 솔직히 한 나라가 우리에게 독을 먹였다고 소문이 나면 그걸 사람들이 믿든 안 믿든 한 나라 쪽으로서는 곤란해지니 말이다.

결과야 우리가 바라는 대로 되기는 했지만, 그 중간 과정이라는 것이 여영~ 찝찝해서 마음에 좀 걸렸다.

'이거, 이래도 되는 겨?'

CHAPTER

33

FANTASY FRONTIER SPIRIT

Chapter 33

잠시 후, 의논을 끝낸 사다함이 정색을 하고 선애를 바라봤다.

"소저, 우리 탁 터놓고 이야기합시다. 원하는 게 뭡니까?"

그에 선애는 쌈박하게 대답했다.

"거래 우선권이요. 저희가 수용하지 않는 상품이야 상관없지만 저희와 거래하는 상품은 물론이요, 새로운 거래에서도 우선권을 주셨으면 합니다."

선애의 말에 사다함이 인상을 찌푸린다.

"너무 과한 요구입니다. 이건 우리나라와의 거래를 독점하겠다는 이야기가 아닙니까?"

"절대로 과한 것이 아니라고 보는데요. 우선권을 가지고 있다고 해서 독점하는 건 아니잖습니까? 저희 측이 크게 유리한 것도, 여러분이 일방적으로 불리한 것도 아니라고 보는데요. 사실 이 정도는 첫 계약

상대자에게 예의상이라도 얼마든지 해줄 수 있는 거 아닙니까?"

선애의 딱 부러지는 말에 사다함이 할 말을 찾지 못한 듯 그저 신음 성만 삼킬 뿐이었다. 잠시 기다려도 그가 아무 말도 안 하자 선애가 다시 입을 열었다.

"저는 이번 거래가 저희는 물론이거니와, 귀국 입장에서도 좋은 기회일 거라 생각합니다. 그래서 이런 관계를 계속 지속시키길 원합니다. 그러한데 어찌 여러분께 손해를 끼치려 하겠습니까?"

선애의 말에 그동안 가만히 듣고만 있던 예혼랑이 어이없다는 듯 툭 내뱉었다.

"소규모의 거래를 하면서 말이 너무 거창하군."

"외람되오나 한 말씀드리자면, 저희가 구하는 물품이 적은 것도 있으나 저희가 원하는 물품이 없어서 거래가 적어진 것입니다. 그러나 그건 앞으로 차차 나아질 거라 기대하고 있습니다."

"뭐어… 나도 그랬으면 좋겠소."

선애의 강한 어조 때문인지 예혼랑 왕자는 떨떠름한 표정으로 한발 물러났다.

"어찌시겠습니까? 만약 제 제안이 마음에 안 드시면 그냥 우리의 거래 계약이나 하죠?"

제안을 받아들이기로 결론 난 내용을 내가 이미 알려줬기에 선애는 여유 만만한 표정으로, 마치 '너희들이 받아들여도 그만, 안 받아들여도 그만이야' 란 식으로 말할 수가 있었다.

그러자 사다함이 이대로 물러서기에는 좀 분했던 모양이다.

"우선 계약을 한 뒤 제안을 받아들일지 거부할지 이야기하겠소"

마치 계약할 때 마음에 들면 제안을 받아들이고, 아니면 거절하겠다는 뉘앙스. 이왕 제안을 받아들여 줄 것, 얻을 건 최대한 얻으려고 수를 쓰는가 보다.

그에 선애가 기꺼이 고개를 끄덕였다.

"좋습니다. 그럼 거래 내용을 이야기해 볼까요?"

그렇게 우리가 약간 우위를 점한 상태에서 이야기를 한 건 좋은데, 잠시 후 우리 쪽 일행들은 약간 허탈감에 젖은 표정으로 한 나라 사람들을 바라보게 되었다. 그도 그럴 것이, 우리가 적게 산다고 실망한 주제에 우리가 사려는 만큼의 술의 양을 그들이 가지고 있지 못한 거였다.

뭐어, 기가 막혀 바라보는 우리에게 난처한 표정으로 설명해 주는 사다함의 말을 들으니 이해가 되기는 했다. 공업과 상업이 발달하지 못한 한 나라이다 보니 전국 각지에 술이 있기는 한데, 그건 각지에 있는 주막이나 술집에서 자기들이 장사할 양만 직접 만들어 파는, 그러니까 자급자족형이었던 것이다. 그나마 높으신 분들이 식후에 한잔, 심심할 때 한잔, 즐거울 때 한잔 마시기 위하여 상납케 하는 주조장이 있기에 그나마 한 나라를 대표하는 술이 있었지, 높으신 분들이 뭔가 엄격한 종교에 귀의하여 술을 한 모금도 안 마셨다면 이런 것도 없었을 거다.

이런 것을 6, 7년 전 유리병 안에서 키운 배와 포도주로 담근 술을 개발하고 난 뒤 거기서 착안, 그와 함께 유명한 몇몇 술을 모아 상업 활성화의 일환으로 여러 지역은 물론이거니와, 외국에도 수출하기 위하여 본격적으로 수량을 늘리려 애썼기에 이 정도라도 살 수 있었던 것이다.

"지금도 계속 제조량을 늘리고 있으니 다음에는 좀 더 많은 양을 살 수 있을 겁니다."

사다함이 마지막에 그렇게 덧붙였지만, 별로 믿음이 가지는 않았다. 양이야 계속 늘린다는 건 사실이겠지만, 모르긴 몰라도 한 나라 내에서도 유통을 시작할 것이고, 진 나라와 수 나라에도 선보였던지 선보일 것이다. 그러면 수요량이 늘어날 테고, 그 늘어난 수요량을 다 감당하면서 우리에게까지 더 공급할 수 있을 만큼의 양을 늘릴 수 있는가 말이다. 아마, 모르긴 몰라도 최소한 몇 년 동안은 이 정도의 양이나 여기서 아주 조오금 늘어나는 양으로 만족해야 할 거다. 우리가 바라는 우선권은 아벤티노 대륙과의 무역에만 해당하는 거였으니, 진 나라나 수 나라에 넘길 걸 우리에게 달라고 할 수도 없을 테고 말이다.

지금 저들이 줄 수 있는 양은 화물선 반 척 정도의 분량. 이건 드워프 마을에 보내면 땡~ 일 양이니, 솔직히 거기서도 모자라지 않을까 싶다. 진 나라의 술이 있어서 그나마 다행이지, 이 정도의 양 가지고는 크로스웰 상회의 핸들리와 무언가 거래를 해볼 생각은 당분간은 하지 말아야 할 것 같다.

옥 또한 그것을 다루는 장인들의 수가 많지 않아서 제품을 생산해 내는 숫자는 얼마 되지 않았지만, 그래도 우리가 원하는 건 옥 제품이 아니라 원석 자체였기 때문에 원한다면 수량을 많이 늘려줄 수 있다고 했다. 다행… 이라고 해야 할지, 나라에서 모든 광산을 관리하고 있기 때문에 옥 광산 또한 그들의 관리 하에 있었던 것이다. 세공하는 것도 아니고 광산에서 캐내는 수량을 늘리기만 하면 되는 일이라, 만약 드워프들이 만족해한다면 그건 얼마든지 원하는 분량을 대줄 수는 있을 것 같았다.

그렇다 해도 그건 다음 일이고, 우선 술의 양이 적었기 때문에 선애는 미리 이야기가 되지 않은, 나머지 화물선을 채울 수 있는 물품을 이것저것 찾아보기 시작했다. 첫 거래인데 이왕이면 화물선을 꽈악 채워서 돌아가는 게 반 정도만 겨우 채워 가는 것보다는 양쪽이 기분 면에서라든지 실리 면에서 좋지 않겠는가 말이다.

원래 여성용 장식품들은 진 나라에 비해 수수한 편인데다 마음에 드는 장식품이 겨우 하나뿐이라서 제외하려고 했지만, 이렇게 된 거 다 물어보자 싶었는지 선애가 마지막에 오사함이 보여준 장식품을 거론하자 사다함이 난처한 빛을 보였다.

"그게 말입니다……."

그러면서 시작한 설명인즉슨, 오사함이 보여준 건 왕실에만 납품하는 물품이라는 거다. 이번에 오사함이 하나 가지고 온 것은 한 나라의 세공 실력이 이 정도라는 것을 보여주기 위한 것일 뿐, 판매 자체를 금지하고 있는 세공품이라서 안 된다는 것이다.

"저기… 다른 건 안 되겠습니까?"

"솔직히 말씀드리자면… 다른 건 우리나라의 세공 실력보다 한 단계 낮은 정도입니다. 제가 말씀드린 그게 대충 고급품에 속한다고 할까요? 그러나 최고급은 아닙니다. 그래도 한 나라 특유의 멋이라고나 할까요? 우리나라에는 없는 우아한 멋이 있어서 취급해도 좋겠다 생각한 것입니다. 만약 세공품을 수출하기 원하신다면… 아마 최소한 그 외부로 판매가 금지된 그 정도의 세공 실력이 있어야 할 겁니다."

"혹, 자기도 그래서 외면하신 겁니까?"

"아니요. 다른 건 몰라도 파란빛의 청자하고 그 왜, 동물 모양으로 만든 자기들 있지 않습니까? 그건 상품 가치가 높은 것 같습니다. 아,

그래서 말씀드리고 싶은 게 있는데… 혹시 한 나라의 여성들이 사용하는 고급 화장품이 있습니까?"

"예? 화장품… 이요?"

"예. 만약 저희가 수용할 만큼 괜찮은 화장품이 있다면, 여성 고객의 마음을 사로잡을 수 있는 아름다운 도자기 화장품 통을 만들어 같이 판매하면 어떨까 싶습니다만. 한 나라 화장품 세트로 말이죠. 에, 거기에 장식품까지 같이 판매하면 더 좋겠지만, 그건 금지 품목이라니 그건 그냥 진 나라 장식품으로 해야 할 것 같군요. 뭐, 그게 아니라도 그 도자기 정도면 충분히 상품 가치가 있다고 생각하거든요."

그러나 그들은 여성용 장식품은 준비해 왔으면서 화장품은 조금도 생각 못한 모양이다. 화장품이 유통되고 있는지, 어디에서 만들어지고 있는지, 무엇이 유명한지도 전혀 모르는 걸 보니 아무래도 직접 가서 대갓집 여성들에게 물어봐야 할 것 같다.

진 나라에서는 제법 화장품도 유통되고 있는 것 같던데…….

[에구, 아무래도 상업이 발전되고 안 되고의 차이인가 보다. 에, 그러고 보니 조선 시대까지는 보따리 상인이 화장품을 팔기도 하지만, 집에서 각각 만들어 썼다고도 하던데. 설마 한 나라에서도 각각 집에서 직접 만들어 쓰는 거 아니야?]

내 말에 선애가 작게 한숨을 내쉬더니 토나를 향해 말했다.

"아무래도 화장품도 어려울 거 같지요? 그냥 화장품 통이나 생각해 놔야겠네요."

자기들은 꽤나 많이 준비한다고 했지만 너무 부족했다는 걸 깨닫게 되었기 때문인지 한 나라 사람들은 잔뜩 풀이 죽은 분위기였다. 사다함과 오사함에게 뭐라뭐라 여러 가지 이야기를 들은 예흔랑은 길게 한숨을 내쉬며 고개를 끄덕끄덕하다가 또 뭐라뭐라 속삭인다. 무슨 이야기를 하고 싶은 건지 가서 듣고 싶지만 별로 중요한 건 아닌 거 같고, 그쪽이나 우리 쪽이나 예상보다 더 줄어든 거래 내용 때문에 분위기가 침울한 터라 그냥 선애의 옆에 있었다.

"그럼, 그냥 술하고 옥 원석 한 덩어리?"

"이번에는요. 다음에는 부디 옥으로 나머지를 채울 수 있었으면 좋겠는데. 그런데… 화물선을 반밖에 못 채우는 거… 아무래도 적자일까요?"

선애의 말에 로어가 위로를 하려는 듯 싱긋 웃어 보였다.

"괜찮을 겁니다. 어차피 그걸 팔려는 게 아니라 드워프들과의 거래에 이용하려는 거였으니까요. 드워프들은 새로운 술을 가지고 왔다는 것에 더 환영하지 않겠습니까? 그리고 저희로서도 생각지 못한 새로운 거래를 튼 것만으로도 앞으로의 이득을 생각하면 적자라고 할 수는 없지요."

"그렇군. 아아, 크로스웰 상회와 뭔가 거래까지 해보고 싶었는데……."

"처음부터 너무 욕심을 부리시면 안 됩니다, 선애님. 지금 이 정도만 해도 우리는 처음 예상한 것보다 훨씬 큰 수확인걸요."

"그래요, 그래. 뭐, 이 정도로 만족해야지요."

선애가 로어의 말에 납득하며 애써 기분을 풀려는 그때, 우리로서는 예상치 못한 거래 제안이 들어왔다.

"혹시… 유리 세공품도 취급하십니까?"

"유리 세공품이요? 아, 예. 마침 저희가 제작하여 판매하고 있습니다만."

"호오, 그렇습니까? 이거 잘되었군요. 그거 우리나라에 판매할 수 있을까요?"

사다함의 말에 우리 일행의 눈이 동그래졌다. 생각지도 못한 제안이었던 것이다. 물론 처음 유리병 안에 담긴 술을 바라보며 생각을 잠깐 떠올리기는 했지만, 우리 상회가 유리 제품을 전문적으로 판매하는 것도 아니고, 또 작은 상회라 차마 한 국가와 수출 거래 계약을 맺을 엄두가 안 나서 포기하고 있었던 것이다.

"어, 그거 저희와 하시게요? 아시다시피 저희는 그렇게 큰 상회가 아닙니다만……."

너무 놀라웠는지 선애가 놀랍다는 감정을 그대로 드러내며 말까지 더듬었다.

그러자 예흔랑이 쿡 하고 웃으며 끼어들었다.

"아까 우리나라와의 모든 거래에 우선권을 달라고 하지 않았던가? 우리는 그대의 제안을 받아들여 우선권이 있는 그쪽 상회에 이야기를 하는 거네만."

"그럼 제 제안을 받아들이신단 말씀이십니까?"

아까 내가 이야기해 줘서 알려줬음에도 불구하고, 그 결과가 생각보다 크자 선애는 이번에도 놀란 어조로 물었다.

"허허, 아까는 되어도 그만, 안 되어도 그만인 것처럼 행동하더니, 그게 다 연출이었나 봅니다 그려?"

사다함이 사람 좋게 웃으며 하는 말에 선애의 얼굴이 살짝 굳어지더니 고개가 푸욱 숙여졌다. 무지 창피한 모양이다.

그런 선애를 대신해 로어의 언질을 받은 토냐가 슬그머니 끼어들었다.

"원하시는 유리 세공품과 수량을 말씀해 주시겠습니까? 저희가 불가능하다면 다른 상회를 소개시켜 드리겠습니다."

이건 크로스웰 상회를 염두에 둔 것이다. 다행히 크로스웰 상회가 진 나라에 유리 세공품과 바이런 국의 와인 등을 수출하고 있었던 것이다.

그러나 이번에도 한 나라는 우리 생각보다 더 적은 숫자의 개수를 말하는 것이었다.

"일 년에 한 번씩 최소한 1,000개 정도면 좋겠습니다. 모양은 여러분이 보셨던 배와 포도를 담을 크기의 단지 형태를 하고 있는 게 800개 정도, 나머지는 커다란 호리병 모양도 좋습니다. 이건 다른 술을 담글 용도로 사용할 테니까. 수량을 각각 100개씩 더 늘릴 수 있다면 더 좋고요."

일 년에 1,000개 정도면, 현재 우리 상회가 데리고 있는 유리 세공소를 좀 무리하게 운용하면 얼마든지 감당할 수 있다. 게다가, 정 안 되면 드워프 마을에서 가지고 오는 유리 세공품 개수를 늘려도 좋았다. 거기서도 견습 드워프들이 실력을 늘리기 위하여 아무 무늬 없는, 단지 둥근 원 형태를 띠는 유리병을 만드는 걸 보았기 때문이다. 얼마나 원에 가깝게 만들 수 있느냐도 실력 측정의 한 가지였던 모양이다.

"단지 유리병만 원하십니까? 장식품은 필요없으신지요. 여성용 장식품은 물론이거니와, 인테리어를 위한 커다란 장식품은 이 나라의 세공 실력을 한 단계 높이는 데 도움이 될 거라 생각하는데요. 그리고 지금 말씀드리자면, 저희 상회에는 저희 대륙에서 손꼽히는 대단한 실력의 장인들이 계십니다. 그분들이 만드신 물품은 부르는 게 값일 정도이지요."

[우와! 토냐 씨를 아예 네 보좌관으로 스카웃해라. 상인의 모습이 따악 잡혔잖아? 아무리 로어 씨에게 언질을 받은 거라 해도.]

내 감탄에 선애가 동감이라는 눈빛으로 토냐를 바라봤다.

토냐의 말에 사다함은 약간 놀란 표정으로 물었다.

"그 정도의 상품은 취급할 수 있다는 소리입니까?"

"놀라우신가요? 하지만 일 년에 1,000개 정도면 웬만한 상회는 다 취급할 수 있을걸요. 1,000개면 한 달에 100개 정도인데요. 좀 큰 상회면 한 달에 몇 백 개 정도는 거뜬할 겁니다. 게다가 이래 봬도 저희 상회는 전국을 무대로 삼고 있는 곳이라 전매 계약을 맺고 있는 유리 세공소가 꽤 되거든요."

"좋습니다. 그럼 계약하지요. 아, 그리고 유리 세공품은 몇 개 정도의 견본을 봤으면 합니다만."

"그럼 저희가 술을 가져다 놓고 다시 올 때 견본품을 가지고 오도록 하겠습니다. 어차피 옥 원석을 구입할지도 말씀드려야 하니까. 아, 그때 유리병도 몇 개 정도 가지고 올까요?"

그에 다시금 사다함과 예혼랑과 오사함이 속닥속닥.

그때 로어도 토냐와 선애에게 슬며시 속삭였다.

"저기, 저희가 한 가지 놓치고 있는 것이 있습니다만⋯ 저희, 술 구입 대금을 지불할 여유 자금이 있습니까?"

그에 시선이 선애에게로 몰린다.

"음, 가지고 올 수 있는 만큼 다 가지고 왔는데요. 혹시나 몰라 비상금까지 넉넉하게 가지고 왔으니까⋯ 뭐, 약간 부족하면 좀 덜든지 아니면 외상으로 하든지 해보죠."

"이런⋯ 여기 장식품들이랑 화장품들도 사 가야 하는데⋯⋯."

"견본품으로 몇 개 정도 사는 건 얼마든지 가능해요. 단지… 거래를 당장은 못하는데… 흠, 아무래도 다시 갔다가 오는 게 좋겠네요."

"화장품은 아무래도 직접 써보기도 하고, 유통 기한이 얼마인지도 살펴야 하니까 당장 거래하는 건 불가능하겠지. 장식품도 몇몇 개만 사서 반응을 살펴보고 나중에 다시 주문을 하도록 하고."

어느덧 이쪽 편도 자신들끼리 의논에 포옥 빠져 있는데, 오사함의 목소리가 다시 들렸다.

"이렇게 하면 어떻겠습니까?"

그에 얼른 정신을 차린 선애가 대답한다.

"어떤 제안이 있으신가요?"

"어차피 옥 원석과 우리나라 술을 실으려면 우리나라로 가셔야 합니다. 그리고 다시 돌아가실 때 우리나라 사람 두어 명을 데리고 가주시면 안 되겠습니까? 그 나라의 문물을 살펴서 혹시 수입할 물품이 있는지, 어떤 물품이 그 나라에 먹힐지 알아보고 싶습니다만. 게다가 여러분이 말씀하신 유리 세공품도 살펴보고요. 아, 물론 유리병은 여러분의 상회와 계약을 할 것입니다."

사다함의 말에 토냐와 로어와 선애의 머리가 다시 맞대어졌다.

"나쁘지 않습니다. 혹, 대금이 모자라면 가서 준다고 할 수 있지 않습니까?"

로어의 말에 토냐가 맞장구쳤다.

"그러네. 거기다 간다고 해도 우리가 드워프 제품을 취급하는 한 우리 상회에서 내놓는 것보다 더 뛰어난 유리 세공품을 볼 수는 없을 거야."

"저들을 드워프 마을까지 데리고 가야 할까요?"

"으음, 그건 가서 회장이랑 의논해 봐야겠지만, 내 생각에는 나중은 몰라도 벌써부터 그럴 필요는 없을 거 같아. 아마 알파두르 항구 도시만 봐도 충분히 놀라지 않을까 싶은데?"

토냐의 말에 선애가 사다함을 향해 고개를 끄덕였다.

"좋습니다. 그렇게 하도록 하지요."

"서로 의견이 잘 맞으니 정말 다행이군요. 그럼 이제 저희에게 소개시켜 주신다는 상회에 대한 설명을 부탁드려도 될까요?"

사람 좋게 미소 지으며 말하는 사다함에게 선애도 같은 미소를 되돌려 줬다.

"물론입니다."

그날 저녁, 선애 일행이 예흔랑 왕자에게 식사 초대를 받아 휘황찬란한 만찬을 대접받고 있을 때, 나는 구경도 못하고 근처에 있는 여관들을 뒤지고 있었다. 그랜트가 어디 묵고 있는지 알아내기 위해서다. 기껏 우리가 소개해 주겠다고 나섰는데 어디에 있는지 몰라 예흔랑 왕자 일행에게 찾아달라고 하는 것도 우스운 일이었으니 말이다.

다행히 그랜트 녀석의 위치를 생각해 볼 때 아무래도 여관의 최고급 층에 자리하고 있을 테고, 그와의 인연 덕분에 그는 물론이거니와 그의 주변 인물들의 안면도 알고 있었기에 찾는 데 별 어려움이 없었다. 한 나라 사람들과 선애 일행이 머물고 있는 여관으로부터 두 건물 떨어진 또 다른 건물의 고급스러운 방에 바로 내가 찾던 그랜트 녀석이 있었던 것이다.

내가 그를 발견했을 때는 마침 저녁 식사를 끝낸 참이었던지 진 나라 차를 앞에 둔 채 서류를 살펴보고 있었다. 그리고 그 옆에는 예의 부록(?)인 엘리엇 제네비아 녀석이 있었다.

'흥, 저 얼굴은 여전히 멀끔하네. 아아, 저 눈탱이를 밤탱이로 만들고 싶어라.'

엘리엇 녀석의 말끔한 얼굴을 보자니 갈등이 생긴다. 그랜트 녀석이 묵고 있는 곳을 확인했으니 할 일은 끝났지만, 얄미운 엘리엇 녀석을 그냥 두고서는 차마 발길이 떨어지지 않았던 것이다. 그래 가볍게 손을 대줄 것인가 그냥 갈 것인가 고민하고 있는데, 부스럭~ 하는 종이를 거칠게 다루는 소리가 들려왔다. 고개를 돌려보니 그랜트가 들고 있던 서류를 다 살펴보았는지 탁자 위에 내려놓고는 찻잔을 들어 한 모금 마시고 있는 것이었다.

원래 무뚝뚝한 녀석이라 나는 그 녀석이 차 맛을 감상하고 있는 건지 아무 생각 없는 건지, 아니면 딴생각을 하는지 알 수 없었는데, 오랜 세월 녀석 옆에 있었던 엘리엇은 아니었다.

"기분이 안 좋아 보이십니다."

그랜트의 얼굴을 살피며 조심스레 말을 건넸지만, 그랜트는 대답해 줄 기분도 안 나는지 차만 홀짝홀짝 마시고 있었다. 그에 엘리엇 녀석은 그랜트가 내려놓은 서류를 곁눈질로 훑어보며 다시 말을 이었다.

"거래 내역이 크게 달라진 것 없이 그대로 유지될 수 있었으니 다행 아니겠습니까?"

왠지 대화 내용이 중요할 거 같아 나는 아예 그들 옆으로 다가가 대화에 귀를 기울이는 한편, 그랜트가 보고 있던 서류 내용을 훑어보기 시작했다.

대충 보니 루빈스타인 상회와 진 나라 상회 간의 무역 계약서였다. 아마 몇 장에 걸쳐 작성된 것인 듯, 맨 위에 올려져 있는 것은 '루빈스타인 상회와 호암 상회와의 계약 내용이다' 라는 문장을 서두로 하는, 계약 내용과 목록을 이제 이야기하겠다라는 말을 여러 가지 수식과 어려운 말을 동원하여 잡다하게 써놓은 계약서 첫 번째 장이었다.

얼마나 쓸데없는 말만 장황하게 써놨는지 거기에서 내가 알 수 있었던 내용은 루빈스타인 상회가 진 나라의 호암 상회와 거래한다는 것, 그리고 그 계약 기간이 3년이라 3년에 한 번씩 새로이 계약을 한다는 것, 혹 추가나 삭제 사항이 있을 때 양 상회의 합의하에 계약을 파기하고 새로이 계약을 맺을 수 있다는 것 정도였다.

그 밑에 깔려 있는 몇 장의 종이가 살짝 옆으로 삐져나와 보이자, 나는 뒤의 내용도 보고 싶어 손이 근질근질해졌다. 뭐, 루빈스타인 상회가 진 나라에서 수입하는 대표적인 목록은 이미 잘 알고 있었지만, 그래도 궁금한 것이 사람 마음이 아닌가 말이다. 혹시 아는가? 계약서 첫 장을 보고 몇몇 정보를 얻은 것처럼 내가 몰랐던 정보를 알 수 있을지 말이다. 그게 아무리 사소할지라도.

"거기에 전 거래에 비하여 수량도 늘어났고요."

엘리엇 녀석의 말에 그제야 그랜트 녀석이 대답하는 소리가 들려 나는 계약서로부터 시선을 돌려 그들을 봤다.

"가격도 올랐지."

가라앉은 어조. 평소 그에게서 듣던 어조에 비하여 확실히 다른 걸 보니 정말 기분이 안 좋은 모양이다.

"그래도 수용할 수 있는 한도 내가 아닙니까? 게다가 가격이 약간 오를 거라는 건 이미 예상한 일이었고요."

계속 허공을 바라보고 있던 그랜트가 그 말에 엘리엇에게 시선을 돌렸다. 그의 눈에는 차가운 분노가 어려 있었는데, 이 방에 있는 누구도 그게 엘리엇을 향한 거라고는 여기지 않았다.

"12년 전부터 계속 올려댔으니 예측 못할 리가 있나? 후우, 이런 시 덥지 않은 수작을 모른 체 그냥 넘어가 줘야 하다니."

엘리엇에게 분노에 찬 시선을 계속 보내는 것이 미안했던지 서류로 시선을 떨어뜨리며 말하는 그랜트의 분노에 찬 어조에 엘리엇이 싱겁게 웃어 보인다.

"어쩔 수 없는 일 아닙니까? 3년 전 브라우닝님께서도 그들의 요구를 수용하실 수밖에 없었는데요."

"헬게 형님 말인가? 그래도 형님은 새로운 거래 목록을 추가하셨었지."

"그랜트님도 새로운 거래를 개척하실 수 있으실 겁니다. 내일 계약을 하시고 시장을 둘러보시면 브라우닝님보다 더 괜찮은 거래를……."

그랜트를 위로하려 엘리엇이 열심히 말하고 있는데 그랜트가 그의 말을 중간에서 끊었다.

"형님과 경쟁하려 하는 것이 아니야. 나는 단지 그들의 수작에 넘어가 줘야 하는 상황이 불쾌한 것뿐이야."

이번의 날카로운 어조는 확실히 엘리엇을 향해 있었다. 아무래도 그 '헬게 브라우닝'이라는 사람이 그랜트의 역린인 모양이다.

'흠, 그런데 그 이름은 전에 그랜트네 저택에서 머물러 있을 때도 들어본 적이 없는 이름인데? 아, 하긴 그랜트의 예민한 부분이니 함부로 말하지 못하는 거였을라나? 어쨌든, 돌아가면 선애더러 정보 길드에 알아보라고 해야겠다.'

엘리엇은 그랜트의 날카로운 반응에 '이크!' 싶었는지 황급히 말꼬리를 돌렸다.

"어쩔 수 없지요. 다른 건 몰라도 한지와 비단만큼은 독점 공급을 할 수 있게 나라에서 지원을 꽉꽉 해주니 말입니다. 군대를 일으켜 이 나라를 확 쓸어버렸으면 속이 시원하겠는데요."

루빈스타인 상회에서도 권력과 자금력을 동원하여 바이런 국에서의 독점권을 지키는데, 진 나라의 상회라고 그러지 말라는 법은 없었다. 능력만 있으면 하는 거 아닌가?

그러나 독점을 하더라도 적절한 수위는 지켜줘야 하는 법이라고 생각한다. 안 그러면 언젠가는 어디서 어떻게 생겼는지 모를 틈새를 치고 들어와 누군가가 화악 뒤집어엎을 수 있으니 말이다.

'바로 우리 상회처럼 말이지, 우후후후. 아, 그런데 한지와 비단을 그러는 건 이번에 처음 알았는걸? 뭐, 덕분에 선애가 더 유리해지게 생겼어.'

그렇게 생각하는 내게 귀를 번쩍 뜨이게 할 말이 곧바로 들려왔으니…….

"비단은 몰라도 하다 못해 한지만이라도 새로운 거래를 텄으면 좋겠는데… 한지는 어차피 한 나라에서 생산하니 거기서 직접 수입을 한다면……."

그랜트의 중얼거림.

그에 엘리엇이 만류한다.

"아서십시오. 예전에도 몇 번 시도했다가 실패해 가지고 괜히 한지 값만 오르지 않았습니까? 게다가 저희 상회에 대한 이 나라의 감시가 더욱더 철저해졌고요. 5년 전에 브라우닝님께서 직접 한 나라에 찾아가려 했다가 진 나라의 방해로 실패한 거 모르십니까? 모르긴 몰라도 그때보다 더 심해졌을걸요?"

‘호오, 그런 일이.’

“나도 알아. 그래서 더 아쉬워. 하다 못해 이 서대륙의 지도라도 있었다면 형님께서 성공하셨을 텐데. 아니면 정보라도⋯⋯.”

“그걸 이 나라에서도 자알 알고 있으니 철저하게 단속시키는 거겠지요. 어쨌든 오늘은 이만 쉬시지요. 내일 호암 상단 사람들을 만나시려면 또 신경 쓰셔야 할 거 아닙니까? 그 뒤에 곧바로 하남 상단과 만나서 비단 계약도 맺으셔야 하고요.”

“어차피 호암 상단과 만나는 건 점심때니 벌써부터 쉴 필요는 없어.”

“그렇습니까? 그러면⋯⋯.”

그 뒤로 잠시 더 지켜보았지만, 엘리엇이 그랜트의 기분을 풀어주기 위하여 이것저것 시도하고 그랜트는 계속 가라앉아 있는 상태라 그닥 중요한 정보는 나오지 않았다.

그런데 그랜트 녀석 얼음 왕자 같은 이미지라서 성격 또한 쿨~해 기분 나쁜 일도 금방 훌훌 털어버리고 아무 일 없었다는 듯 금방 원래의 기분으로 컴백하는 타입인 줄 알았는데, 의외로 한 번 기분 나쁘면 그게 꽤나 오래가는 타입이었나 보다.

‘이거, 한 번 삐지면 쉽게 안 풀어진다는 소리? 흠, 그럼 혹시 한 번 찍히면 두고두고 화풀이하거나 끝까지 안 잊어버리고 있다가 언제 어느 순간 기회가 온다면 복수를 하는 타입?

이런 게 바로 의외성이라는 걸까?

나는 여전히 차가운 얼굴로 무표정하게 앉아 엘리엇의, 일명 달램을 듣고 있는 그랜트의 얼굴을 바라보며 피식 웃고는 자리에서 일어났다. 이제 무슨 대단한 정보도 안 나올 것 같고, 시간도 많이 지났으니 선애한테 돌아가려는 것이다.

'우후후, 그래도 꽤나 큰 수확을 얻었어. 엘리엇 녀석, 네가 여러 이야기를 한 게 행운인 줄 알거라. 네 덕도 있다는 걸 알기에 오늘은 얌전히 물러가지, 안 그랬으면 내 너에게 뭔가 하나 했을 거다.'

밖으로 나오니 생각했던 것보다 더 시간이 지나 있어서 나는 말 그대로 거의 날듯이 일행이 머물고 있는 숙소로 달려갔다. 그러자 과연 내가 좀 늦기는 늦었는지 초조한 표정으로 기다리고 있던 선애가 반색하며 맞이했다.

"언니!"

"왜 이렇게 늦은 거야?"

같이 기다린 렌스버리 덕분에 더 반가웠을 거 같다.

내가 보이지도 않는 주제에 선애의 반응을 보고 내가 왔다는 걸 알아차린 모양인지 렌스버리 녀석도 뚜웅~ 하니 한마디 내뱉는다.

[미안, 많이 기다렸냐?]

"찾는 게 힘들었어? 루빈스타인 자작이 이 근처에 없었어?"

나랑 단둘이 이야기할 때는 보통 한국말로 하지만, 렌스버리 놈이 옆에 있으면 그도 알아들을 수 있도록 아벤티노 대륙어로 말한다.

아, 그러고 보니… 렌스버리 놈, 서대륙 말을 대략 아는 거 같던데, 그럼 선애의 말이 어디 말인지 궁금하지는 않았나 모르겠다. 그도 못 알아들어서 아벤티노 공통어로 말하도록 압력을 넣었으니 말이다. 지금까지 그에 관해선 물어오지 않아서 우리도 잊고 있었는데, 지금 생각하니 쫌 걸린다. 그가 그냥 계속 관심을 안 가져줬으면 좋으련만.

어쨌든 그건 그거고, 지금은 급한 용건이 있었기에 나는 선애를 향해 말했다.

[선애야, 우선 사람들부터 불러라. 시간이 좀 촉박하단다.]

내 말에 선애가 난처한 표정으로 렌스버리를 힐끗 바라본다.

"에, 지금? 시간이 없어?"

그에 렌스버리 녀석의 인상이 팍 찡그려진다. 내가 낮에는 선애 옆에 있는 걸 양보(?)해 주는 편이지만 밤에는 거의 자기네 전용 메신저로 여기고 있었기 때문이다.

[어차피 내 말은 선애만 듣는 거고, 글을 쓰는 건 아리아 씨가 내 손을 잡고 쓰니까 옆에서 대화하시면 안 될까요? 저는 선애 뒤쪽에 있을게요.]

내 말을 그대로 전달하는 선애.

"오래 걸리나?"

마음에 안 든다는 티를 팍팍 내는 렌스버리의 말에 선애와 나는 서로를 마주 보았다.

나야 정보를 전달하기만 하면 되지만, 내가 컴퓨터가 아니니 말하는 중에 모르고 누락시키는 정보가 있을지도 모르는 일이었다. 아니면 이야기 중에 생각나는 또 다른 정보나 의견이 있을 수도 있으니 아무래도 이들이 의논하는 중에 끼어 있어야 할 거 같은데, 그 의논이 얼마나 짧게 끝나느냐를 누가 알겠는가?

"글쎄요. 최대한 빨리 끝내도록 해보겠지만……."

조심스러운 선애의 말에 렌스버리가 미미하게 인상을 찌푸리다가 갑자기 뭔가 생각이 난 듯 한쪽 벽을 가리키며 말했다.

"네 언니, 유령이니까 저 벽은 그대로 통과하겠지?"

"예? 아, 예."

의도를 몰라 얼떨떨한 표정의 선애가 대답하자 그 녀석이 씨익 웃으며 의기양양한 표정으로 말하는 거였다.

"그럼 됐어. 내가 어느 정도는 양해해 줄 테니 너는 그 의논이라는 걸 마음껏 하도록."

갑자기 베푸는 친절이 수상했다.

'저놈이 저렇게 친절한 놈이 아닌데, 뭘 양해해 준다는 소리일까?'

"예?"

선애가 그의 말을 이해하지 못해 되묻자 렌스버리가 의기양양한 표정으로 자세하게 설명을 해준다.

"네 언니보고 저 벽 사이에 끼어 있으라고 해. 어차피 벽이 크게 두껍지 않으니까 벽 너머로 손은 빠져나올 수 있겠지. 그리고 얼굴은 이쪽을 향해 있으면 들을 거 다 듣고, 말할 거 다 말할 수 있지 않겠어?"

"에에에?"

[에에엑?]

'그럼 그렇지, 저놈이 친절은 무슨 얼어죽을 친절!'

우리가 무슨 표정을 짓든 자기가 내놓은 제안이 무지 마음에 든 렌스버리 놈은 우리의 대답도 듣지 않고 그대로 방으로 들어가 버렸다. 거기는 그가 사용하는 침실로, 왕자 측에서 내준 방이란 것이 거실 하나에 침실 두 개 혹은 세 개가 딸려 있는 곳이었던 것이다. 그 방은 2인실 침실 하나와 1인실 침실 하나가 있는 곳으로, 선애와 소피가 한 방을, 렌스버리가 한 방을 사용하고 있었다.

그렇게 들어가 버린 렌스버리의 뒷모습을 무지 허탈하게 쳐다보고 있는데 아리아 씨가 무척이나 미안한 표정으로 다가왔다.

[저어… 미안해요.]

그녀가 미안해해 봤자 이제 와서 우리가 뭘 어쩌겠는가?

[하는 수 없지요, 뭐. 그래도 이렇게라도 양보해 준 것만 해도 어디인가요? 선애야, 넌 빨랑 가서 사람들이나 불러와라. 벽이 그렇게 두껍지 않아야 할 텐데.]

길게 한숨을 내쉰 내가 그렇게 말하자 선애가 고개를 끄덕이고는 방을 나갔다.

그리하여 그날 밤, 나는 벽 가운데에 끼인 채로 한 손은 아리아 씨에게 잡혀 글을 썼고, 머리는 선애 쪽으로 내밀어 선애에게 말을 거는 희한한 경험을 해야만 했다.

"나보고 가라고? 아니, 왜? 그 루빈스타인 자작과 안면이 있는 건 바로 너잖아? 게다가 우리 상회의 대표도 너고."

의아한 토냐의 목소리.

그녀의 의문은 당연한 거였다. 내일 정오즈음에 루빈스타인 상회와 진 나라 호암 상회 간에 한지 계약의 새로운 갱신이 있을 것이기 때문에 그전에 그랜트를 만나 이쪽으로 끌어들여야 한다는 이야기를 한 후, 선애가 타이거 상회의 대표로 토냐에게 자작을 만나달라고 했기 때문이었다.

"정보에 의하면 루빈스타인 상회가 이 나라의 감시를 받는대요. 이 나라에서 몇몇 상회를 선택해 한지와 비단을 독점 판매하게 하고 있다니, 아마 그걸 유지하기 위해 지원해 주고 있는 거겠죠."

선애가 거기까지 말하자 토냐와 로어가 동시에 알겠다는 듯 고개를 끄덕였다.

"오라~ 그러니까 그들의 감시를 피하기 위하여 날 보내는 거군? 넌 어딜 봐도 이곳 사람이라 네가 만난다고 나서면 눈에 띌 테니 말이야."

토냐의 말에 선애가 고개를 끄덕였다.

"예, 그래서 한 가지 더 부탁드릴 게 있는데. 저희 상회에서 나왔다고 하지 마시고요, 그냥 면접 보러 온 것처럼 해주셨으며 해요. 이야기는 루빈스타인 자작과 그의 보좌관만 있을 때 하시구요."

"오케이."

"마음 같아서는 로어 씨도 같이 가셨으면 좋겠는데요. 이상할까요?"

선애가 토냐와 로어를 번갈아 바라보며 묻자 토냐가 눈을 동그랗게 뜨며 말한다.

"무슨 소리야? 어차피 자작의 흥미를 유발시켜 거래 테이블로 끌어내면 되는 간단한 일인데. 거기다 흥미 유발 요소도 충분하고. 이런 일에 뭐 하러 로어까지 데리고 가니? 나 혼자 가도 충분해."

"그런데… 거래는 어디서 하지요? 감시가 심하다고 하면 한 나라 사람들과 만나는 걸 들키는 것도 안 좋지 않습니까? 한 나라 사람들도 지금 자신들의 정체를 숨기고 여기에 와 있는 판에……."

로어의 말에 선애가 인상을 살짝 찡그렸다.

"어차피 한 군데 상회하고만 거래하는 것도 아니니 괜찮지 않을까요? 여기에서도 상회로 위장하고 있잖아요."

"에이, 그래도 이왕 조심하는 거 끝까지 조심해야지. 선애, 너는 내일 다른 여관에 가서 방 하나 잡아놓고 기다려. 그럼 내가 루빈스타인 자작을 데리고 거기로 가도록 할게."

"그것도 위험하지 않을까요? 만약 제가 여기 정부의 사람이라면 고급 호텔 모든 곳에 눈과 귀를 심어두었을 겁니다."

로어의 말에 같이 있던 소피가 동감이라는 듯 고개를 끄덕인다.

우리 바로 옆에 그러한 정보 단체에 소속된 사람이 있으니 로어의 말을 '무슨 첩보 영화 찍냐?' 하면서 웃어넘길 수가 없었다.

"그럼, 차라리 한 나라 사람을 데려가도록 하지요. 그들이 토냐님의 말을 믿지 못할 때 산 증인이 될 수도 있는데다 아예 가서 계약까지 체결하도록 하게요."

선애의 말에 토냐가 손뼉을 따악 쳤다.

"오, 그거 좋네."

"나쁠 건 없겠군요. 어차피 그들이 거래할 때 우리 상회가 끼어들여지는 없으니까요. 아, 갈 때 한 나라 대표를 우리나라 사람으로 꾸미는 게 좋겠습니다."

"그거야 간단하지. 내 마법이라면 외모를 속이는 정도야 식은 죽 먹기거든."

쇠뿔도 단김에 빼랬다고, 일행은 늦다 못해 이제 새벽이라고 할 수 있는 시간에 한 나라 일행을 방문하러 갔다. 하지만 아무리 급한 일이라고 해도 차마 왕자나 나이 많으신 분을 깨우긴 미안했는지, 타깃은 오사함이었다. 사실 일행 중 가장 나이가 많은 사람이 그였는데 말이다.

그러나 그랜트를 만나려면 아침 일찍 나가야 했기에—만약 계약이 성사된다면 이야기가 길어지기 때문에 시간이 넉넉한 게 좋았다—그전에 한 나라 대표를 정하고, 그가 가질 위임장을 마련하기 위하여 사다함은 물론 예흔랑까지 모두 다 깨워야만 했다고 한다.

그때 나는 렌스버리에게 붙잡혀 있느라 그에 대한 자세한 이야기는 나중에 선애에게서 들었다.

그 뒤 사다함네 방에서 여러 가지 의논을 하느라 거의 밤을 새다시

피 한 일행은 이른 아침, 한 나라의 대표로 선발되어 토냐의 간단한 마법으로 갈색 머리에 파란 눈의 이국적인 외모가 된 오사함과 토냐를 불안과 기대 어린 시선으로 배웅했다.

그즈음 렌스버리에게 풀려난 나는 졸려서 반쯤 감긴 눈으로 있는 선애에게 슬며시 물었다.

[잘 거지?]

"응. 무지 졸려."

작게 하품까지 하는 선애에게 나는 피식 웃고는 다시 말을 걸었다.

[내가 따라가 볼까?]

"안 졸려?"

[요즘은 요령이 생겨서 아리아 씨에게 손만 빌려주고 나는 반쯤 자거든. 그 둘의 이야기를 듣고 있는 것도 한두 번이지. 계속 듣고 있으려니 솔직히 좀 지루해서리.]

"그래주면 고맙지. 솔직히 좀 불안하거든. 나는 잘 테니까 끝나면 와서 깨워주라."

[알았어.]

졸음이 몰려와 정신없는 선애의 어깨를 가볍게 톡 쳐준 나는 토냐와 오사함의 뒤를 좇아갔다.

그 둘은 여기서 흔히 볼 수 있는 회색의 장포를 입고 삿갓을 깊숙이 써서 머리와 얼굴을 가린 채 오사함의 부하들 사이에 섞여서 밖으로 나왔다. 나무를 숨기려면 숲에 숨기랬다고, 둘만 여관 뒷문으로 살짝 빠져나가는 것보다는 아침 일찍 외부로 나가는 사람들 틈에 섞여 정문으로 당당히 나가는 것이 훨씬 사람들 눈에 뜨이지 않기 때문에 그 방법을 선택한 것이다.

그렇게 밖으로 나오자 거리는 이른 시간임에도 불구하고 벌써 하루 일과를 시작하는 사람들로 활기찬 분위기였다.

그들 틈에 섞여 있다가 토냐와 오사함만 슬며시 부하들과 떨어져 좁은 골목으로 들어가 겉옷과 삿갓을 벗고 머리를 다듬었다. 그러자 안에 입고 있던 아벤티노 대륙의 옷차림이 나타나 그 둘은 누가 봐도 완전히 다른 대륙에서 온 사람들처럼 보였다.

"이야, 로어의 옷이 맞아서 다행이에요."

먼저 머리를 다듬은 토냐가 약간은 어색한 얼굴로 자신의 차림새를 살펴보는 오사함의 옷매무새를 만져 주며 안도의 한숨을 내쉬었다.

"어때요, 끼는 데는 없지요?"

"움직이기가 약간 불편한 거 같은데요. 이거 괜찮은 겁니까?"

"미리 말했듯이 우리나라의 옷은 몸에 약간 달라붙는 디자인이라서요. 여기는 약간 풍성한 스타일이라 정말 편하기는 하더라고요. 좋아요, 이제 출발할까요?"

"길은 제가 아니까 제가 앞장서겠습니다."

"좋아요. 아, 잠깐만요."

그들이 외모를 숨기기 위해 입었던 회색 장포와 삿갓을 챙겨 넣은 가방에서 토냐는 마법사 후드를 꺼내 위에 걸쳤다.

"추우신 겁니까?"

"호호, 그건 아니에요. 이건 마법사… 아, 그러니까 여기 말로 하면 주술사? 하여간 그런 사람들이 입는 옷이죠. 면접을 보러 가는 거니까 당연히 이런 차림이어야 하지 않겠어요?"

그녀의 금발과 아주 잘 어울리는 밝은 초록색의 후드를 걸친 그녀가 싱긋 웃으며 말하자 오사함이 고개를 끄덕인다.

"아, 예. 그것도 편해 보이네요."

"그렇죠. 이건 실용적인 디자인이니. 그럼 이제 정말 출발하자고요."

오사함은 이곳에 몇 달 있었다더니 지리까지 훤한 듯 척척척 걸어가 한 번도 헤매지 않고 그랜트가 머물고 있는 여관에 도착했다.

'흠, 하기야, 그렇게 멀리 떨어져 있는 곳도 아니었으니까.'

외국인이 두 사람이나 쑤욱 들어갔지만, 그 여관에서는 하도 자주 있는 일이라 그런지 종업원들이 한 번씩 쳐다보고는 시큰둥하게 생각 했다. 뭐, 토냐의 미모에 한 번씩 더 시선을 돌리기는 했지만 말이다.

그들이 카운터에 들르지 않고 곧바로 위층으로 올라가는 계단으로 향했는데도 아무도 제지하는 사람이 없었다.

그들을 제지한 건 맨 윗층, 그러니까 루빈스타인 자작이 머물고 있 는 층에 도착했을 때였다.

"여긴 전세 낸 층… 어라?"

입구에 서 있다가 올라오는 사람을 제지하려 말을 꺼낸 기사가 토냐 의 얼굴을 알아본 듯 말을 멈췄다.

그러고 보니 그 기사, 그랜트 녀석의 호위 중 한 사람이었다.

그랜트 녀석이 그래 봬도 후작가의 후계자였기 때문에 호위 기사가 딸려 있었던 것이다. 뭐, 가장 옆에 있는 건 엘리엇이고 그들은 한 발 짝 정도 물러난 곳에 위치해 있어 존재감이 별로 없었지만, 그래도 확 실히 낯익은 얼굴이었다.

"안녕하세요? 루빈스타인 자작님을 뵈러 왔습니다만, 뵐 수 있을까 요?"

"무슨 일이십니까?"

토냐가 화사하게 웃으면서 말하자 잠시 움찔하기는 했지만, 그래도 그들은 보통 기사가 아니라 그런지 곧바로 정색을 하면서 정중하지만 사무적인 어조로 물었다.

"혹시 4서클의 마법사를 채용하실 의향이 있으신지 물어봐 주시겠어요?"

그녀는 방긋방긋 웃으며 말했다. 그때 오사함은 옆에 가만히 있는 것 같았지만 그가 시선을 주고 있는 곳을 따라가 보니 그들이 서 있는 곳 바로 반 층 아래쪽에 윤이 자르르 흐르는 원목으로 만든 계단 난간을 열심히 닦고 있는 종업원이 보였다.

"옆의 분은?"

"아, 이 앤 제가 아는 동생이에요. 이 애도 약간의 재주가 있지요."

토냐야 안면이 있지만 오사함은 처음 보는지 의아한 표정의 기사, 그러나 별말 없이 한 기사가 안쪽으로 들어갔다.

'히유, 부디 잘되어야 할 텐데.'

다행히 잠시 후 기사가 나와서 토냐에게 고갯짓을 한다.

"들어오시랍니다."

"고마워요."

하기야, 사실 토냐는 루빈스타인 상회나 나라에서조차 탐을 낼 만큼 대단한 마법사다. 그러한 토냐가 채용해 달라고 찾아왔는데 문전박대당할 이유가 없는 것이다. 솔직히 토냐가 우리 상회에 들어와 준 것이 기적에 가까운 일이었다.

'윙겟의 능력이 대단한 게 다행이었지.'

그걸 알고 있었기에 일행이 토냐를 상회 대표로 세운 것이다.

기사가 토냐와 오사함을 데리고 간 곳은 어제 내가 본, 그랜트 녀석이 머물고 있는 룸의 거실이었다. 식사 중이었던지 거실의 탁자에는 반쯤 먹은 음식이 있었고, 그 앞에는 그랜트와 엘리엇이 토냐를 기다리고 있었다.

"안녕하셨습니까, 자작님. 다시 뵙게 되어 반갑습니다."

"어서 오십시오, 호프만 마법사."

토냐의 말에 그랜트가 고개만 살짝 끄덕여 보였고, 인사는 엘리엇이 해왔다.

"제네비아님도 안녕하셨습니까?"

"그런데… 저희 상회에 들어오고 싶으시다고요?"

단도직입적인 질문. 식사 시간을 방해받아서 그런가, 일을 빨리 해치우고 싶어 하는 기색이다.

뭐, 토냐 또한 바라던 바였던지 거슬려 하는 기색은 아니었지만, 뒤에 서 있는 기사는 좀 걸렸던 모양이다. 그 기사를 일별한 다음 화사하게 웃으며 말을 꺼낸다.

"이제부터 제가 드릴 말씀은 굉장히 중요한 건데요."

그 기사 또한 토냐가 마법사라는 것이 걸렸던지 밖으로 안 나가고 문 옆에 서서 허리에 차고 있던 검에 왼손을 올려놓은 채 대기 상태로 있었던 것이다.

"마법사를 채용하는 것이 그렇게 크게 중요한 일이었는지 몰랐습니다만?"

토냐의 말에 엘리엇이 토냐 못지않은 샤방~ 한 미소를 보이며 슬쩍 비꼬았다. 토냐가 지금 몸값을 올리기 위해 수를 쓰는 거라 생각했는지, '너 정도의 마법사는 우리 상회에 크게 중요하지 않다' 라고 이야기하는 것이다.

그에 토냐도 한 치도 물러서지 않고 나긋나긋하게 입을 열었다.

"이런이런, 이래 봬도 저는 귀한 대접을 받던 몸이라서 말이지요. 굉장히 중요한 정보도 같이 가지고 있을 거란 생각은 안 해보셨습니까?"

그러자 이번에는 그랜트가 나섰다. 아무래도 자기가 가만 있다가는 토냐와 엘리엇의 대결이 언제 끝날지 몰라 본론으로 들어가기 어려울 거 같았나 보다.

"저 기사는 제 수족과 같은 사람으로, 언제 어느 때고 필요하면 참석시킬 수 있는 자입니다. 그러니 염려 말고 말씀하시지요."

그에 토냐가 뭐라 말을 하려 할 때, 문에서 노크 소리가 들리더니 마법사 할아버지가 들어왔다. 전에 우리 일행이 배가 파손되어 루빈스타인 상회의 배에 신세를 졌을 때 안면을 익혔던, 루빈스타인 상회 소속 6서클의 마법사였다. 토냐가 마법사라 그런지 마법사까지 동원된 모양이다.

그 마법사와도 안면이 있던 터라 토냐가 먼저 인사를 하자 그 마법사는 토냐의 인사를 받는 둥 마는 둥 오사함만 바라보며 미미하게 인상을 찌푸렸다. 아무래도 토냐가 오사함에게 건 마법의 기운을 느낀 모양이다. 그러나 그게 단순히 이미지 변신 마법이라 일단은 위험하지 않다 판단했는지 따로 뭐라고 하지 않고 단지 토냐에게 해명을 요구하는 시선만 던졌다.

그에 토냐가 공손하게 대답했다(마법사 세계는 위계질서가 엄격했던 것이다).

"모든 이유를 설명해 드리겠습니다."

"한번 해보게."

할아버지 마법사의 말에 토냐는 그랜트를 똑바로 바라보며 본론을 꺼냈다.

"사실 저는 고용을 원해서 온 것이 아니라, 타이거 상회의 대표자 자격으로 왔습니다."

그녀의 말에 그랜트와 할아버지 마법사는 어리둥절한 표정이었지만, 엘리엇의 인상은 미미하게 일그러졌다. '또 그 상회냐!' 라고 생각하는 것 같다.

그래서 그런지 엘리엇의 입에서는 곱지 못한 어조가 튀어 나왔다.

"이게 무슨 수작입니까? 이런다고 당신네 제안을 받아줄 것 같소? 당장 돌아가십시오."

그러나 그에 겁먹을 우리의 토냐 씨가 아니었다.

"뭔가 굉장한 오해를 하신 것 같은데요, 제네비아님. 내가 처음에 마법사 고용 운운했던 것은 당신들이 우리 제안을 들어주지도 않을까 염려해서가 아니라, 당신네들을 감시하는 눈들을 피하기 위함이었다는 걸 확실하게 해두고 싶군요."

"뭐?"

엘리엇이 멈칫하는 사이 토냐가 다시 입을 열었다.

"그리고 한 가지 더, 우리 상회의 제안을 들 것인가 말 것인가 하는 건 당신이 정하는 것이 아니라 루빈스타인 자작께서 정하는 것 아니었던가요?"

'멋져~ 토냐씨~! 저 엘리엇 녀석을 한 방 먹이셨군요오~!'

"윽."

토냐의 말에 엘리엇의 얼굴이 살짝 굳어진다. 그녀의 말이 옳기도 했거니와, 지금 자신이 지나치게 흥분했다는 것을 깨달은 모양이다.

'하여간 저 녀석, 선애에 대한 것에 유난히 민감하더라. 마음에 안 든다니까. 가기 전에 한 방 먹여줄까?

"죄송합니다. 추태를 보였습니다."

엘리엇이 얼른 그랜트에게 고개를 숙이며 사죄하자 그랜트가 가볍게 숨을 내쉬더니 토냐를 향해 물었다.

"재미있는 말인데… 우리가 감시를 당해서 그 감시를 피하기 위해 선애가 아닌 자네가 왔다? 좀 더 자세한 설명을 들을 수 있을까?"

"그 설명을 들으려면 저희 상회의 제안까지 다 들으셔야 할 텐데요?"

"그 정도의 시간은 내주도록 하지."

그랜트의 허락에 토냐가 방긋 웃었다.

"감사합니다. 이 제안을 들으신 걸 절대로 후회하지 않으실 겁니다."

"제안이 신통치 않을 경우도 생각해 두는 게 좋을 것이오."

엘리엇이 차가운 목소리로 말했지만, 토냐는 신경도 쓰지 않았다.

"선애가 오지 않은 건, 여러분을 감시하는 곳이 이 나라의 정부이기 때문이지요. 저야 아벤티노 대륙인의 모습을 하고 있지만, 선애는 서대륙인. 그런 선애가 찾아왔다면 당연히 그들의 신경에 거슬릴 것이 아니겠습니까? 그 뒤에 여러분이 호암 상회와 재계약을 하지 않는다면 더욱더."

토냐의 마지막 말에 그랜트와 엘리엇의 표정이 미미하게 굳더니만 눈빛이 살벌하게 변했다. 아무래도 자신들의 일정에 대해 토냐가 아는 듯한 뉘앙스를 풍겼기 때문이리라.

그에 굴하지 않은 우리의 토냐 양, 더욱더 화사한 미소로 입을 열었다.

"저희 상회의 대표인 선애 양이 이틀 전에 운이 좋게도 한 나라 상회 사람들을 만났지 뭡니까? 그들과 이야기가 잘되어서 거래를 하려고 하는데, 안타깝게도 저희 상회의 힘이 크지 않아 한 나라 상회 사람들이 거래하고 싶어하는 한.지.를 수용할 수가 없었답니다. 그런데 그때 마침 이곳에 올 때 루빈스타인 상회의 도움을 받은 것이 생각나서 말이지요. 그때의 은혜를 갚고자 선애가 한 나라 상회 사람들에게 루빈스타인 상회를 소개하고 싶어하는데요. 어때요, 생각이 있으십니까?'

토냐의 말에 살벌하게 번뜩이던 눈들이 놀라움으로, 다음에는 기대와 열의로 번쩍 빛났다.

"그 말… 믿을 수 있나?"

"선애 양에게 그렇게 신용이 없으셨던가요?"

이건 오사함에게 들으라고 하는 말. 선애와 그랜트가 언제 믿음을 주고받고 하는 그런 대단한 사이였던가 말이다.

그러나 그랜트 루빈스타인 자작, 어려서 곱게만 자란 사람이 아니라는 걸 보여주듯 열의로 번쩍이던 눈빛을 순식간에 지우고 다시 차가운 빛을 내뿜는다.

"타이거 상회에서… 우리에게 바라는 게 있나?"

뭐, '그녀와 내가 언제 그런 사이가 된 거지?' 따위의 말을 안 한 것은 기특하다. 아마 나중을 생각하는 걸까?

"아까도 말씀드렸다시피, 전에 받은 은혜를 갚고자 하는 차원이랍니다. 그러나 저엉 감사를 표하려 하신다면, 성의를 봐서 물리치지는 않겠습니다."

알아서 달라는 말.

그러나 사실 이게 더 골치 아픈 거다. 원하는 게 있다고 탁 터놓고 이야기하면 밀고 당기기라도 해서 규모를 축소시키기라도 해볼 테지만, 알아서 달라고 하면 여기에는 루빈스타인 상회의 명예가 따라붙게 되는 거다. 그 명예에 맞지 않게 적게 주면 웃음거리가 되는 건 자명한 일, 이건 밀고 당기기 할 건덕지도 없이 푸짐하게 줘야 하는 것이다.

아마 엘리엇 놈의 배가 너무너무 아파서 사흘은 병석에서 일어나지 못할지도.

"좋아, 나중에 원하는 것이 있으면 말하라. 능력이 닿는 한도 내에서 들어주지."

'캬~ 영리한 놈이라니까. 한계를 따악 정해놓고 무리한 건 알짝 없다고 못 박다니.'

그러나 어차피 우리는 처음부터 무리한 걸 요구할 생각도 없었다. 바라는 게 처음부터 없어서 돌아가면 무슨 요구를 할까 궁리 중이니 말이다.

"고마우신 말씀이십니다. 그럼, 저는 여기서 물러날 테니 한 나라 상회 대표와 이야기를 나누시겠습니까?"

토냐가 그렇게 말하며 슬쩍 시동어를 외우자 오사함의 갈색 머리와 파란 눈이 서서히 원래대로 돌아왔다.

토냐가 옆으로 한 걸음 물러나자 그제야 앞으로 나서며 살짝 고개를 숙이는 오사함.

"처음 뵙겠습니다. 저는 정확하게 말하자면, 상회 대표가 아니라 한 나라의 대표자로 온 오사함이라고 합니다."

유창한 아벤티노 대륙 공통어를 하는 서대륙 꽃미남의 모습에 처음에는 놀라움과 얼떨떨한 기색이었으나 그것도 잠깐, 곧바로 그랜트가 응대한다. 나라의 대표였으니 상회 대표가 나서는 것이 격에 맞았던 것이다.

"어서 오십시오. 몰라 뵈었던 점 사과드립니다."

"아닙니다. 감시자의 눈을 피하기 위해 불가피하게 선택한 일이었는걸요."

"그런데… 한 나라에서 오셨다고요?"

"여기, 우리나라 국왕 폐하의 옥새가 찍힌 공문서와 이곳에 머물러 계시지만 사정상 저에게 위임한다는 저희 일행의 대표자이시자 사왕자 전하의 위임장이 있습니다."

CHAPTER 34

FANTASY FRONTIER SPIRIT

Chapter 34

    확실히 대상회, 그것도 한 국가의 대표라고 일컬어지는 이름의 힘이라는 것은 대단했다. 사실 그동안 루빈스타인 상회가 대단하다는 걸 머리로는 알고 있었지만 피부로 느낀 적이 없어 단지 '그런가 보다'라고 생각했을 뿐이었다.

    그러나 오사함과 그랜트의 만남이 있은 뒤부터 타이거 상회는 한 나라와 누구보다도 먼저 거래를 했고, 우선권을 가지고 있음에도 불구하고 한 나라와 루빈스타인 상회가 일으킨 돌풍에 '어어~' 하며 휘말려가는 자신들을 발견해야 했다.

    그만큼 그 둘의 만남은 우리 상회로서는 엄두도 안 나는 스케일의 일들이 우리가 입 벌리고 바라볼 정도의 스피드로 척척 진행되니 정말 돌풍이라고밖에 표현할 수 없었고, 작은 스케일의 우리 상회로서는 그저 떨어지지 않으려 안간힘을 쓰며 쓸려갈 수밖에 없었다.

정말 자존심 상하고, 주눅 들고, 감탄스럽고…….

속이 쓰리기는 하지만, 한편으로는 그러한 일들이 선애의 시야를 한층 더 틔워주는 계기가 된 것 같아 내심 좋은 경험이라 여겨졌다.

오사함과 그랜트의 만남을 주선한 토냐는 둘이 본격적으로 거래를 논의할 분위기이자 그 자리를 피해 숙소로 향했다.

토냐의 임무는 만남을 주선하는 것까지. 그 뒤로 지지고 볶든 그건 두 대표가 알아서 할 일이었기에 제3자인 토냐가 있을 수는 없는 것이다.

뭐, 양쪽 다 돌파구가 필요한 상황이니 최소한 거래가 무산되지는 않을 것이다. 요는 누가 주도권을 잡느냐 하는 정도? 이것도 우리가 어쩔 수 있는 건 아니지만, 누가 주도권을 잡느냐에 따라 가운데 끼인 우리 상회로서는 두 곳을 대하는 입장이 달라지게 되니 말이다. 바라건대 둘 다 만만치 않아서 거의 공평하게 되었으면… 했다.

생각 같아서는 토냐는 돌아가더라도 나는 남아서 상황을 지켜보고 싶었지만, 우리 상회도 그 두 단체와는 별개로 할 일이 많은 터라 돌아가야 했다. 게다가 둘 사이에서만 있었던 일을 들으면 난 틀림없이 선애에게 말하게 될 텐데, 혹 나중에 선애가 둘 중 누군가와 이야기할 때 실수해서 언급하기라도 한다면 큰일이다. 알아두면 좋기는 하지만 그것에 비해 위험 부담은 너무 크니 차라리 과감하게 포기하는 것이 낫다고 생각한 것이다.

그리하여 토냐가 갈 때 같이 돌아온 나는 곤히 자고 있는 선애를 깨웠다.

[꼬맹아, 일어나. 언니 왔어.]

너무 정신없이 자고 있는 터라 깨우기가 정말 미안했지만, 할 일이 많으니 할 수 없다. 게다가 지금 안쓰럽다고 그냥 놔뒀다간 나중에 안 깨웠다고 무지하게 원망을 해댈 것이 뻔했기에 차라리 지금 깨우는 게 나았다.

"우웅."

하지만 이 녀석도 피곤했는지 쉽게 일어나지 못한다.

그래 나는 다시 한 번 선애의 어깨를 흔들었다.

[피곤해도 일어나. 오늘 할 일 많잖아.]

"우웅… 알아… 일어났어……."

꼼지락꼼지락 베개 속으로 더 더욱 파고들며 하는 말에 나는 가볍게 한숨을 쉬고는 꼬맹이가 일어나면 곧 세수할 수 있게끔 물을 준비하기 시작했다.

저렇게 대답하는 거 보면 정신 차리기 시작했다는 증거. 이럴 때 더 깨우려 들면 오히려 신경질을 내기 때문에 이제는 알아서 일어나게 놔두는 수밖에 없다. 어차피 이쯤 되면 자기가 알아서 일어나니 말이다.

과연, 오 분 정도 흘렀을 때 잠을 못 자서 벌겋게 된 눈으로 부스스 몸을 일으킨다.

"우우, 졸려……."

[어이구, 착하다. 언능언능 세수해.]

엉덩이를 톡톡 두들겨 주며 말하자 팩 화를 낸다.

"에이 씨, 엉덩이 때리지 말라니까. 내가 애냐?"

[나하하하~ 이쁜 걸 어쩐대.]

"아악! 징그러. 그런 소리 좀 하지 말랬지?"

저 녀석, 아직 애기였을 때 하도 예쁘다예쁘다 했더니, 이제는 그런 소리에 진저리를 친다. 그래 한동안 안 했다가 오랜만에 하니 그 차가운 반응조차 귀엽게 느껴진다.

나는 화가 잔뜩 난 얼굴로 세수를 퍽퍽 해댄 다음 얼굴을 닦는 선애를 바라보며 싱글싱글 웃었다.

그러자 선애가 더욱 더 인상을 찡그리며 투덜댄다.

"웃지 마. 기분 나빠."

[어허, 어디 언니에게.]

"쳇, 그건 그렇고, 갔던 건 어떻게 됐어?"

[무사히. 오사함이랑 그랜트랑 만났지. 엘리엇 놈이 되게 땍땍거리기는 했는데, 양쪽 다 돌파구가 절실한 상황이었으니까. 오사함이 한 나라 사람이라니까 눈을 번뜩이더구만. 그 둘이 본격적으로 이야기할 거 같아서 돌아왔어. 사이좋게 지내야 하는데 둘의 기밀을 듣기는 좀 뭣하잖냐.]

"잘했어. 어차피 나중에 궁금하면 기밀 문서라도 훔쳐보면 되지, 뭐. 소피가 아직 자려나? 밥 먹고 나가야 하는데."

[토냐 씨도 데리고 갈 거냐? 토냐 씨는 지금까지 계속 안 잤잖아.]

"음, 술 사러 갈 때는 놔두고 오후쯤에 장신구 보러 갈 때나 깨워서 같이 가지, 뭐. 어차피 목록을 만들어놨으니까 술 계약 하러 갈 때는 로어하고 소피하고만 가도 돼."

[하긴.]

우리는 솔직히 술 계약 하는 건 그리 어렵지 않게 금방 끝날 거라 생각하고 오늘 장신구와 화장품까지 다 볼 계획이었다. 하지만 의외로 술 계약 하는 것이 시간을 오래 잡아먹어 그것 하나만으로 그날 하루의 대부분을 소비해 버렸다.

크로스웰 상회처럼 여기도 진 나라에서 생산하는 모든 술을 독점까지는 아니라 하더라도 다루는 상회가 있을 거라 생각했는데, 의외로 그렇지 못했던 것이다.

하기야, 진 나라는 상업이 발달해서 그런지 몰라도 술의 종류가 무진장 많아 그 모든 걸 독점은커녕 수용하는 것도 만만치 않을 듯싶었다. 우리가 바이런 국에서 봤던 건 그 모든 술의 일부에 불과했던 것이다. 아마도 크로스웰 상회에서 바이런 국 사람들 입맛에 맞는 것만 골라서 수입한 거겠지만 말이다.

그리하여 알게 된 건, 그곳에서 가장 큰 주류 상회는 네 곳으로, 진나라를 사이좋게 네 등분하여 각각의 지방에서 생산되는 술을 사이좋게 수출하고 있었다. 크로스웰 상회는 그 네 상회 모두와 계약을 하고 있었던 것이다.

그러다 보니 문제가 생겨 버렸다. 네 상회 모두 무역선을 가지고 있을 정도로 큰 곳이라 우리가 한 곳에서 배 한 척 분량의 술을 산다면 기꺼이 그 상회의 배를 사용할 수 있겠지만, 우리가 사려는 술이 네 상회에 모두 고루 분포되어 있다 보니 한 상회의 주류의 양 가지고는 배반 척 분량도 채울 수가 없는 것이었다. 그렇다고 한 상회의 배를 빌린 뒤 다른 상회에서 술을 사서 그 배에 채우려니 다른 상회의 시선이 곱지 않을 테고 말이다.

게다가 그 네 상회 모두 계속적인 거래나 배 한 척 분량의 술이 아니면 자신들의 배를 내주지 않겠다고 버티는 것이었다. 그러니까 자신들의 배로 바이런 국까지 배달을 받고 싶으면 배 한 척 분량을 사든가, 아니면 우리가 알아서 배를 조달해 소량을 사든가 하라는 것이다. 정말 칼자루는 자기들이 쥐고 있다고 배짱을 퉁기는데, 생각 같아서는 그

네 상회의 술 창고들을 모두 폭파시키고 싶었다.

[확 불질러 버릴까.]

더 열 받는 건, 이 광진이란 항구 도시는 아벤티노 대륙과의 무역만을 위해 만들어진 계획 도시였기 때문에 우리와 거래를 할 만한 주류 상회가 그 네 곳밖에 없다는 것이다. 하기야, 다른 곳에서 살 수 있었으면 그 상회의 사람들이 배짱을 튕기지도 못했을 거다.

아주 작은, 그러니까 광진 안의 술집이나 여관들에게 술을 공급하는 도매상들이 있기는 했는데, 그곳의 술들도 이 거대 네 상회에서 흘러나온 것인데다 많은 양의 여유분을 가지고 있지 않아서, 만약 이 도매상들에게 구입하려면 광진 도시 전체의 도매상들을 다 둘러보아야 할 듯했다. 그래도 분량을 다 구할 수 있을지는 의문이었기에 우리는 차라리 배를 따로 구해 네 상회에서 주류를 사기로 결정을 봤다.

그런데 그 배를 구하는 것에도 정말 여러 곡절이 기다리고 있었다.

생각 같아서는 여기 진 나라가 아닌 바이런 국의 해운 조합 무역선을 이용하고 싶었지만, 광진을 다스리는 윗분의 압력으로 인하여 이곳에서는 아벤티노 대륙 출신의 상회가 경영하는 그 무엇도 자리를 잡을수가 없었다. 상회의 지부는 물론이거니와, 하다못해 여기에 온 사람들이 잠시 머물 수 있는 집을 사는 것도 금지였다.

그러니 바이런 국 해운 조합 또한 여기서는 경영 활동을 할 수가 없어 모든 일은 거의 자국에서 처리하고, 여기는 그냥 잠깐 들렀다가 가는 정도였다. 그래서 이곳에 오는 바이런 국의 배들은 모두 올 때도 짐을 싣고 오고, 갈 때도 짐을 실을 예약이 바이런 국에서부터 미리 되어 있는 상황이었다.

하기야, 먼 길을 오가는데 올 때나 갈 때 어느 한쪽에 빈 배로 오면 그만큼의 손해가 아닌가 말이다.

그러니 우리가 바이런 국의 무역선을 이용하려면 바이런 국의 알파 두르 항구에 있는 지부에 연락하여 미리 예약을 해서 때를 기다리거나, 아니면 배 한 척을 아예 전세 내어 빈 배로 여기 와서 우리의 짐을 싣고 가게 하는 수밖에 없었다.

운 좋게 만난 친절한 바이런 국 출신 무역선 선장의 말에 의하면, 예약은 대부분 일주일 전에 하는 것이 원칙인데다, 우리는 여기서 배편을 통해 연락을 해야 하기 때문에 빨라야 두 달 혹은 두 달 반 뒤에 올 배편으로 가게 될 거라고 하는 것이다.

그리고 그건 배 한 척을 전세 내는 것도 마찬가지였다. 연락이 가는 시간과 거기서 연락을 받고 배를 몰고 여기에 도착하려면 그 정도는 걸리니 말이다. 거기다 배 한 척을 전세 내는 건 요금이 두 배였다.

그런 상황이니, 천상 여기 광진 해운 조합의 무역선을 이용해야만 했다.

그리하여 어쩔 수 없이 우리 일행이 요금을 알아보러 갔는데, 기가 막히게도 요금이 바이런 국의 한 배 반인 것이다. 그게 어떻게 된 연고인고 하니, 요금은 바이런 국과 똑같은데 광진을 다스리는 누군가께서 외국인에게는 요금의 절반을 세금으로 물렸다는 것이다.

정말 어이없고 허탈하고 열 받고…….

세상에 바가지도 이런 바가지가 없을 거다.

"우리… 우선 돌아가서 좀 의논을 한 뒤에 결정하도록 하지요. 나, 지금 너무 정신이 없어서 머리가 잘 안 돌아가는 거 같아요."

광진의 해운 조합에서 나온 선애가 이마를 짚으며 이야기하자, 로어가 얼른 맞장구쳤다.

"저도 동감입니다. 가서 좀 쉬고 저녁을 먹은 뒤에 의논하도록 하지요."

늦은 아침 겸 점심을 먹고 거의 저녁이 다 되도록 신나게 돌아다니기만 하고, 기가 막힌 정보 외에는 별 소득 없이 터덜터덜 돌아온 일행을 맞이한 건 그동안 푸욱 자고 일어나 생생한 토냐였다.

"왜들 그래? 뭐, 안 좋은 일이라도 있었어?"

어리둥절한 시선으로 축 처져 돌아온 일행을 살피는 토냐를 바라본 선애는 다짜고짜 토냐를 붙잡고 징징거렸다.

"토냐니이이이임~ 저, 이 나라가 정말 진저리나게 싫어졌어요오~ 아으~ 뭐, 이따위 나라가 다 있지요?"

"뭐? 야, 선애야, 왜 그래?"

토냐가 놀라서 선애를 달래려고 하는 바로 그때, 우리 일행의 뒤쪽에서 분위기를 깨는 아주아주 얄미운 목소리가 들려왔다.

"외국과의 무역이 빵 뜯어 먹는 건 줄 아셨습니까?"

놀라서 시선을 돌려보니, 기가 막히게도 거기에는 한 나라 일행과 함께 그랜트 녀석이 엘리엇과 마법사, 그리고 두 명의 사무원, 호위 기사 몇몇과 같이 서 있는 것이었다.

"헉!"

너무 화가 나 있던 선애가 토냐를 보자마자 복도에서 감정을 터뜨린 건데, 하필이면 그때 저 녀석들이 우르르 몰려올 것이 뭐란 말인가.

놀라서 당황한 선애를 향해 한 나라 일행이 미안한 미소를, 엘리엇 녀석은 고소하다는 미소를, 사무원 사람들은 이해한다는 시선을 담뿍 보내오고 있었다.

그랜트 녀석은 무슨 생각을 하는지 알 수 없는 시선으로 선애를 바라보고 있었는데, 나는 이상하게도 그게 제일 신경 쓰였다.

"어라, 어쩐 일로 다 같이 오시는지요?"

당황해서 어버버거리는 선애를 살짝 자신의 뒤로 보낸 토냐가 나서서 묻자 오사함이 대답했다.

"아, 사실은 한 나라와 루빈스타인 상회의 거래가 좋게 성사된 기념으로 왕자 전하께서 루빈스타인 상회 분들을 저녁 식사에 초대하셨답니다. 이렇게 된 것도 여러분의 도움이 크니 여러분도 초대하고자 했는데… 저기, 말씀드릴 것도 있고 말입니다."

진 나라의 감시가 있는데도 이렇게 드러내 놓고 당당하게 여기로 오다니, 그에 대한 대비책이 있다는 걸까나?

어쨌든, 갑작스러운 식사 초대에 평소라면 기꺼이 응했겠지만, 지금 일행은 피곤에 지친 상태고 선애 또한 창피할 테니 토냐는 거절하려고 입을 열었다. 한 나라 쪽에서 말할 게 있다고 하면 나중에 따로 만나면 될 테니 말이다.

그런데 그때, 그랜트 녀석이 토냐가 말을 꺼내기도 전에 먼저 입을 열었다.

"같이하지. 우리도 그쪽 상회에 이야기할 것도 있고 하니."

고국의 귀족께서 저리 이야기하니 평민인 우리가 감히 어찌 거절할 수가 있겠는가? 그래 토냐는 난처한 시선을 선애에게 한 번 던지고는 고개를 끄덕일 수밖에 없었다.

"초대해 주셔서 감사합니다. 그럼 저희 일행이 준비하는 대로 전하의 방으로 가면 되겠습니까?"

"그렇게 하십시오. 그럼 저희는 먼저 실례하겠습니다."

오사함이 얼른 대답을 해주고 루빈스타인 상회의 사람들을 안내해서둘러 그 자리를 피해줬다. 아무래도 우리 일행을 배려해 준 모양이다.

"아, 쪽팔려."

그들이 가고 나자 선애가 창피해서 붉어진 얼굴로 속삭이자 토냐가 쿡쿡 웃으며 등을 타악! 쳤다.

"괜찮아, 괜찮아. 그 정도 가지고 뭘 그래? 거기서 넘어져서 치마가 홀렁 넘어간 것도 아니고 말야. 그거에 비하면 훨씬 낫지, 뭐. 어쨌든, 우리에게 하실 말씀이 있으시다니 준비하자고. 선애, 네 이야기는 가면서 듣고."

"정말 짜증나게 구네. 그래서 어쩔 거야?"

선애가 간단하게 씻고 옷을 갈아입으면서 낮에 고생했던 일을 푸념조로 털어놓자 토냐가 혀를 끌끌 찼다.

"정말 그러고 싶지 않지만, 여기 무역선을 이용해야죠. 하는 수 없잖아요. 이럴 줄 알았으면 아예 바이런 국에서 올 때 무역선을 빌려서 타고 올 걸 그랬어요."

선애가 마지막으로 머리를 빗으며 투덜대자 토냐가 픽 웃으며 대꾸했다.

"여기가 이렇게 짜증날 줄 누가 알았냐. 게다가 만약 우리가 무역선을 빌려 타고 왔으면 저 루빈스타인 자작이나 한 나라 사람들을 만날 수 있었겠어? 지나간 일은 어쩔 수 없는 거, 좋게좋게 생각해."

토냐의 말을 듣고 보니 그건 또 그랬다. 인생사 새옹지마라더니 상인의 길 역시 마찬가지인가 보다.

"아우, 어쨌든 생각보다 돈이 엄청 들어가게 생겼어요. 비상금에 혹시 괜찮은 거 있으면 쇼핑하려고 돈을 넉넉히 준비해 온 게 다행이에요. 뭐, 제 개인 쇼핑은 포기하게 생겼지만요."

"인생이란 그런 거지."

선애의 말에 토냐가 키득거리며 고개를 끄덕였다.

"아, 그래도 한 가지 건진 건 있네. 우리가 여기서 술을 얼마든지 사도 크로스웰 상회 눈치를 볼 건 없잖아. 바이런 국에서는 뭔 수를 쓸지 모르지만, 여기서는 영향력을 거의 행사하지 못한다는 걸 알았잖아. 그러니 만약 크로스웰 상회를 통해 술을 못 사면 여기서 아예 몇 년 기간의 계약을 맺어도 될 거 같은데?"

토냐의 말에 선애가 그제야 깨달았다는 표정을 지었다.

"아~ 그건 정말 그렇네요. 오늘 계속 돌아다니면서 열 받는 일들만 겪는 바람에 미처 그건 생각 못했어요. 그래요. 뭐, 크로스웰 상회가 계속 딴죽을 걸어온다면 아예 여기서 장기 계약을 맺어야겠네요. 여기도 별로 마음에 드는 건 아니지만, 그래도 배만 마련하면 술은 마음대로 살 수 있잖아요?"

"그래, 다음에 여기 올 때는 아예 바이런 국에서 배 한 척을 대여해서 오자고."

생각 같아서는 한 나라의 도움을 받고 싶었지만, 우습게도 한 나라에는 머언 바다를 항해할 커다란 배가 없었다. 있는 거라곤 진 나라 정도만 왔다 갔다 하는 얕은 바다를 왕래하는 작은 배라든가, 강을 왕래하는 소형선 정도?

그래서 이번에 우리와 거래를 하면서도 배는 우리보고 알아서 하라고 했던 것이다. 우리 상회도 바이런 국의 해운 조합이 있으니 거기의 힘을 빌리면 되겠다 싶어서 알겠다고 한 것이고 말이다.

그런 상황이었으니 한 나라의 도움을 받는 건 꿈에도 생각을 못했다.

그런데 인생이란 정말 예측 불허에 변화무쌍한 건가 보다.

"타이거 상회에는 배 없지요? 그럼 저희 상회의 배를 쓰도록 하시죠?"

다른 사람이 말했다면 무척이나 큰 은혜로 여겨졌을 텐데 엘리엇 녀석이 말하니까 우리 상회가 작다고 비웃는 것처럼 들렸다.

"그게 무슨 소리인지 설명을 좀 해주셨으면 하는데요?"

샤방한 미소를 띤 엘리엇의 말에 화사한 미소를 띤 토냐가 상냥하게 물어본다.

"타이거 상회는 여기에 물건 사러 오셨다면서요? 아마 이곳에 대한 정보는 거의 없이 돈만 들고 오셨을 텐데, 배가 없어 곤란하지 않으십니까? 마침 저희 상회에 빈 배가 있어서 말이죠."

"아, 그래서 저희 상회를 위해 배를 빌려주시겠다는 말씀이신가요? 이거 참, 고마운 말씀이시군요. 그래, 대여료는 얼마 정도로 해주실 생각이신지요?"

"저런저런, 저희 상회를 너무 냉혈한으로 보시는군요. 타이거 상회의 사정을 뻔히 아는데 저희가 어찌 돈을 받으려 하겠습니까?"

"어머나, 세상에! 루빈스타인 상회의 넓으신 아량에 이거 참, 몸둘 바를 모르겠군요. 지금까지 그 넓으신 마음씨를 왜 저희는 몰랐을까요?"

'가난한 너희에게 뭔 돈이야? 그냥 적선하는 셈 치마'란 엘리엇의 말에 토냐가 '네놈들이 언제부터 자원 봉사를 했다고 지금 와서 유세

냐?' 라고 받아치는 것이었다. 그것도 샤방~ 미소와 화사한 미소를 사방으로 뿌리면서 말이다.

'오라~ 이게 샤방~ 미소와 화사 미소의 대결인가?'

"이거 전부터 모르던 사이도 아닌데 어떻게 저희가 타이거 상회를 외면하겠습니까?"

엘리엇의 말이 무지무지 열 받기는 했지만, 사실 우리 처지에서 공짜로 배를 빌려주겠다는 제안은 뿌리칠 수 없는 강렬한 유혹이었다.

그러나 이 세상에, 특하나 상계에서는 대가 없는 친절은 조심해야 하는 것이고, 특하나 저 엘리엇 놈이 말하면 평소보다 수십 배는 더욱더 주의해야 했다. 그것이 토냐가 엘리엇 놈의 제안을 덥석 받아들이지 않고 그의 말을 톡톡 받아치면서 의중을 알려고 노력하는 이유였다.

"어머, 어머. 평소와 다르시니 이거 참 뭐라고 말씀드려야 할지."

'갑자기 착한 척하지 말고, 원하는 게 뭔지 솔직히 말해' 라는 토냐의 말에 엘리엇이 더욱더 진한 미소를 보이며 본론을 꺼냈다.

"아하하, 정말 저를 부끄럽게 만드시는군요. 아무 부담 느끼지 않으셔도 됩니다. 단지……."

그가 말끝을 흐리며 드디어 본론을 꺼내는 것 같자 토냐와의 싸움을 재미있게 관람(?)하던 나는 '드디어' 란 얼굴로 엘리엇의 입을 주시했다.

"단지, 한 나라와의 무역을 하실 때 항상 저희 상회의 배를 이용해 주시면 됩니다."

그의 말이 끝나자 잠시 그의 말을 이해하느라 침묵하던 토냐와 선애는 일고할 가치도 없다는 듯 단호하게 이구동성으로 입을 열었다.

"거절하겠습니다."

"거절입니다."

그 말에 샤방~한 미소를 띠었던 엘리엇의 얼굴이 살짝 굳었다.

그러나 토냐와 선애는 시선을 교환하며 서로 의견이 일치한다는 것을 한 번 더 확인한 후 확고한 시선으로 엘리엇을 바라봤다.

나도 토냐, 선애와 같은 의견이다. 다른 계산을 다 떠나서 엘리엇의 제안이라는 것 자체가 받아들이기 싫었다. 그 제안을 받아들였다간, 나중에 그거 가지고 얼마나 거만을 떨겠는가 말이다.

아마 선애도 반 정도는 그 때문에 거절을 한 걸 거다.

그런데 이때, 놀랍게도 오사함이 엘리엇의 편을 들며 나서는 거였다.

"한 번 더 생각해 주실 수 없겠습니까?"

그가 나설 줄 몰랐던 선애 일행이 놀라 바라보자, 오사함은 에의 바르게 끼어들어서 미안하다는 뜻으로 고개를 숙여 보인 후 엘리엇과 함께 설명하기 시작했다.

한 나라와 루빈스타인 상회는 한지는 물론이거니와, 도자기까지 거래하기로 했단다. 역시 루빈스타인 상회의 눈으로 봐도 가을하늘 빛의 청자는 탐스러웠던 모양이다.

뭐, 우리가 미리 한 나라에게 루빈스타인 상회에 먼저 거래를 할 건지 물어보라고 하면서 양보—라기보다는 미리 몸을 사린 것뿐이지만—했던 거니 그에 대해 할 말은 없다. 단지 열 받는 건, 그 와중에 루빈스타인 상회에서 마치 인심을 쓰듯 술병용 자기와 독특한 모양의 자기는 우리에게 양보했는데, 술병용 자기에서 그 파아란 청자는 쏘옥~ 빠져야 했고, 독특한 모양의 자기도 여성 화장품용 병이나 통만 우리에게 넘긴 거였다.

엘리엇 놈이 그 이야기를 하며 득의양양하게 웃는데, 속에서 열이 화악 올라왔다. 정말 억울하면 출세하라는 말이 괜히 나온 것이 아니다.

하여간, 그리하여 이 루빈스타인 상회나 우리 상회나 한 나라를 자주자주 혹은 가끔이라도 왔다 갔다 하게 되었다. 그런데 거기서 한 가지 문제가 제기되었다.

이 한 나라에는 진 나라와의 국경 가까운 곳의 바닷가에 해군 기지가 있는 항구가 있다고 한다. 거길 이용하면 좋겠지만, 이 항구에는 진 나라의 무역선이 자주 들락날락거리는 게 문제였다.

그렇지 않아도 아벤티노 대륙과의 무역을 독점하려 무진장 애를 쓰는 진 나라인데, 한 나라 항구에 루빈스타인 상회의 배가 나타났다는 소식을 들으면 둘 사이에 거래가 생겼다는 걸 눈치 채고 모든 수단을 동원하여 방해하려 들 건 불을 보듯 뻔~했다.

그러니 거래한다는 건 가능한 한 숨기자는 결론이 난 건 어쩌면 당연한 거였다.

원래 아벤티노 대륙과의 거래를 성사, 진행, 확대하려 했던 한 나라에서도 이것을 예측하여 진 나라의 광진 같은 아벤티노 무역 전용 비밀 항구를 만들기 위해 여러 가지로 계획을 세운 상태였다. 이것이 루빈스타인 상회와의 만남으로 인하여 이 계획이 마치 순풍에 돛 단 듯 구체적으로 착착 진행이 되게 생겼던 것이다.

물론, 한 나라는 우선권이 우리 상회에 있으니 먼저 참여하겠느냐고 물어는 왔지만, 우리 상회도 알고 루빈스타인 상회도 알고 한 나라도 알겠지만 우리 상회에는 아직 그럴 만한 힘이 없다. 지금 바이런 국내에 상회 지점과 가게들을 늘리고 번창시키는 것만 해도 빠듯했으니 말이다. 그래서 당연하겠지만 힘이 안 된다며 거절했고, 한 나라도 알겠다며 기꺼이 받아들였다.

한 나라에서 자기 나라에 항구를 만드는 데 딴 나라의, 그것도 다른 대륙에 있는 상회에 손을 뻗은 이유는 진 나라 몰래 만들려고 하기 때문이다.

작은 항구 하나 만드는 데도 많은 돈이 필요할 텐데, 거대한 무역선이 드나들 정도의 커다란 항구를 만들려면 '많다' 라는 표현은 좀 부족할 정도로 어마어마한 자금이 들어갈 거다. 그러한 돈이 한 쪽으로 흐른다면, 서대륙의 경제를 손아귀에 쥔 진 나라가 그걸 못 알아챌 리 없다. 이를 수상하게 여겨 자금의 흐름을 쫓아온다면 항구 도시 건설을 들키는 건 시간문제.

그러한 이유로, 진 나라가 눈치 채지 못하게 루빈스타인 상회가 외부에서 지원을 해주기로 한 것이다.

우리 앞이라서 자세한 이야기는 안 하지만, 아무래도 자금뿐만이 아니라 건축 자재나 기술자 등등도 지원하게 될지도 모르겠다. 그렇게 된다면 한 나라는 그만큼의 혜택을 또 루빈스타인 상회에 주겠지?

'하아, 그럼 루빈스타인 상회는 한 나라와의 거래에서 엄청난 이득을 얻게 될 테고… 우우웅, 돈이 돈을 부른다더니, 큰 자금을 가지고 있으면 역시 큰 거래를 하게 되고, 큰 거래를 하게 되면 큰 이익을 얻게 되는구나.'

단순히 물건을 사고파는 것 외에는 생각 못하는 타이거 상회와 무지하게 비교되는 순간이었다. 뭐, 내 자격지심일지도 모르지만 말이다.

어쨌든, 오사함과 엘리엇 말의 요지는 우리 상회가 원하는 물건을 날라다 줄 무역선도 그 항구를 이용해야 할 텐데, 어차피 해운 조합의 배를 이용할 거 기밀 유지를 위하여 루빈스타인 상회의 배를 이용하라는 것이다. 비밀이란 아는 사람이 적을수록 좋은 것이니 말이다.

그러나 이게 우리 상회로서는 절대로 좋은 게 아니었다. 오히려 악재라고나 할까?

그렇지 않아도 우리 상회는 루빈스타인 상회에 비하면 마치 범선 옆에 구명보트라고 생각한다. 그런데 거기에 무역선을 전적으로 루빈스타인 상회에 의존하게 된다면, 이건 완전히 범선 위에 구명보트를 올려놓고 다니는 격이다. 그러니 한 나라의 입장에서 볼 때 우리 상회는 루빈스타인 상회에 소리 소문 없이 흡수되어 사라져 존재를 잃어버리게 될 확률이 높았다.

"안 됩니다. 거절하십시오."

"절대 안 돼."

오사함과 엘리엇의 설명을─내가 보기에 설명이라기보다는 루빈스타인 상회의 무역선을 이용해야 하는 당위성의 주장이었지만 말이다─듣는 와중에 로어는 얼굴색이 안 좋아지며 필사적인 목소리로 선애에게 속삭였다.

그리고 그건 토냐도 마찬가지였다.

그들의 주장에 선애는 단호한 얼굴로 사람들을 마주 보았다. 어차피 엘리엇 놈이 마음에 안 들어 그 제안을 받아들이기 싫었을 테니 울 꼬맹이에게는 거리낌이 없었으리라.

"말씀은 잘 알겠습니다만, 그래도 거절하겠습니다."

"그렇다는 건, 귀 상회로서는 저희 루빈스타인 상회의 무역선을 이용하는 것만큼이나 좋은 대안이라도 있으신 모양이군요. 혹, 무역선을 사기라도 할 생각이십니까?"

엘리엇의 비꼬는 말투.

그에 선애의 눈초리가 차가워졌지만, 나는 씨익 웃으며 선애에게 속삭였다.

[그럴 거라고 해. 돈 모자라면 내가 루빈스타인 상회 본부에 쳐들어가서 훔쳐 오마.]

내 말에 선애의 얼굴이 음흉하게 빛났다.

"예, 바로 그럴 생각입니다."

선애의 당당한 선언에 엘리엇 녀석의 눈이 동그래졌다.

"놀랍군요. 타이거 상회에 그만한 재력이 있었다니, 몰랐습니다."

"그러실 겁니다. 떠들고 다니지 않았으니까요. 아, 그래도 이번에 귀 상회의 무역선을 빌려주신다는 배려는 감사히 받겠습니다. 아직 배가 마련되지 않아서 곤란하던 차였거든요. 거기에 내친김에 배 한 척 더 빌려주시겠습니까? 한 나라에서 물건을 싣고 올 배도 마련해야 하는데, 여러분께서 말씀하신 '비밀 엄수'를 위하여 배를 마련하기 전까지는 아무래도 귀 상회의 도움을 받는 게 좋겠지요?"

갑자기 당당해진 선애의 태도에 엘리엇의 눈에 당혹스러운 빛이 스쳐 지나갔다. 아무래도 선애가 뭘 믿고 당당해질 수 있었는지 분석하느라 머리가 맹렬하게 돌아가는 모양이다.

하지만 설마 루빈스타인 상회의 금고를 믿고 당당해질 수 있었다는 건 꿈에도 생각 못하겠지?

생각지도 않았고, 별로 고맙지도 않았지만, 그래도 루빈스타인 상회 덕분에 배 문제가 해결되자 그 뒤로 타이거 상회의 일도 일사천리였다. 루빈스타인 상회가 내준 배를 가지고 진 나라 주류 상회 네 곳을 들러 생각하던 목록과 수량은 물론이거니와, 크로스웰 상회에서 아직 들여

오지 않은 술들 중 괜찮은 것—로어와 토냐, 그리고 소피도 간간이 시음해서 고른 것들이다—여러 종류를 실을 수 있었다.

거기다가 루빈스타인 상회에서 한 나라와 소개시켜 준 대가로 배 두 척을 공짜로 빌려줬기 때문에 자금이 넉넉하게 남아서 광진에 있는 여성용 가게를 모조리 돌아다니면서 물건들을 사들였다. 단순히 개인적인 쇼핑이 아니라 야생화 화장품, 향수 가게에 들여놓고 반응을 볼 생각이었기 때문에 괜찮다 싶은 물건들은 거의 다 사들였다.

덕분에 가지고 간 돈이 모자라게 될 뻔했지만, 그것도 운 좋게 해결할 수 있었다.

한 나라 왕자 일행과 루빈스타인 상회 사람들과 같이 저녁을 한 그 다음날, 광진 시내를 돌아다니는 선애 일행의 뒤를 졸졸 쫓아다니던 나는 우연치 않게 낯익은 사람을 발견했다.

'오옷, 저 녀석은!'

잊어버릴 수가 없었다. 한 나라 사람들을 처음 만났을 때, 그들을 둘러싸고 있던 일당의 대장 격이었던 사람이다. 대장이 아닌 대장 격이라고 기억하고 있는 이유는 같이 있던 일당들이 그를 대장이 아닌, 같은 동료로서 대우하고 있었기 때문이다. 그리고 그가 토냐의 마법을 보자마자 '튀어~!'라고 외치며 튀자 두말 않고 같이 튀어버렸다. 그로 인해 다른 일당의 얼굴은 잘 기억 안 나지만 이 사람만은 깊은 인상으로 남아 있었다.

그것이 나에게는, 아니, 선애와 나에게는 행운이었지만 이 사람과 이 사람의 조직에게는 불행이었다.

[선애야, 나 지금 필요없지?]

갑작스레 말을 걸자 선애가 의아한 듯 바라본다.

"왜?"

[전에 만났던 하류 일당을 봤거든, 우후후후.]

단지 그것만 말했을 뿐인데, 내 표정이 뭔가 여러 가지를 말해줬나 보다. 선애가 씨익 웃으며 의미심장한 표정으로 이렇게 말하는 걸 보니.

"언니, 난 비싼 몸인 거 알지?"

그 뒤로 혼자 중얼거리는 것으로 보이는 선애에게 토냐와 소피가 의아한 시선을 보내자 선애가 배시시 웃으며 아무것도 아니라고 얼버무리며 걸음을 옮겼다.

'짜슥, 누굴 닮아가지구.'

그런 선애에게 나는 한 번 웃은 뒤 그 녀석을 놓칠 새라 얼른 발걸음을 옮겼다.

눈앞의 모든 장애물이 나에게는 아무런 소용이 없었으므로 조금만 발걸음을 빨리하자 그 녀석을 금세 따라잡을 수 있었다.

가까이에서 살펴보니 얼굴이 핼쑥한 것이, 아무래도 며칠 앓은 병자의 모습이다.

'아, 이 녀석, 토냐 씨의 마법에 한 방 맞았나? 그때 도망간 후 지켜보지 않아서 무사히 도망갔는지 맞아서 거꾸러졌는지 모르겠는데?'

하지만 뭐, 토냐의 마법에 맞고 쓰러진 녀석들이라도 그날 그 자리에 그냥 내버려 뒀기에 나중에 자신들이 정신 차려서 돌아갔든지, 아니면 동료들이 돌아와서 데리고 갔든지 했을 거라 생각한다.

안색이 안 좋아 보인다 했더니만, 과연 그가 향한 곳은 병원이었다. 입원할 정도까지는 아니라서 통원 치료를 받는 모양이다.

역시 하류 조직에 속해 있다 보니 이 녀석도 별로 착한 사람은 아니었던지, 진료를 받기 위하여 길게 줄을 선 사람들을 큰 덩치와 안 좋은 인상으로 위협하여 물러서게 만든 뒤 당당하게 줄의 맨 앞에 서서 치료를 받는 것이었다. 그것을 본 의사와 간호사들의 인상이 안 좋아졌지만, 차마 뭐라고 나서서 제지하지는 못하고 얼른 치료하고 보내려는 듯 서둘러서 그의 상세를 살펴본다.

초스피드로—살짝 대충대충도 가미되어—그의 상세를 살핀 의사가 간단한 주의 사항과 약을 지어주면서 잽싸게 내보내는 걸 보니, 어지간히도 안 좋게 찍힌 모양이다. 보통 병원에서 진료 후에 꼬옥 하는 '며칠 뒤에 한 번 더 와보세요' 라든가 '아프시면 다시 오세요' 란 말도 일절 안 하고 얼른 떠나가 주길 바라는 눈치니 말이다.

'쯧쯧, 그렇게 사람이 평소에 잘해야지.'

비록 자기가 자초한 일이라 해도 병원에서 푸대접(?)받고 조금 휘청휘청거리며 돌아가는 녀석을 바라보니 조금은 안됐다는 생각이 든다. 아무리 나쁜 사람이라 해도 아프면 불쌍한 법인데, 이 녀석은 그것도 모자라 병원에서까지 푸대접을 받아 제대로 치료받지도 못하는 것 같으니 말이다.

'얄미워서 뭔가 손 좀 봐주려고 했는데… 그건 그만둬야겠다. 아픈 사람에게 할 짓은 아니지.'

혀를 끌끌 차며 녀석의 뒤를 쫓아가니 도시의 외곽에 위치해 있긴 하지만 제법 커다란 장원으로 들어가는 것이었다.

'오오, 여기가 바로 놈들의 본거지인가?'

그런데 크기만 되게 컸지 관리도 제대로 안 되어 있고, 청소도 제대로 안 되어 있어서 지저분하고 파손된 부분도 여기저기 보이는, 완전

엉망인 곳이었다. 게다가 녀석을 따라 안으로 들어서자 패거리들이 삼삼오오 여기저기 모여 앉아 도박을 하거나 떠들어대면서 대낮부터 술을 즐기는데, 무척이나 무질서해 보였다.

'이거야 원, 만화에서 나오는 그 엘리트 같은 모습들은 아니더라도 그래도 이름 있는 조직에 걸맞는, 좀 괜찮은 모습을 보여줄 수는 없나? 너무 실망인데.'

본거지까지 찾아왔으니 그 녀석의 뒤를 계속 따라다닐 필요는 없다고 생각해 나는 어느새 안채로 사라져 버린 녀석의 뒤를 쫓는 대신 혼자서 이곳저곳을 둘러보고 있었다.

그래도 두목 급이 사용하는 듯한, 장원 안의 여러 채 있는 건물들 중 가장 중앙에 있고 큰 건물은 그래도 제법 깨끗하게 청소가 되어 있었다. 그리고 정자세가 아닌 건들건들한 태도를 가지고 있긴 하지만 문에는 보초를 서는 사람도 있었다.

'호, 여긴 제법 그럴듯하네.'

그곳은 1층은 식당과 커다란 홀이, 2층은 부하들의 숙소였고, 3층 전체가 두목의 숙소였다. 그리고 그 3층에 있는 여러 방 중 비싸 보이는 물품들로 치장을 넘어서 아예 도배를 해버린 듯한 두목의 넓은 침실에서 나는 내가 찾던 것을 발견할 수 있었다.

'우후후후, 내 이 방에 있을 줄 알았어. 나 아무래도 이쪽으로 소질이 있나 봐~!'

그것은 침대 아래의 바닥을 파서 만들어놓은 금. 고!

그러나 아쉽게도 그 금고에는 당연하겠지만 커다란 자물쇠가 달려 있어 열어보지는 못했다. 게다가 그 자물쇠를 연다 해도 침대 밑의 공간이 워낙 낮아서 아무래도 금고 뚜껑을 열고 안의 물품을 꺼내려면 침대를 옆으로 밀어내야 할 거 같았다.

'으음, 이거 참, 자물쇠 열쇠를 구하는 것도 문제지만, 밤에 대가를 받기가 힘들겠네? 밤이면 당연히 이 침대에서 두목이 잘 텐데, 그때 침대를 이동시킬 수 없잖아. 이거, 수면제라도 먹여야 하나? 흐음, 아무래도 금방 대가를 받지는 못할 거 같군.'

침대를 슬쩍 당겨보니 쉽게 밀리지 않는다. 하기사, 킹 사이즈의 크기에다 크고 화려한 장식이 붙어 있다 보니 무게가 만만치 않을 거다. 거기다가 아무래도 침대 다리를 바닥에 고정시켜 놓은 것 같다. 그런 걸 봤을 때 이 침대를 이동시키는 방법이 따로 있는 거 같은데, 난 이런 장치에는 문외한이라 아무리 살펴봐도 어떻게 움직이는지 알아낼 수가 없었다.

'골치 아프네. 이거, 그냥 확 강경 수단을 써버려?'

솔직히 침대를 움직이는 방법을 찾았다 하더라도, 이 침실 밖을 지키고 있는 녀석들도 마음에 걸렸다. 이 조직의 두목은 아무래도 금고는 물론, 여러 가지 비싼 물품들이 침실에 널려(?) 있다 보니 침실을 비운다는 것이 걱정되었던 모양이다. 그리하여 이 침실 문에는 이 건물 입구에서와 마찬가지로 두 남자가 보초를 서고 있었는데, 문제는 이 침실의 벽이랑 문이 방음 장치 역할을 제대로 못해준다는 거였다.

바이런 국에서 캐링턴 후작가의 저택을 방문했을 때는 두꺼운 벽과 육중한 문들이 철저하게 방음 처리를 해줘서 안에서 내가 좀 큰 소리를 내도 들킬 염려가 없었는데, 여기는 밖에서 나는 소리가 다 들리다 보니 아무래도 소리를 내는 데 되게 조심스러웠던 것이다.

그나마 다행인 것은, 마법적 방범 장치가 없다는 거랄까?

여기 서대륙에는 아벤티노 대륙의 마법과 비슷한 주술이라는 것이 존재하기는 하지만, 일상생활에서 쓰이는 쪽으로는 아무래도 발달되지 않은 모양인지 마법 물품 같은 걸 본 적이 없었다. 벨타이거네 저택에서도 마법 등 정도는 볼 수 있었는데, 여기는 고급 여관의 최고급 실에도 그런 건 보이지 않았던 것이다. 바이런 국에서라면 아마 한두 개 정도는 볼 수 있었을 텐데 말이다.

이 금고에서도 뭔가 마법적, 아니, 여기 말로 한다면 주술적 장치를 해놓은 흔적은 보이지 않았다. 혹시나 싶어 금고나 금고 주변을 여기저기 만져 봤는데도 불구하고 별다른 조짐이 보이지 않았다.

'그건 그나마 다행이네. 여기에 주술이 걸려 있었다면 그걸 어떻게 풀어야 했을지도 문제일 테니 말이야. 그럼 침대 이동하고 자물쇠만 해결하면 되려나?

침대 옆에 쭈그리고 앉아 여기저기 살펴보며 한숨을 내쉬는데, 바깥에서 '두목님!' 하는 소리가 들려온다. 침대 주인이 돌아온 모양이다.

'어라, 내가 너무 여기에 있었나?

혹시 벌써 시간이 늦은 건 아닌가 싶어 고개를 돌렸지만, 창으로 들어온 햇살은 여전히 밝았다. 그렇다는 건 침실에 잠시 들렀다는 소리였다.

저벅저벅 하는 발걸음 소리에 시선을 돌리니, 서대륙판 후크 선장이 거기에 서 있었다. 왼쪽 눈 위를 가로지르는 상처 때문에 오른쪽 눈만 번쩍이고 있는, 거친 분위기의 중년 남자가 바로 하류 조직의 두목이었다.

그는 한 손에 지저분한 천 자루를 들고 있었는데, 소중하게 품고 있는 게 아니라서 나는 별로 중요한 게 아닌 줄 알았다. 그런데 황당하게도 그는 그 자루를 든 채 곧바로 침대가 있는 쪽으로 다가오는 것이었다.

'어라라?'

침대 옆 바닥에 거의 내팽개치다시피 자루를 내려놓자 안에서 쩔그 럭~ 하는 소리가 들려온다.

'에에엥?'

내가 옆에서 당혹해하며 바라보는 걸 아는지 모르는지 두목은 침대 를 비잉 돌아가 침대 끝 쪽과 벽이 맞붙은 자리에 쭈그리고 앉더니만 절그럭절그럭 하는 소리를 낸다.

황급히 일어나서 그의 곁으로 다가가 바라보니, 바닥과 벽에 제법 굵은 걸쇠가 만들어져 있는 게 보인다. 두목은 그 바닥과 벽에 붙어 있 는 걸쇠들을 연결하여 단단히 고정해 놓은 쇠사슬을 풀었던 것이다. 그 쇠사슬에는 자물쇠는 안 붙어 있었다. 단지 쇠사슬을 걸쇠에 걸 수 있는 고리가 달려 있을 뿐.

'호, 여기에 웬 걸쇠가? 이거 혹시……'

내가 눈을 반짝반짝 빛내며 바라보는 걸 아는지 모르는지 쇠사슬을 옆으로 치운 두목이 침대를 벽 쪽으로 스윽 밀자, 놀랍게도 침대와 붙 어 있는 벽 부분이 침대와 같이 벽 안쪽으로 쓰윽 들어가는 것이었다.

'에엣, 이런, 이런! 안으로 밀게 되어 있었잖아? 어휴, 나는 벽 안으 로 들어갈 거라고는 생각 못하고 무조건 벽 반대편으로 침대를 당기기 만 했으니 침대가 움직일 리가 있나.'

그 모습을 보자니 예전에 내가 벌였던, 정말 잊고 싶을 만큼 창피했 던 해프닝이 떠오른다.

내가 고등학생일 때 있었던 일인데, 급히 돈이 필요해서 통장에 있 는 돈을 인출하기 위하여 자동 현금 인출기가 있는 자그마한 박스실로 들어가려고 했다. 그런데 분명히 서비스를 운영하는 시간이었음에도 불구하고 문이 잠겼는지 안 열리는 것이었다. 문에 쓰여 있는 바로는 서비스를 운영하는 시간이 아침 8시부터 저녁 10시까지. 그런데 내가 그곳을 찾은 시각은 아침 8시 10분이 막 지나가는 시각이었다. 그래, 처음에는 내가 문을 열기 전에 왔나 보다 하면서 그곳을 관리하는 분만 디럽다 원망했다. '아무리 그래도 그렇지, 시간이 되기 전에 미리미리 열어놨어야 하는 거 아니야?' 라고 하면서 말이다. 그래서 집으로 돌아가 한 시간 후에 다시 와서 문을 열려고 하니, 그때도 잠겨 있는지 문이 안 열리는 것이었다. 그래 '여기 뭐야? 여기 아예 문을 닫았나?' 하고 속으로 투덜거리며 아무리 열려고 해봐도 굳건하게 닫힌 문은 열릴 리가 없었다. 돈은 급히 필요한데 부모님은 출타 중이시라 부모님께 탈 수가 없어 발만 동동 구르다가 다시 한 번 문을 열려고 기를 쓰고 당기는데, 마침 나처럼 현금 인출기를 이용하시려는 어느 인상 좋은 아주머니가 다가오더니 이렇게 말씀하시는 거였다.

"어머, 학생. 그거 당기는 거 아니야. 안으로 밀어야 열리지. 당기면 안 열려."

까악, 까악, 까아아악~

그 당시 얼마나 창피했는지, 아마 안 당해본 사람은 모를 거다.

지금 내가 따악 그 심정이었다. 그나마 지금은 날 본 사람이 없다는 것만이 유일한 위안이었다.

'젠장, 안으로 미는 건지 내가 어떻게 알았겠냐구우우~!'

하지만 아무도 안 봤다고 해도 스스로는 무지무지 창피했기에 혼자 변명을 주절주절 늘어놓고 있는데, 이런 난 아랑곳 않고—당연하겠지만—침대를 밀어놓은 해적 후크 선장 같이 생긴 두목이 침대가 밀려 들어가며 드러난 금고 입구로 다가왔다.

'아앗, 연다, 열어!'

그에 얼른 제정신을 차린 내가 주시하며 얼른 금고 입구를 굳건히 지키고 있는 저 커다란 자물쇠를 열 열쇠를 꺼내길 기다리고 있었다.

그런데 이게 웬일.

목에서 열쇠를 꺼내는 것까지는 내가 기대하던 대로였는데, 그 해적 후크 선장처럼 생긴 두목이 손을 댄 건 커다란 자물쇠 쪽이 아니었다. 오히려 자물쇠가 있는 곳의 반대편 쪽의, 그것도 금고 문이 아닌 금고 문을 든든히 받치고 있는 그 틀이었다. 아까는 침대가 금고 문 위를 차지하고 있는 상태라 어두워서 알아차리지 못했는데, 지금 보니 두목이 손을 가져다 댄 금고 문틀 부분은 얇은 판으로 된 뚜껑이었다. 손잡이가 없고, 이음새도 거의 보이지 않게 아주 조심스레 만들어져 주의 깊게 보지 않으면 그게 뚜껑인지도 몰랐을 거다. 하기야, 누가 금고 문틀에 뚜껑이 있을 거라 생각하겠는가?

그걸 손가락으로 슬쩍 밀어 떼어내자, 기가 막히게도 뚜껑 밑에 가려졌던 열쇠 구멍이 떠억하니 드러나는 것이었다.

'뭐, 뭐야, 이거?'

내가 황당해하며 바라보는 사이, 해적 후크 선장 두목은 거기에 금고 열쇠를 집어넣고 돌렸고, 철커덕~ 하는 경쾌한 음향이 그 뒤를 따랐다.

그에 만족스러운 미소를 지은 두목은 금고 문에 달린 두 개의 경첩에 손을 가져가 경첩 사이에 끼인, 경첩을 지탱시켜 주는 쇠막대기를 빼내는 것이다.

'어어어?'

그리고는 경첩을 들어올리자 그대로 금고 문이 끼이익~ 하고 열렸다.

'허, 허. 허. 허… 이런… 세상에……'

그러니까 내가 금고를 여는 데 최대의 방해물이라 생각했던 커다란 자물쇠는 금고 문의 경첩 역할을 하는 것이었고, 경첩으로 보이는 것은 금고 문의 손잡이였던 것이다.

'누가 이걸 만들었는지… 머리 되게 좋잖아?'

거기다 열쇠 구멍은 교묘하게 숨겨져 보이지 않으니, 처음 이 금고를 본 사람은 백이면 백, 모두 금고를 열기 위해서는 경첩 역할을 하는 자물쇠를 열어야 한다고 생각할 것이다.

'하지만 두목이 가지고 있는 열쇠를 몰래 훔쳐 내어 이 자물쇠에 끼어봤자, 헛돌기만 하겠지.'

내가 감탄을 연발하는 사이 두목이 금고 문을 완전히 열었다. 그러자 성인 남자가 충분히 드나들 수 있는 크기의 입구가 드러났고, 그곳을 통해 금고 안이 보였다.

바닥은 제법 깊어 보였다. 내 허리 높이 정도? 2층 천장과 3층 바닥 틈새에 만든 공간치고는 제법 널찍했다. 그 공간 안을 채우고 있는 물품들.

금고 안에 들어가는 것들이라면 비싼 것들일 게 뻔한데 소중하게 다루어지지는 못할망정, 마치 창고 안에다 안 쓰는 물품들 처박아놓듯이 엉망진창으로 여기저기에 아무렇게나 집어넣어져 있었다. 지금 그가 가지고 온 자루처럼 자루나 나무 곽째로 여기저기 쑤셔 박힌 모습들을 보니 진짜 기가 막혔다.

'뭐, 뭐야. 이렇게 아무렇게나 넣어놓으면 어떻게 해? 필요한 거 꺼내 쓸 때 어떻게 찾으려고. 목록을 작성하고 잘 정리해 놓아야 할 거 아니야? 아니면 여기 안에 들어가는 건 평생토록 안 쓰고 가지고 있다가 죽을 때 싸 짊어지고 갈 거냐?

이런 내 불평을 아는지 모르는지 그 두목은 안을 제대로 쳐다보지도 않고 가지고 온 자루를 마치 쓰레기통에 쓰레기 집어 던지듯 휘익~ 하고 던져 넣고는 그대로 금고 문을 닫아버리는 것이었다.

'하아, 아니, 도대체 이놈 뭐래? 설마 금 보기를 돌같이 하는 사람은 아니겠지? 혹시, 이 안에 있는 거 돈이 아닌 거 아냐?

그러나 그건 아니었다. 그 두목이란 녀석이 금고 문을 닫기 전, 그가 아무렇게나 휘익 던져 넣는 바람에 자루 입구가 벌어져 안에 있는 게 조금 흘러나왔는데, 그건 분명히 돈이었다. 아쉽게도 금이 아닌 은이긴 하지만 여기에서는 꽤나 큰돈이긴 했다.

'뭐, 이런 놈이 다 있지? 설마, 금이 아니라서 이렇게 막 다루는 건 아니겠지?

나는 재물을 애지중지 아끼는 사람은 봤어도 저렇게 쓰지 않는 물건 다루듯 하는 사람은 이날 이때까지 처음 봤다. 이런 사람에게서 돈을 싸그리 가지고 가봤자 가슴 아파하기는 할까? 어쩌면 오히려 처리하기 귀찮은 일을 처리해 줬다고 고마워하는 건 아닐까?

'나원, 이거 왠지 김빠지네. 도대체 저리 다룰 거면 침실 밖에 보초는 왜 세우고, 이런 금고는 왜 만든 거야?

저 녀석의 부하들은 이놈이 이렇게 재물을 엉망으로 다루는 걸 알까 싶었다.

재물을 이리 쌓아두고서도, 새로운 재물을 얻고서도 별로 좋아하는 기색을 보이지 않는 녀석이 이상하기도 했고 뭔가 사정이 있나… 싶기도 했지만, 그렇다고 내 계획을 철회할 생각은 없었다.

그날 밤, 나는 선애의 마법 가방을 허리에 매단 채 다시금 그곳에 침입했다. 운이 좋게도 토야에게 만약을 대비하여 가지고 온, 그녀가 직접 만든 제조약들(?)이 있었기 때문에 수면제를 따로 구입하려 애쓰지 않아도 되었다. 그녀가 만든 마법 스크롤도 있기는 했는데, 시동어를 말해야 하는 스크롤은 내가 사용하지 못하기에 써먹을 수가 없었다. 토냐는 스크롤을 만들 수 있는 마법사였긴 하지만, 시동어를 외치지 않고도 사용할 수 있는 스크롤을 만들 수준까지는 안 되었던 것이다. 뭐, 대신 수면제를 얻긴 했지만 말이다. 그것도 직접 먹어야 효과를 볼 수 있는 게 아니라 불에 태워 수면 향을 내는 약이라 나에게는 훨씬 유리했다.

벽을 타고 올라가 낮에 봐둔 두목 침실의 창문을 열고 안으로 들어가는 건 나에게 식은 죽 먹기만큼 쉬웠다. 특히나 그냥 간단한 걸쇠로만 창문의 보안을 하고 있는 곳이라면 더욱더 말이다.

두목이 혹시 늦게까지 자지 않는 습관이 있을까 봐 일부러 새벽이 다 된 시간을 선택해 왔더니, 과연 침대에 그 두목이 누워 있는 게 보였다.

그런데 기가 막히게도 그놈은 혼자가 아니었다.

물론, 중년 남자가… 에… 그… 거시기… 한다는데 내 뭐라고 말할 자격이 있는 건 아니지만, 날 화나게 만든 건 중년 남자의 품에 안겨 자고 있는 여성이 성인이 아니라는 점이었다. 달빛에 비추인 그 여자는 선애보다도 어려 보이는, 여자라기보다는 소녀라는 말이 어울릴 나이로 보였던 것이다.

'이런 나쁜 놈이 있나!'

내 머리 속으로 미성년자 성매매란 단어가 스쳐 지나가면서 전에 있던 껄쩍지근한 기분은 다 날아가 버리고, 여동생을 둔 나에게는 그 두목 녀석이 천하에 다시없을 나쁜 놈으로 인식되어 버렸다.

'너, 그냥 적당하게 대가만 받고 가려고 했는데, 그냥 가선 안 되겠어. 이상하건 뭔 사정이 있는 놈이건 다 필요 없다~!!'

등불을 찾을 필요도 없이 나는 선애의 가방에서 약을 꺼낸 뒤 내 손에 올려놓고 그대로 불을 붙여 버렸다. 어차피 감각도 없거니와, 불에 탈 일도 없는 몸이라 따로 받침대를 찾을 필요가 없었던 것이다.

수면향을 따로 피우지 않아도 잘만 쿨쿨 자고 있는 놈이었지만, 그래도 혹시나 싶어서 수면향을 피운 뒤 수분 동안 기다린 나는 놈의 품에 안긴 소녀는 침대 시트로 고이고이 싼 다음 방 저~쪽 구석에다 잘 뉘여 놓은 다음 두목이란 녀석에게 시선을 돌렸다.

'너 이놈, 어디 한번 맛 좀 봐랏!'

수면향의 효과가 좋았는지 덮고 있던 시트와 품에 안고 있던 온기도 사라졌는데도 그걸 모른 채 나체로 대자로 뻗어 자고 있는 놈에게 척척 다가간 나는 녀석을 거칠게 침대에서 끌어내려 바닥에 떨궈놓은 뒤 녀석의 중심 부위를 강하게 걷어차 줬다.

"끄으으으!"

수면향에 취해 깊이 잠든 상태에서도 그 고통만은 참을 수 없는지 녀석의 입에서 무지 고통스러운 신음 소리가 흘러나오며 온몸이 경련을 일으키듯 퍼덕거린다. 그래도 잠에서 깨지 않는 거 보면 수면향의 효과가 독하긴 독한가 보다. 하기야, 치사량은 면한 수준에서 가장 강력한 걸로 달라고 했으니 말이다.

그러면서도 혹시 깨면 얼른 뒤통수를 후려칠 준비를 하고 있었는데, 고통스러운 신음과 함께 몸을 뒤틀면서도 끝내 깨지 않자 나는 뭔가 좀 아쉬워서 입맛을 쩝쩝 다신 뒤 녀석을 뒤집어놓은 후 침대로 다가 갔다.

생각 같아서는 평생 아예 못 쓰게 좀 더 발로 자근자근 밟아주고 싶었지만, 그래도 막상 또 밟아주려니 그것도 차마 못할 일이라 그냥 한 대로 만족해 버린 것이다. 내가 너무 무른 건지 모르겠지만 말이다.

대신 별로 아끼는 것 같지 않아 김이 새서 몇 개만 가지고 가려 했던 금고 안의 물품들을 마법 가방의 정량이 다 찰 때까지 모조리 집어넣어 버렸다.

낮에 선애가 술의 대금을 치르고 가게들을 돌아다니며 괜찮은 장식품이나 화장품들을 사는 바람에 많은 돈을 써서 마법 가방 안에 여유가 많아 그냥 들고 와도 되었다. 그래도 혹시나 싶어서 안에 있는 걸다 빼내고 텅 빈 가방에 오로지 약만 가지고 왔는데, 그러길 잘한 것같았다.

덕분에 반 이상이 채워져 있던 금고는 거의 텅 비게 되었지만 말이다.

그런데 얼마나 오래전부터 정리해 놓지 않고 그냥 물품들을 쑤셔 박기만 했는지, 밑에 있는 것들을 꺼내니 엄청난 양의 먼지가 풀풀 날리는 것이었다. 거기다가 심한 것은 곰팡이까지 피어 있었다. 아마 내가 몇 년 더 늦게 왔으면 곰팡이는 물론이거니와, 자루들이 다 삭아서 꺼냈을 때 안에 있던 물품들이 우르르 쏟아졌을지도 모른다.

'나원, 아까도 생각한 거지만, 정말 알 수 없는 놈이야.'

그런 상황 때문인지 나는 녀석들의 본거지를 나서면서도 어째 무사

히 일을 끝냈다는 성취감보다는 오히려 찜찜한 감정만이 남아서 기분
이 좀 껄쩍지근했다.

거기다가 그렇게 안 좋은 기분으로 돌아온 나를 더 더욱 저조하게
만든 일이 있었으니…….

*"이거… 많이는 가지고 왔는데… 생각보다 그렇게 큰돈은 아니
네…….."*

[그, 그게… 안에 든 걸 일일이 확인하고 가지고 올 수 없었거
든…….]

그랬다.

내가 되는 대로 집어서 가지고 온 물품의 절반이 바로 은 덩어리였
던 것이다. 그나마 위안이 되는 건 내 손가락 한 마디만 한 작은 것들
이 아니라 손의 반만 한 커다란 것들이라는 점이었지만, 백금만 골라
왔던 캐링턴 후작 저택을 방문했을 때보다는 질적으로나 양적으로나
엄청 수준이 낮을 수밖에 없었다.

그래도 뭐, 나머지 절반은 금 덩어리에다 금과 보석으로 만들어진
장신구들이라서 꽤나 많은 금액을 건질 수는 있어 크게 실망치는 않을
수 있었다.

게다가 그것으로 생각보다 더 많은 여성용 장식품들과 그것을 판매
하는 여 종업원들을 위한 진 나라 여성복, 그리고 토냐가 흥미로워하는
많은 화장품들과 그 재료들까지 구입할 수 있었다.

그렇게 선애 일행도 나름대로 바쁘게 움직이다 보니 일주일이 쏜살
같이 지나가 버렸다.

그동안 루빈스타인 상회 사람들과 한 나라 왕자 일행들도 바빴다.

　한 나라 왕자 일행들은 온 목적이 달성되었으므로 몇몇 정보원만 놔두고 철수 준비를 했고, 루빈스타인 상회 사람들은 한 나라에 가기 전, 진 나라 상회들과 맺은 계약들을 정리했던 것이다.

　그리하여 일주일 후, 우리 일행은 다시 루빈스타인 상회의 무역선에 오르게 되었다. 그러나 일행에 조금 달라진 점이 있다면, 로어가 빠졌다는 것이었다.

　로어는 곧바로 바이런 국의 알파두르 항구로 향하는 무역선에 타고 있었다. 타이거 상회의 짐을 싣고 가는데 아무래도 일행 중 한 사람이 같이 가야 할 것 같아서였다.

　선애는 일행 대표이니 한 나라에 직접 가야 할 테고, 토냐는 화장품 재료들을 둘러봐야 할 테고, 소피는 선애의 시녀이자 호위 무사이니 선애와 떨어질 수 없다는 이유를 들다 보니 갈 사람이 로어밖에 없는 것이었다. 게다가 여자 혼자 아무도 모르는 무역선에 태우는 것보다는 그래도 남자가 가는 게 좀 맘이 편하고 말이다. 로어에게는 좀 미안한 일이지만.

　뭐어, 그래도 그 무역선에 조금이라도 빨리 본 상회에 연락하고자 안면을 익힌 그랜트의 비서가 같이 타게 되어서 그나마 다행이라고 생각한다. 한 사람이라도 안면을 익힌 상태니 서로 말동무도 되고 좋을 거 아닌가? 거기에 겸사겸사 서로 정보도 탐색해 보고 말이다. 그래도 루빈스타인 상회에서 캐낼 것이 타이거 상회에서 캐낼 것보다 많지 않겠는가? 우리로서는 이래저래 손해 볼 건 없었다.

　그렇게 로어를 보낸 일행은 곧바로 다른 배에 올라 한 나라로 향했다.

여러 척의 배가 같이 한 나라를 향해 출발했는데, 선애 일행이 또 손님이라고 한 나라 왕자 일행, 그랜트 일행과 한 배를 타게 되었다. 그래서 솔직히 난 내심 엘리엇 녀석이랑 또 부딪치게 되는 건 아닌지 걱정했다. 그래서 이번에도 괜히 선애를 걸고넘어지면 절대로 가만 두지 않으리라 내심 단단히 결심했는데, 그랜트 일행은 뭐가 그리 바쁜지 얼굴 한 번 보기가 힘들었다. 단단히 마음먹은 게 허무하기도 했지만, 그래도 선애를 불편하게 하는 녀석이 얼굴을 보이지 않으니 차라리 잘되었다 싶기도 했다.

오사함과 사다함도 그들과 같이 일하는 건지 덩달아 얼굴 보기가 힘들었다. 거기에 같은 일행인 토냐도 광진에서 산 화장품을 살펴보느라 선실에 콕 박혀 있었다.

그런 그들과 반대로 한가한 사람들이 있었으니, 예흔랑 왕자와 선애, 렌스버리였다. 그래서 그런지 세 사람은 자주 모이게 되었다. 물론 호위인 백운이나 소피도 같이였다.

의외인 것은 렌스버리가 따로 놀지 않고(?) 그들과 같이 있어준다는 거였다. 물론, 내가 걱정되어 선애와 절대 떨어지지 않으려고 하기 때문인지도 모르지만, 녀석의 성격상 좀 의외이긴 했다. 아무래도 밤에 아리아 씨에게 뭔가 단단히 언질이라도 받았는지도 모르겠다.

예흔랑 왕자가 선애와 자주 같이 자리하게 되는 건 그와 같이 놀아주는(?) 사람이 없었기 때문이다. 오사함과 사다함이 바빠서 거의 상대를 못해주는데다 백운은 과묵한 스타일이다 보니 즐거운 이야기 상대가 못 되어서 대화 상대가 별로 없었던 차에 그나마 선애가 대충이라도 말을 알아듣는 듯하니 자연스레 선애를 붙들고 이야기를 하게 되는 것이었다.

선애야 말은 못해도 그가 말하는 건 내가 모두 해석해 주는데다 고개를 젓거나 끄덕이는 것으로 '예', '아니오' 정도의 의사 표현은 할 수 있으니 그럭저럭 말은 통했던 것이다.

게다가 선애도 한 나라에 대한 여러 가지 정보를 알고 싶어했고, 예혼랑도 바이런 국에 대해 흥미를 가지고 궁금해하는 것이 많다는 것도 그 둘을 한자리에 있게 하는 데 한몫했다.

거기에 가끔가다 변덕이 생긴 렌스버리가 끼어들어 통역을 해주거나 설명을 해주기도 해 둘 사이에는 어설프게나마 대화가 진행될 수 있었다.

그러나 그건 어디까지나 낮의 일, 저녁 식사가 끝나면 예혼랑은 자신들의 일행과 함께하는 모양이었고, 그건 선애도 마찬가지였다. 그리고 나는 언제나 그렇듯이 저녁 이후에는 아리아 씨의 전용 펜이 되어야 했기 때문에 그때 선애가 뭘 하고 있는지는 나중에 선애가 이야기해 주지 않으면 알지 못했다.

그러던 어느 날이었다.

그날도 밤새도록 전용 펜이 되어준 나는 날이 새고 나서야 아리아 씨의 미안함 반 고마움 반이 섞인 시선을 받으면서 선애가 묵고 있는 숙소로 돌아왔다.

'에구구, 찌뿌두둥해라. 이럴 때는 그저 뜨끈뜨끈한 방에 드러눕는 게 최고인데. 아아, 유령이 되고 나서 그런 즐거움도 사라졌어. 크흑, 이럴 줄 알았으면 돈 아끼지 말고 새로 생긴 찜질방은 다 가볼걸~'

괜히 경직된 것처럼 느껴지는 어깨와 팔을 주무르며 선애가 머물고 있는 선실로 돌아오자 울 꼬맹이는 폭신한 침대 위에서 잘도 자고 있었다.

이번에 한 나라와 만나게 해줘서 그런지, 선애 일행은 전에 구조되어 배를 얻어 타고 왔을 때보다 훨씬 나은 대우를 받고 있었다. 뭐어, 그랜트 녀석이 사용하는 선실보다야 훨씬 못하긴 하지만, 그래도 좁지 않은 1인용 선실에 침대도 꽤나 괜찮은 걸 사용할 수 있었다. 한 나라 사람들과 우리 일행을 태우려고 미리 준비를 한 모양이다.

[어이, 이제 슬슬 일어나지? 조금 있으면 소피가 깨우러 올 거야.]

곤히 자고 있는 선애를 보자니 왠지 심술이 솟아나 괜히 선애의 어깨를 흔들어 깨웠다. 요즘 들어 내가 매일 선애에게 부리는 자그마한 심술이었다. 예전에 대한 복수라고나 할까?

선애가 고등학교에 입학하여 중학생 때보다 훨씬 앞당겨진 등교 시간 때문에 매일 졸린 눈을 비비며 힘들게 일어나야 할 때, 나는 대학 졸업을 앞둔 시기라 엄청 줄어든 수업 덕분에 선애보다 서너 시간은 더 잘 수 있었다. 그걸 억울해하던 울 꼬맹이는 매일 등교하기 직전 잘 자고 있는 나에게 와서 강제로 날 깨워놓고는 후다닥 도망을 가버렸던 것이다.

아무래도 그때의 원한이 그래도 쪼~끔은 쌓여 있었나 보다. 좀 있다 소피가 와서 깨워도 될 텐데 괜히 소피가 올 시간이라고 미리미리 깨워 버리니 말이다. 어차피 일어나 봤자 크게 할 일도 없어 소피도 만약 선애가 원하면 늦잠을 자게 내버려 뒀을 건데, 나 때문에 선애는 요즘도 꼬박꼬박 일찍일찍 일어나고 있었다.

"아, 언니……."

평소라면 원망이 담뿍 담겨진 선애의 잠에 취한 목소리가 들렸을 텐데, 오늘은 잠에 취한 건 마찬가지였지만 어째 나를 기다렸다는 듯한 어조다. 과연, 평소라면 내가 깨운 뒤에도 이불 속에서 한참 동안이나 꼼지락꼼지락거린 후에야 겨우 몸을 일으키는 녀석이 오늘은 몇 번 뒤척거리기만 한 후 부스스 자리에서 일어난다.

"우, 졸려."

[어라라, 오늘은 아침에 할 일이 있나 봐?]

"후아아암, 아니, 그게 아니라. 지금이 아니면 언니랑 이야기할 시간이 없잖아. 우우."

상체를 일으키긴 했지만 다시금 밀려드는 졸음은 어쩔 수 없었는지 꼬맹이는 얼굴을 다시 베개 속으로 파묻은 채 뒹굴거렸다.

[왜? 나에게 할 말이 있어?]

"응? 아아, 그게… 우우웅……."

길게 하품을 한 번 하고 시원하게 기지개를 켠 후에야 선애는 제대로 정신을 차린 모양이다. 발딱 일어나 침대 위에 양반다리를 하고 주저앉은 꼬맹이는 엉망인 머리를 뒤로 대충 쓸어 넘긴 후 입을 열었다.

"언니, 나 물 좀."

[오냐. 그런데 도대체 무슨 일이야?]

"아아, 그게 있잖아, 나 어젯밤에 그 사람 만났다?"

[그 사람? 그 사람이 누군데?]

선애에게 물이 담긴 컵을 건네며 나는 고개를 갸웃했다.

여기에 사람이 어디 한둘인감?

"그 사람 말이야, 그랜트 루빈스타인 자작. 저녁 먹고 선실이 좀 더워서 바람 쐬러 갑판에 나갔다가 만났어."

[허, 요즘 얼굴 보기 힘든 사람을 용케도 만났네. 앗, 혹시 옆에 엘리엇 놈 있다? 그놈이 너보고 뭐래?]

"혼자 나왔던데, 뭐. 그런데, 왜, 내가 그 사람네 저택에서 일했을 때, 그 사람이 나 서대륙 사람인 줄 알고 출신지 물어본 적 있었잖아."

[그랬지. 그래서 한국 춘천… 앗, 혹시 그거 물어보디?]

"응응, 어후, 심장이 철렁 내려앉았다니까. 어제 만났는데 갑자기 고향 가니까 좋겠다고 그러는 거야. 나 순간적으로 무슨 말인지 못 알아들었잖아."

[이런, 이런. 좀 난처하네. 에, 설마 정보 길드에서 너에게 한 나라에 대한 정보를 알려 달라고 하는 건 아니겠지?]

"난 그것보다 그 자작이란 사람이 한 나라 사람에게 춘천이 어디냐고 물어볼까 봐 그게 더 걱정인데? 그런데 여기 한 나라에도 춘천이 있으려나?"

[앗, 그것도 그러네. 이거 참, 그래서 뭐라고 그랬어?]

"그게, 너무 당황해 가지고 말이야. 대충, 이제는 아무 상관 없는 곳이라고 이야기했는데."

[한 나라 사람들에게는 한 나라 출신인 거 말 안 했다고 이야기하지 그랬냐?]

"아아, 그것도 말했어. 고국 사람들을 만나서 무척 기쁘겠다고 하면서 그들도 내가 한 나라 사람인 거 아냐고 물어보기에… 아아, 이럴 줄 알았으면 진 나라 출신이라고 말할 걸 그랬나?"

[아니, 네가 언제 거짓말했냐? 우리는 분명히 한국 출신인데 뭐. 혹, 나중에 춘천이라는 곳이 있냐고 하면 거기 출신이라고 빠득빠득 우겨.]

"아휴, 어쨌든 심장이 철렁했어."

[뭐, 별다른 이야기는 없었고?]

"음? 그거 외에는 별다른 거 없었던 거 같은데. 한 나라 출신인 거 들먹거리는 바람에 놀라서 정신도 별로 없었고."

[으휴, 한 나라와 거래를 튼 건 좋은데, 이런 문제가 기다리고 있을 줄은 몰랐네. 너, 될 수 있으면 그 루빈스타인 상회 사람들과 가까이 하지 말아라. 에, 그래 봤자 네가 한국 출신이라는 걸 알고 있는 건 여기서 루빈스타인 자작하고 엘리엇 놈뿐인가? 소피는 빼고.]

"아마 그럴걸?"

[어쨌든, 이제는 스스로 바이런 국 사람이라 생각한다고 말해. 한 나라에는 모든 인연이 없다고 우기는 거야. 아, 그리고 한 나라에서 올 때는 루빈스타인 상회 사람들이랑 같은 배 타고 오지 말자고.]

"머리 아프네. 한 나라로 가지 말고 그냥 바이런 국으로 돌아갈 걸 그랬나 봐. 한 나라에서 물건 싣고 오는 건 루빈스타인 상회에 부탁하면 되었을걸."

[에이, 그건 그래도… 원래 한 나라에 가려고 했잖아. 바이런 국에 가지고 갈 상품하고 분량 확인은 해야 하니까. 게다가 한 나라에 또 다른 괜찮은 상품이 있을지도 모르잖니. 특히나 화장품. 그래서 토냐 씨도 직접 가는 거고 말이야. 나중에 다시 오기 어려우니 여기 온 김에 다 해야지.]

"그건 그렇지만."

그런 일들이 아니었다면 나도 엘리엇 녀석이랑 한 배를 타면서까지 선애와 함께 한 나라로 가려고 하지 않았을 거다.

선애보고 그 뒤로 그랜트 루빈스타인 자작이랑 마주치지 않도록 조심하라고 하기는 했지만, 그랜트 루빈스타인 자작 스스로도 바빴는지 또다시 얼굴 보기가 힘들어졌다. 사실 그날 저녁에 그 녀석과 선애가 만난 것이 놀라운 일이었으니 말이다.

루빈스타인 자작과 선애가 만날까 조마조마하면서, 그러면서 만나지 않았다면 다행이라고 가슴을 쓸어내리면서 하루하루가 지나가면서 도착할 때가 되자 나를 비롯한 일행들은 한 나라에 도착한다는 기대와 괜찮은 제품을 개발하길 바라는 마음에 한껏 들떠 있었다.

그러나 참으로 안타깝게도 한 나라의 항구에 도착하면서부터 우리 일행은 엄청난 실망을 맛보아야 했다. 그 항구는 아직 이름도 없는 한 적한 바닷가였던 것이다. 이제부터 거대한 항구로 만들 계획만 구체적으로 세워져 아직 공사를 시작하지도 않아 건물이 하나도 없었다. 단지, 앞으로 시작될 공사들을 대비하여 인부들의 숙소나 창고 등으로 만들어진 가건물들과 막사들만 여기저기에 보일 뿐이었다.

물론 우리도 건설 예정이라는 건 알고 있었지만, 설마 이렇게 아무것도 없는 허허벌판에 만들 줄은 생각도 못했다. 제법 큰 마을을 기준으로, 좀 더 다듬고 고치고 새로 건물을 세워서 항구 도시로 뒤바꿈시키려는 줄 알았던 것이다. 그런데 큰 마을은커녕, 작은 어촌 마을도 없으니 여기서 다른 뭔가 괜찮은 상품을 찾기는커녕 제대로 된 숙박 시설이나 찾을 수 있을지 걱정이었다.

루빈스타인 상회 사람들은 이런 모습인 걸 알고 있었을까?

'쩝, 하기사, 같이 사업을 하려면 이야기를 안 할래야 안 할 수가 없겠지. 아, 그런데 심하긴 너무 심하구만. 여기 어디에 우리가 싣고 갈 물건이 있다는 거야?

"죄송합니다. 아직 도착하지 못했다는군요."

"하아?"

허허벌판인, 미래의 큰 항구 도시가 될 이곳의 풍경으로 보아 새로운 상품 발굴은 물 건너간 일이라 생각한 선애 일행은 상품 개발은 다음으로 미루고 약속되어 있던 물건을 싣고 곧바로 출발하기를 원했다. 어차피 루빈스타인 상회에서 배 한 척을 빌려준 후였기에 그 배를 가지고 언제 출발하느냐는 우리 마음이었으니 말이다.

하지만 약속된 물건을 요구하기 위하여 찾아간 자리에서 오사함이 무척이나 미안한 표정으로 그리 말하는 것이었다.

우리가 사려는 물품들은 수도에 있는 창고에 보관되어 있는데, 우리가 출발하기 전 연락을 해 이쪽으로 운반하라는 지시를 내렸다고 한다. 우리가 도착할 즈음에 여기에 와 있을 수 있도록 말이다. 그런데 그게 아직 도착을 못했다는 이야기이다.

뭐, 그건 그래도 이해할 수 있었다. 여기가 교통과 통신이 발달한 21C의 한국이 아니었으니 예정이 며칠 어긋나는 것 정도야 바이런 국에서도 가끔 있던 일이었으니 말이다.

그리하여 일행은 오사함의 말에 화를 내지는 않았다. 단지 이 허허벌판에서 며칠을 기다려야 한다는 사실에 좀 난처해했을 뿐.

"하는 수 없지요. 일부러 그런 것도 아니고, 일정이 조금 어긋난 것뿐이니 며칠 정도야 얼마든지 기다려 드리겠습니다. 단지, 여기 오면 새로운 상품들을 찾아볼 수 있을까 했는데 그러지 못한다는 것이 아쉽군요. 아무래도 새로운 상품 개발은 항구 도시가 완성된 뒤에야 가능하겠지요?"

실망감이 가득한 선애의 말에 오사함이 미안하다는 미소를 다시 한 번 지어 보였다.

"다음에 오실 때는 좀 더 많은 준비를 하고 맞이하도록 하겠습니다. 사실 타이거 상회에서 바라는 쪽은 거의 생각을 못한 상태라서 이번에 굉장히 많이 미흡하셨을 겁니다."

"예, 그럼 다음에 올 때 기대를 하도록 하지요."

"에, 그래도 며칠 기다리시는 동안, 혹 여러분께 도움이 될 방법을 찾아보도록 하겠습니다."

"이거, 신경 써주셔서 감사합니다. 일이 많으실 텐데 너무 귀찮게 해드리는 건 아닌가 모르겠네요."

선애가 예의 바르게 방긋방긋 웃으며 말하자 오사함도 예의 바르게 샤방~한 미소를 보인다.

"천만에요. 이 정도야 당연한 거지요. 그리고 여러분께 중요한 이야기가 있습니다. 그건 루빈스타인 상회 분들이 오신 뒤에 같이 말씀드릴 테니 잠시만 기다려 주시겠습니까?"

지금 우리가 오사함을 찾아온 곳은 허허벌판에 몇 개 안 만들어진 가건물이었다. 그중에서도 가장 크고 제법 깨끗하게 만들어진 것이, 여기에 거하는 사람들 중 가장 높은 이들을 위한 곳이라는 걸 한눈에 알게 해주었다. 그 추측 그대로 여기에 거하는 사람은 앞으로 일어날 모든 공사의 총책임자를 맡고 있는 나라의 관리와 이곳에 대한 비밀 유지, 중요 인물 경호, 중요 자재 경비 등등을 책임지고 있는 장군의 숙소였다. 그리고 당연하겠지만, 지금은 예혼랑을 위시한 한 나라 사람들이 잠시 머물고 있었다.

여기는 숙박 시설이 제대로 되어 있지 않아서 루빈스타인 상회 사람들은 우리가 타고 온 배에서 숙식을 해결하고 있었고, 타이거 상회 사람들은 루빈스타인 상회에서 빌려준 배로 모든 짐을 옮긴 상태였다.

잠시 후 연락을 받은 루빈스타인 상회 사람들이 도착하여 모두 모이자 예혼랑 왕자가 사람들을 쭈욱 둘러보더니 직접 입을 열었다.

"부왕께서 여러분들을 만나고 싶어 하십니다."

'부왕? 부왕이라고라?

왕자의 부왕이라면, 이 나라의 국왕. 그 사람이 지금 우리 일행을 만나고 싶어 한단다.

하기야, 예흔랑 왕자 일행이 처음부터 진 나라의 광진에 온 것이 왕명을 받아서였으니, 일이 성공한 이상 국왕이 우리를 만나보고 싶어 하는 것은 어쩌면 당연할지도 몰랐다.

"진 나라의 눈을 피하기 위하여 부왕께서는 조용히 궁을 나오시겠답니다. 그리하여 정말 죄송한 일이지만, 여러분들을 궁으로 직접 초대하지는 못할 것 같습니다. 어찌시겠습니까? 부왕의 초대를 받아들이시겠습니까?"

초대라고 말하더니 우리에게 거절할 여지가 있긴 있나 보다.

물론, 아벤티노 대륙과의 무역과 자국의 경제에 크나큰 관심이 있는 왕을 만날 수 있는 이 좋은 기회를 놓치고 싶어하는 상인이 어디 있을까? 특하나, 처음으로 거래를 하게 된 상인이라면 뇌리에 진하게 각인될 텐데 말이다.

그러나 기회는 정말 좋지만 현실을 똑바로 인식해야 했다.

"아쉽지만 거절해야 해. 스케일이 너무 커졌어. 지금의 우리 상회로서는 감당하기 어려운 거 알지? 상인은 무조건 커다란 이익만 바라는 것이 아니야. 적은 이익이라도 차라리 감당할 수 있고, 오래 지속할 수 있는 길을 택하는 것이 오히려 현명한 상인이다."

토냐가 진지한 표정으로 선애에게 충고한 말이었다.

"선애님, 외람되지만 저도 한 말씀 드리겠습니다. 지금 초대를 받아들인다면 저희는 분명 루빈스타인 상회 사람들과 같이 왕을 배알하게 될 텐데, 그러면 저희 상회는 루빈스타인 상회에 묻힐 것이 뻔합니다.

저희가 그들의 영향력을 벗어나 한 상회로서 당당하게 존재하지 못한다면, 한 나라 왕이 아니라 여러 왕을 같이 만나도 소용없다고 생각합니다."

로어가 있을 때는 될 수 있는 한 이런 일에 자신의 의견을 거의 내비치지 않는 소피였는데, 지금은 선애에게 충고해 줄 사람이 토냐밖에 없어서 그런지 조심스레 자신의 의견을 내놓는다.

"소피 말이 옳아. 게다가 지금 우리는 한 나라에 제대로 된 도움을 주지도 못해. 이럴 때 왕을 만나는 건 오히려 역효과가 생길 수도 있다고."

그건 나도 동감이었다.

[둘의 말이 맞아. 우리는 벌써 충분히 예상치 못한 이득을 충분히 얻었어. 과욕은 금물인 거 알지?]

우리 상회가 적어도 크로스웰 무역 상회 정도만 되었더라도 왕을 만나는 데 조금도 주저하지 않았을 텐데, 지금 우리 상회는 너무나 작은 곳. 아쉽지만 나중을 기약할 수밖에.

루빈스타인 상회 사람들은 당연히 감사하게 초대를 받아들였다. 하기야, 거대 항구를 건설하는 데 크게 뒷받침해 줄 상회이니 첫 무역 거래자가 아니라 해도 얼마든지 왕을 만날 수 있는 입장이었다.

그런 놈들을 부럽다는 시선으로 바라보며 무지 아쉽다는 표정으로 선애가 한 나라 왕자에게 정중하게 거절의 의사를 밝히자, 예혼랑이 그래도 처음 만난 거래 상대라 그런지 서운함을 드러냈다.

대신 오사함과 사다함의 배려로 우리는 미래에 항구 도시가 될 그 허허벌판에서 좀 떨어진 제법 큰 도시에서 영향력이 있는 유지의 부인과 딸들을 만날 수 있었다. 우리에게 도움을 줄 방법을 찾아본다고 하더니만, 일부러 이 기회를 마련해 준 모양이다.

상업이 발달하지 않은 이 나라에서 많이 사용되고 있는 여성 물품들을 알아보기 위해서는 직접 사용하는 부유한 여성들을 만나는 게 가장 확실한 방법이라 생각했다고 한다.

게다가 선애 일행이 모두 여성이다 보니 그들을 만나 이야기하는 데 어려움이 없다는 것도 이 만남의 주선에 크게 한몫했다고 한다. 처음에는 사다함의 이 말이 무슨 말인지 이해를 잘 못하였다. 단지 나라가 달라도 같은 여성들이니 이야기가 잘 통할 거라는 뜻인 줄 알았다. 뭐, 크게 틀리지는 않았지만, 그래도 완전히 맞는 이해는 아니었다는 걸 우리는 그들을 만나고 나서야 알 수 있었다.

루빈스타인 상회 사람들이 국왕을 만나러 가는 길목에 마침 오사함과 사다함이 주선해 준 그 유지가 사는 도시가 있었기에—아마도 자신들이 가는 길목에 사는 아는 사람을 찾아준 거겠지만—그 도시까지 같이 가서 그 집에서 하룻밤 머문 뒤 왕자 일행과 루빈스타인 상회 사람들은 왕을 만나러 길을 떠나고 우리 일행만 남아서 며칠 더 머물렀다.

사다함과 가까운 친척 집안이라는 그곳에서 중요한 사람이라고 신신당부를 들었는지 우리는 참으로 극진한 대접을 받으며 지낼 수 있었지만, 일행들의 기분은 밝지만은 못했다. 이유는 한 나라와의 무역에서 크게 밝은 미래가 보이지 않아서였다.

한 나라는 완전 조선 시대였다. 여성은 집 안에서 내조만 해야 하고 외간 남자와 함부로 대면하지 않아야 하며 결혼 전에는 아버지, 결혼 후에는 남편의 말에 따라야 한다는 등등. 조선 시대에 여성들이 명심해야 했다는 이야기들을 여기서 다시 듣게 될 줄은 몰랐다. 역시 한 나라와 한국은 뭔가 인연이 있나 보다. 아니면 초대 한 나라의 왕이 나라를 세울 때 어떤 여성이 아주 커다란 장애물이 되는 바람에 그 왕이 여자라면 이를 빠득빠득 갈게 만들었는지도.

그리하여 우리가 그 사다함의 친척 집에서 머무르는 동안 그 집안의 주인의 얼굴은 맨 처음 예흔랑 왕자 일행과 루빈스타인 상회 사람들과 같이 있을 때 인사한 후로는 한 번도 본 적이 없었다. 오로지 만날 수 있었던 건 부인과 딸들뿐.

진 나라에서는 우리가 본 건 광진뿐이긴 했지만, 가게나 상회에서 활동하는 여성들을 제법 많이 볼 수 있었다.

그래 한 나라도 그럴 거라고 기대를 했는데, 완전히 차원이 다른 상황이라, 그것도 좀 더 좋은 관계로 발전할 수 있는 쪽이 그러니까 분위기가 업될 수가 없었던 것이다. 한 나라에 대한 정보 부족이 원인이었다. 이럴 줄 미리 알았다면 좀 더 마음의 준비를 하거나, 아니면 아예 한 나라를 방문하는 시기를 늦추던지 했을 텐데 말이다. 이러한 관습에 대해 한 나라 사람들에게 묻지 않은 일행들의 잘못이었다.

광진에 온 한 나라 사람들이야 몇 달 동안 그곳에 머물며 여성들이 사회 활동하는 것을 직접 본데다가, 선애나 토냐들은 다른 나라 사람이라 생각해서 그런지 별로 이상하게 생각하지 않았지만, 한 나라에 도착해서 새로이 만난 사람들은 차마 말은 못해도 이상하게 바라보거나 선애 일행을 가지고 쑥덕거리는 모습을 종종 보았었다. 뭐, 그들과 자주 교류하는 건 아니고 멀찍이서 느끼는 시선들이기에 토냐나 소피처럼 튀는 외모를 가진 외국인을 봐서 그런가 했더니만, 아무래도 그것만은 아니었던 모양이다.

그러한, 상업도 발달하지 않은데다 여성들의 사회 활동이 거의 제한되다시피 한 상황이니, 여성용 장신구나 화장품도 상업이 발달했을 리 없었다. 그리하여 한 나라의 여성들은 대부분이 화장품을 자급자족하고 있었다. 그러니까 집에서 스스로 화장품을 만들어 사용하고 있었던 것이다. 간단한 화장수나 스킨 종류는 물론이거니와, 얼굴에 바르는 분이라든지 눈썹 그리는 펜뿐 아니라 립스틱 종류를 직접 만들어서 사용한다는 이야기를 듣고 꽤 놀랐다. 각자의 집에서 각자가 화장품을 만들어서 사용하다니, 나로서는 상상도 못할 일이었으니 말이다.

그렇다고 '멋진 화장품 만드는 법!' 같은 책자가 있는 것도 아니고, 인터넷 같은 정보 교류 매체가 있는 것도 아니었다. 아무래도 가까운 사람들 몇몇 사이에서 정보를 교환하며 할머니가 어머니에게, 어머니가 딸에게 가르쳐 준 전통적인 방법으로 제작되다 보니, 아이섀도라든지 아이라이너, 마스카라, 볼 터치 등 좀 더 기술과 여러 재료들이 필요한 세부적인 색조 화장품들은 보기 힘들었다. 기껏해야 가끔 찾아오는 보따리 상인들이 그들만의 기술과 노하우로 만든 크림이나 마사지 팩 정도가 특별한 것이었다.

그러다 보니 한 나라의 독특하고 새로운 제품을 개발하기는커녕 토냐가 살펴보려고 가지고 온 진 나라의 화장품이라든지, 선애 일행이 쓰려고 가지고 온 바이런 국의 화장품을 무지무지 부러운 눈초리로 바라보았다. 그 바람에 오히려 우리가 그 시선에 못 이겨 진 나라에서 구입한 몇 가지 화장품을 선물로 내놨을 정도였다.

"차라리 여기다가 타이거 상회 지부를 만드는 게 더 나을지도."

"아하하하!"

토냐의 투덜거림에 선애가 허탈하게 웃어 보였다.

그러나 확실히 토냐의 말이 현실성이 있어 보였다. 여성들이 사회 활동을 하지 않는 이곳에서 타이거 상회 지부를 만들려면, 아무래도

'야생화 향수 & 화장품' 가게의 종업원들도 모조리 남자로 해야겠지만. 아니면 여기서 간간이 활동하는 중년 여성들의 보따리 상인 연합을 만들던지.

한 나라에 오면 뭔가 좀 좋은 일이 생기지 않을까 싶었는데, 어째 만나서 발견하는 요소요소마다 여기서는 단지 옥 원석하고 술 정도만 거래할 거 같다는 아주 가슴 아픈 예감이 들었다.

솔직히 '이건 괜찮을 거 같다' 라고 생각한 것들도 몇몇 있었다. 예를 든다면 마침 더운 날씨를 피하기 위하여 그들이 입고 있던 고운 세모시 옷이었는데, 그걸 보니 한국에서 봤던 예쁜 깨끼 한복이 떠올랐던 것이다. 물론 그들이 입고 있었던 옷들은 파스텔 색조라 크게 예쁘게 느껴지지 않았지만, 여기 염색 기술이 낮아서 그런 색밖에 낼 수가 없다면 바이런 국에서 염색해도 되고 말이다. 예쁜 색을 가진 천으로 변화시킬 수 있다면 바이런 국의 옷 디자인에 여러 가지 용도로 사용할 수 있을 거다. 비단 실로 예쁘게 수를 놓고 장식품까지 달아 화려한 파티복으로도 만들 수 있지 않을까 하는 것이 토냐의 의견이었으니 말이다.

그.러.나. 바이런 국에까지 수출할 수 있을 만큼 모시 공급 물량이 많지 않다는 게 문제였다. 특하나 우리가 눈독 들인 모시 중에서도 아주 고운 세모시는 고급품이라 더 더욱 공급 수량이 적었던 것이다. 한 나라 안에서도 수요를 다 채워주지 못할 정도로 말이다.

오사함에게 부탁해서 그쪽으로 크게 힘을 써 공급 물량을 꽉꽉 늘인다면 아마 3, 4년 안에 물량을 거래하게 될지도 모르지만, 지금 루빈스타인 사람들과 거래하느라 정신없는데 그런 것까지 신경 써줄 수 있을지 의문이었다. 아마 우리와 새로운 거래 물품을 이야기할 수 있을 정신이 생길 때가 바로 그 3, 4년 후가 되지 않을까 싶다.

"에휴우~ 어느 상회는 첫 거래에서 항구 건설에 참여하는데다 국왕이 만나러 온다는데, 우리 상회는 언제나 그렇게 되죠?"

선애의 허탈한 어조에 토냐가 선애의 등을 철써억~ 하고 내려쳤다.

"어이구, 아직 앞날이 창창한 녀석이 무슨 노친네 같은 소리를 하고 있어? 네가 그렇게 만들면 되는 거지. 열심히 하면 빠른 시간 안에 그리 되는 거고, 게으름 부리며 느긋하게 하면 언제 될지 모르는 거고. 야, 솔직히 말해서 술 사러 왔다가 한 나라와 거래까지 하게 된 건 정말 대단한 거 아니냐? 그거에 만족하도록 해. 처음부터 너무 큰 욕심을 부리면 안 된다."

"네에~"

확실히 토냐는 상인 집안에서 태어나서 그런지 필요할 때마다 선애에게 알맞은 충고를 잘해준다.

'운이 좋았지. 사람 잘 만나는 것도 운인데.'

"자자, 빨랑 가자고. 가서 렌스버리님을 만난 뒤 집으로 돌아가자. 나, 바이런 국 음식이 너무너무 그립다고."

렌스버리는 우리가 사다함의 친척 집에 며칠 머물게 된다는 걸 알고 잠시 떨어져 나갔다. 아무래도 오랜만에 온 곳이라 한 번 둘러보고 싶었는지도. 원래 나도 끌려갈 뻔했지만, 아리아 씨의 중재로 인하여 선애 곁에 무사히 남을 수 있었다.

동생 옆에 있는 것도 누군가의 허락을 맡아야 하다니, 정말 서글픈 현실이었지만 렌스버리 놈이 선애에게 해코지를 못하게 하려면 어쩔 수가 없었다.

'느아쁜놈~!! 갔다가 발병 나서 돌아오지 말아라!'

그리고 한 나라 사람들을 데리고 바이런 국으로 가기로 한 건 루빈스타인 상회의 개입으로 자연스레 취소될 수밖에 없었다.

바이런 국을 방문할 확률이 가장 높은 사람이 아벤티노 대륙어를 하는 오사함인데, 그는 국왕과 루빈스타인 상회 사람들이 만나는 자리에서 통역을 맡아야 했던 것이다. 그들이 돌아올 때까지 기다렸다가 데리고 가기는 참 꼴이 우스웠으니, 천상 한 나라 사람들이 바이런 국을 방문할 때 그들을 데리고 오는 건 루빈스타인 상회가 될 수밖에 없었다.

그리하여 결국 한 나라 사람들은 나중에 바이런 국에 와서 타이거 상회에 연락하기로 약속하고 타이거 상회 사람들만 우선 바이런 국으로 향할 수밖에 없었다.

FANTASY FRONTIER SPIRIT

Chapter 35

내가 발병 나길 바랐던 렌스버리 녀석은 여전히 멀쩡한 얼굴로 우리보다 한발 앞서 미래에 항구 도시가 될 허허벌판에 도착해 있었다.

"왜 이렇게 늦은 거냐?"

아무리 미운 사람이라고 해도 며칠 안 보이다 보면 그래도 조금은 반가운 마음이 들 수도 있는 법인데, 저놈은 여전히 미워 보였다. 한 10년 정도 안 보이다 보면 그때서야 조금 반가울까나?

저 녀석을 옆에 두고 다시 마음 졸이며 생활해야 한다는 현실이 너무나 암울하게 느껴졌다. 그러나 어쩌겠는가? 그냥 얌전히 모시고 배에 오를 수밖에.

우리 일행이 미래에 항구 도시가 될 허허벌판에 도착했을 때 우리가 타고 갈 배는 벌써 출항 준비를 모두 끝내고 대기해 있는 상태였기에 일행이 배에 오르자 더 기다릴 것 없이 곧바로 출발할 수 있었다.

돌아갈 때의 배 여행은 너무나 기분 좋았다.

뭐, 배를 조종하는 선장이나 선원 모두들 루빈스타인 상회에 소속된 사람들이고 이번에도 우리는 역시 '손님'의 입장이었지만, 그래도 루빈스타인 자작과 엘리엇이 없다는 사실 하나만으로도 편안한 기분이었던 것이다. 게다가 이번 여행은 바로 집으로 돌아가는 길이었으니, 렌스버리 녀석 하나 있는 것 정도야 얼마든지 감내할 수 있었다.

이러한 일행들의 가벼운 기분에 하늘도 기분 좋았는지 바람과 해류조차도 배의 운행을 도와줘—이건 렌스버리 녀석이 말해준 건데, 달마티아 해에선 정말 해류가 서대륙에서 아벤티노 대륙 쪽으로 흐른다고 했다—우리는 바이런 국의 알파두르 항구에서 진 나라의 광진까지 걸린 날짜와 광진에서 한 나라의 미래에 항구 도시가 될 바닷가에 도착한 시간을 합한 것의 1/2되는 날짜에 드디어 알파두르 항구에 도착할 수 있었다.

그러한, 갈 때에 비하여 너무나 순조로웠던 여행에다 집에 도착했다는 기쁨에 일행은 함박웃음을 지으며 알바두르 항구 도시에 발을 내디뎠는데, 맞이하는 건 우중충한 모습의 로어와 벨타이거였다.

"헉, 누구세요?"

그나마 로어는 헤어진 지 얼마 안 되어서 단지 얼굴만 어둡다는 생각만 들었는데, 벨타이거는 아니었다. 오죽했으면 선애가 눈을 똥그랗게 뜨고 누구냐고 물었겠는가? 그나마 옷차림과 얼굴이 깨끗해서 다행이었지, 얼굴과 옷차림까지 후줄근했으면 얘가 갑자기 사업이 망해서 빚쟁이들에게 몇날 며칠을 쫓겨 다녔나 하고 생각했을 거다.

전의 버터 기가 좌르르 흐르던 애송이의 뽀송뽀송한 얼굴은 어딘가로 사라지고 짧게 커트 친 머리에 코 아래와 턱 등에는 깎지 않은 짧은 수염이 덮여 있었다.

선애의 놀란 반응에 벨타이거가 머쓱하게 웃었다.

"이상하냐?"

"이상하고 안 이상하고는 둘째 치고, 그 수염은 뭡니까? 갑자기 수염이 기르고 싶어지신 거예요, 아니면 게을러져서 깎지 않은 거예요?"

"아니, 뭐, 어쩌다 보니……."

하지만 처음 놀란 감정이 가시고 보니, 그러한 모습도 제법 괜찮아 보였다. 마치 일부러 연출한 모습처럼 뭐랄까… 전보다 약간 성숙되고 차분해진 느낌?

'헤에, 난 전보다 다 더 나은 거 같기도 하고. 음음, 좀 마음에 안 드는 녀석이긴 하지만 그래도 얼굴은 꽤 봐줄 만한 녀석이었으니까, 뭐.'

하지만 괜히 분위기를 바꾸려고 헤어 스타일을 바꾸거나 수염을 기르는 게 아니라 정말 뭔가 일이 있는 눈치였다.

"뭐예요, 뭔 일 있었어요?"

선애의 말에 벨타이거와 로어는 눈빛으로 의견을 교환하더니 결국 로어가 앞장서기로 결정되었는지 앞으로 나섰다. 그러나 그가 막 뭐라고 입을 열려는 찰나, 선애가 뭔가 생각났다는 듯 주변을 둘러보며 물었다.

"아, 잠깐. 모건 씨는 어디 가셨죠? 회장님 옆에 안 계시다니 중요한 일이 있나 보죠?"

"예에, 그게 말이죠, 여러 가지 일이 있어서… 험험, 선애님, 안 좋은 소식과 좋은 소식이 있는데 무엇을 먼저 들으시겠습니까?"

로어의 말에 살짝 긴장된 표정을 짓던 선애가 한숨을 내쉬며 말했다.

"안 좋은 소식이요."

그러자 그 말을 기다렸다는 듯 로어가 빠른 어조로 입을 열었다.

"문제가 좀 생겼습니다. 이번 가을에 신상품으로 내놓을 예정이었던 제품들을 잃어버렸습니다."

"뭣이라! 그게 무슨 소리야?"

선애보다도 더 놀라 먼저 외친 건 토냐였다. 그도 그럴 것이, 선애와 나의 아이디어로 기획된 것들이긴 하지만 그래도 그 제품들을 직접 연구하여 만들어낸 사람이 바로 토냐였던 것이다.

서대륙에 갔다 오는 길이 얼마나 오래 걸릴지 몰라서 떠나기 전 토냐 밑에 있던 화장품 제조업자에게 만드는 방법을 다 전수하고 가을이 되기 전에 물량을 채워놓을 것을 지시하고 갔었다. 그러니 지금쯤은 신상품이 나와서 한창 판매되고 있어야 정상인데, 잃어버리다니.

"죄송합니다. 제 불찰입니다. 토냐님 밑에 있던 사람이 다른 상회로부터 매수를 당했는데 그걸 눈치 채지 못했습니다."

벨타이거의 사과에 토냐가 다급하게 물었다.

"그럼 그 신상품들은……?"

"그 상회의 신상품으로 나와버렸습니다."

벨타이거가 가라앉은 얼굴로 설명해 준다.

"이 자식이 감히 누가 만든 걸… 그 자식, 지금 어디 있지요? 그 정도쯤은 파악해 뒀겠지요?"

이를 빠드득 갈며 살벌하게 묻는 토냐의 질문에 벨타이거가 더욱더 어두워진 얼굴로 입을 열었다.

"그게… 그쪽 상회에서 벌써 손을 썼더군요."

신제품을 모조리 도둑맞았다는 걸 안 벨타이거가 눈에 불을 켜고 그

자를 수소문하기 시작하자 걸리면 골치 아프게 될 거라 생각한 그 상회 측에서 증거 인멸을 시킨 것이다. 상품이야 자신들이 먼저 만들었다고 우기면 되지만, 그 사람이 우리 상회 소속이었다는 건 숨길 수 없는 일이었으니 말이다.

"제기랄~ 그 자식, 내 손으로 보냈어야 했는데……."

다른 상회에 매수당하여 넘어갔다가 일을 당한 그 화장품 제조업자는 토냐와 같이 우리 상회에 들어온 사람이었다. 그녀가 우리 상회에 들어올 때 전부터 자신과 교류가 있었던 그 화장품 제조업자를 추천하여 같이 우리 상회로 끌어들였던 것이다. 그래서 그의 배신이 토냐에게는 더 더욱 충격적이었을 거다. 게다가 책임감까지 느끼는 모양이다.

"미안해. 이번 일은… 역시 내가 책임져야겠지?"

그러나 사실 토냐의 추천이 있었기는 했지만, 그전에 우리도 따로 정보 길드에 의뢰하여 주변을 조사한 뒤 괜찮을 것 같다고 판단하여 받아들인 거였으니, 토냐 혼자만 책임질 일은 아니었다.

"토냐님의 잘못이 아닙니다. 다른 상회에서 그자에게 접근한 걸 알아차리지 못한 제 불찰입니다. 그가 단순히 돈의 유혹에 넘어간 것이 아니라 어쩌면 협박이나 납치, 고문에 굴복한 것일지도 모르는 일이니까요."

벨타이거가 위로조로 말을 건넸지만, 말하는 벨타이거나 그 말을 듣는 토냐나 조금도 인상이 펴지지는 않았다.

"그래서 모건 씨가 그 일을 처리하러 나가 있는 거였군요."

선애의 말에 로어가 고개를 끄덕였다.

"예. 그 제조업자 대신 새로운 사람도 찾아놔야 하고, 신상품을 기다리던 가게들의 동요도 달래놔야 했으니까요. 뭐, 그래도 큰 파장은 없었다고 합니다만…….”

그도 그럴 것이 '야생화 향수 & 화장품' 가게에서 일하는 대부분의 종업원들이 정보 길드 요원들이었으니 말이다. 거기다 중간 관리 직원들도 모두 토냐의 추천으로 들어온, 전 호프만 상회 사람들이라 상회 일의 경험이 많았고… 오히려 그들이 토냐의 걱정을 하고 있을지도 모르는 일이다.

“그건 다행이군요. 게다가 뭐, 이번 가을에 신제품을 내놓지 못하는 건 좀 아쉽지만, 그래도 그거 가지고 상회가 망하지는 않잖아요. 신제품이야 또 새로 만들면 되는 거고, 이번에 진 나라의 화장품들도 괜찮은 걸 많이 발견했으니 그걸로 얼마든지 충당할 수 있는 일이라고 생각해요.”

선애가 딱 부러진 어조로 말을 하자 로어가 슬며시 끼어들었다.

“에, 그리고…….”

선애의 말을 거드는 것이 아닌 다른 말을 하려는 기세에 선애의 인상이 살짝 찡그려진다.

“뭐예요, 또 문제가 있어요?”

“루빈스타인 상회에서 헤스딩스 남작가에 손을 뻗어왔습니다.”

“헤스딩스 남작가라면… 리사네? 어떻게 그럴 수가 있는 거지? 헤스딩스 남작가는 루빈스타인 후작가와 대립한다는 공작네 가신으로 있잖아?”

로어의 말에 선애의 눈이 놀람으로 커졌다.

헤스딩스 남작가는 대대로 케루빔이 족장으로 있는 드워프 마을과 친분을 가져 인간과 드워프 사이의 교역에 중간 다리 역할을 하는 집안이었다. 벨타이거가 현 헤스딩스 남작과 친분이 있어 우리가 드워프 마을에 갈 수 있을 때 많은 도움을 주기도 했고, 지금 그 남작의 외동딸인 클라리사, 애칭 리사가 우리 상회에 이사이자 헤스딩스 남작령 지부장으로 일하고 있는 중이었다.

헤스딩스 남작가는 드워프와 인연을 맺고 있기에 상인의 입장에서 볼 때 가까이하고 싶은 매력을 마구마구 발산하는 집안이다. 그러나 그 대단하다는 루빈스타인 상회에서 헤스딩스 남작가를 자신의 상회로 흡수하지 못한 이유는 헤스딩스 남작가가 에스테반 공작가의 가신이었기 때문이다.

에스테반 공작가는 바이런 국에 다섯밖에 없는 공작 집안 중 한 곳인데다, 그중에서도 제일이라고 손꼽히는 집안이었기에 그 대단하다는 루빈스타인 후작가에서도 함부로 대하지 못하는 집안이었다.

그도 그럴 것이, 작위에서도 한 단계 높은데다가 이 에스테반 공작가는 건국 공신으로 공작 작위를 받은 집안이라 유서가 깊었고, 지금까지 그 집안으로 시집을 간 왕녀가 여럿이라 거의 왕족이라고 할 수 있을 만큼 왕족의 피가 진하게 흐르는 집안이었던 것이다. 현 공작의 어머니도 전전대 국왕의, 그것도 왕비에게서 난 왕녀라 공작은 물론 공작의 후계자인 에스테반 자작도 서열이 낮기는 하나 왕위 계승권을 가지고 있을 정도였다.

그런 대단한 집안의 가호를 받는 곳이었으니 루빈스타인 후작가라도 한 수 물러날 수밖에 없었을 거다.

사실 우리 상회도 이 계급 사회에서 순조롭게 커가기 위하여 헤스딩스 남작가를 통해 그 공작가에 연줄을 좀 이어볼까 진지하게 생각하고 있다. 아직 기회가 안 돼서 시도는 못하고 있지만 말이다.

"며칠 전 헤스딩스 남작가에서 급한 연락이 왔는데, 브라우닝 백작가에서 청혼이 들어왔다고 합니다. 브라우닝 백작가의 후계자인 헬게르트 L 브라우닝 경과 클라리사 헤스딩스 양을 결혼시키자고 말이지요."

"헬게르트 L 브라우닝? 브라우닝 백작가가 루빈스타인 후작가와 무슨 상관이지요?"

선애가 고개를 갸웃하며 묻는다.

[야, 그 브라우닝이라는 성, 어디서 들어본 거 같다?]

내 말에 선애가 고개를 갸웃갸웃하더니 손바닥을 탁 친다.

"아, 혹시… 헬게 브라우닝이 헬게르트 L 브라우닝인가요?"

[아~ 맞다. 그 사람에 대해 물어본다는 거 잊어버릴 뻔했네? 다행이야. 어차피 여기 와서 정보 길드에 의뢰해 볼 거였잖아?]

내가 말하는 중에 로어의 목소리도 같이 들려왔다.

"헬게르트 L 브라우닝 경의 애칭이 헬게입니다. 그리고 그분은 현재 루빈스타인 상회 회장 자리를 놓고 루빈스타인 자작과 다투는 가장 강력한 라이벌이라고 알려져 있습니다."

로어의 말에 뒤이어 정신적인 충격에 빠져 있던 토냐가 어느새 다시 정신을 가다듬었는지 대화에 끼어들었다.

"아, 나도 그 집안에 대한 이야기는 들어봤어. 사실 브라우닝 백작과 루빈스타인 후작에 대한 이야기는 유명하니까 말이지. 브라우닝 백작은 아름다운 로맨스의 주인공으로도 유명해."

"호오?"

브라우닝 백작과 루빈스타인 후작은 형제간으로 루빈스타인 상회 회장 자리를 놓고 다투던 라이벌 사이였다고 한다. 지금 그들의 아들들 사이처럼 말이다. 그런데 결정적으로 브라우닝 백작이 루빈스타인 후작에게 회장 자리를 양보하게 된 이유가 바로 브라우닝 백작의 러브 스토리 때문이라고 한다. 그 당사자야 가장 행복한 이야기겠지만, 그가 회장 자리에 앉길 바라던 사람에게는 아마도 가장 안타까운 사건이 아니었을까?

빵빵한 집안에 머리도 좋고 인물도 좋았다고 하는 브라우닝 백작과 루빈스타인 후작은 당연히 결혼도 빵빵한 집안의 딸내미들과 하도록 내정된 상태였을 거다.

그러나 그때 브라우닝 백작은 집안끼리 약속된 빵빵한 집안의 딸내미 대신, 몰락한 귀족 집안 출신으로 집안을 일으키기 위하여 부단히 노력해 여성의 몸으로 기사단 중에서도 가장 엘리트 집단이라 할 수 있는 왕실 기사단에 들어간 여기사와 사랑에 빠졌던 것이다.

이와는 반대로, 루빈스타인 후작은—전에 선애에게 잘못 보이는 바람에 내가 그 집에 쳐들어가 그에 대한 대가를 넉넉하게 가지고 나온—캐링턴 후작가의 딸내미와 정략결혼을 했다.

어떠한 지위를 차지하려 경쟁할 때는 스스로의 능력도 능력이지만 받쳐 주는 배경도 무시 못할 것이었던지, 그로 인하여 루빈스타인 상회의 회장 자리와 후작의 작위는 현 루빈스타인 후작에게 돌아갔고, 브라우닝 백작은 '브라우닝'이라는 성과 '백작'이라는 작위를 가지고 옆으로 밀려났던 것이다.

그런데 재미있게도 지금 현재 브라우닝 백작의 아들과 루빈스타인 후작 아들이 가장 유력한 후보자이자 경쟁 상대였으니~

[에, 그런데 선애야, 그때 내가 보기에 그랜트 녀석은 헬게르트인지 헬게인지 하는 녀석을 싫어하지 않는 거 같던데? 라이벌로 여기기보다

는 오히려 호감을 가지고 있는 거 같더만… 물론, 라이벌에게 그럴 수도 있는 거긴 하지만.]

토냐의 설명과 내 이야기를 듣고 잠시 생각하던 선애가 입을 열었다.

"그러니까 지금 루빈스타인 상회를 물려받을 여러 후보들 중 강력한 후보가 두 명이 있는데, 그 한쪽인 헬게르트 L 브라우닝 경 측이 자신들의 힘을 늘리기 위하여 헤스딩스 남작가를 끌어들이려 한단 말이지요? 그런데 그쪽은 어떻게 에스테반 공작가의 눈치를 안 보고 청혼을 할 수 있는 거지요?"

선애의 말에 벨타이거와 로어가 머쓱한 표정을 지어 보였다.

"미안, 거기까지는 알아내지 못했어. 사실 연락을 받은 게 바로 며칠 전이라서……."

"그런가요? 그럼, 그건 제가 알아보도록 하지요. 어쨌든 골치 아프게 되었네요. 에스테반 공작가가 모른 체한다면 헤스딩스 남작가로서는 브라우닝 백작가의 청혼을 거절하지 못할 테고, 만약 청혼을 받아들인다면 드워프와의 거래권이 몽땅 루빈스타인 상회로 넘어가게 될지도 모르니 우리 입장에서는 청혼이 거절되는 게 좋겠는데요. 우선 그건 좀 더 자세하게 알아본 후 방해 계획을 세우던지 대책 계획을 세우던지 하고요. 그럼 이제 좋은 소식은요?"

선애의 말에 로어가 선애의 눈치를 살피며 입을 연다.

"저어, 선애님, 좋지 않은 소식이 하나 더 있는데요?"

"예? 또요? 도대체 안 좋은 소식이 몇 개예요?"

선애의 말에 벨타이거가 머쓱하게 웃으며 말했다.

"이게 마지막이야."

"이거 참, 다행이라고 말해야 하나요?"

선애의 차가운 말에 벨타이거가 기죽은 표정으로 말한다.

"너무 그러지 마라. 나도 일부러 만든 건 아니었다고. 그런데… 이게 우리 입장에서는 가장 큰 문제야."

그의 말에 선애의 인상이 팍 일그러졌다.

"뭔데요? 빨랑빨랑 말해봐요."

선애의 재촉에 벨타이거가 깊은 한숨을 내쉬더니 지친 표정으로 머리를 쓸어 넘긴다. 전에는 그래도 제법 긴 머리라 쓸어 넘길 거라도 있었지만, 이제는 커트 머리라 쓸어 넘길 머리도 없는데 말이다. 아무래도 정말 심적으로 힘들었던 모양이다.

"핸들리 크로스웰 녀석이 나에게도 청혼을 해왔더라고. 자기 딸과 결혼하래."

"하아?"

"자기 딸과 결혼한다면 크로스웰 상회의 모든 권리를 내 손에 쥐어주겠다는 거야. 하지만 만약 청혼을 거절한다면, 숙부에게 붙겠다더군."

"하아아?"

벨타이거의 숙부는, 만약 벨타이거가 없었다면 크로스웰 남작의 작위를 물려받았을 사람이다. 지금 현재 크로스웰 상회에서 한자리 차지하고 있는 사람이긴 하지만, 머리 좋은 핸들리가 그의 힘을 차단하고 있었기에 벨타이거가 허수아비라도 크로스웰 상회의 회장 자리에 앉아 있을 수 있었다. 그러니 그 숙부의 눈에는 핸들리 녀석이나 벨타이거 녀석이나 눈엣가시였을 거다.

그러나 자신의 이익을 위해서라면 얼마든지 적과도 손을 잡을 수 있는 법.

핸들리에게는 이제 성인이 된 딸내미가 하나 있는데, 우연치 않게도 벨타이거의 숙부에게도 이제 막 성년이 된 아들이 한 명 있다. 핸들리는 벨타이거에게 자신의 딸과 결혼하지 않는다면 자신의 딸을 그 숙부의 아들과 결혼시키겠다고 통첩을 해왔다는 것이다.

그렇게 된다면 크로스웰 상회가 그 둘에게 넘어가는 건 당연지사고, 벨타이거의 목숨까지 위험해진다. 크로스웰 상회를 완전히 장악한 그들이 남작의 작위까지 탐낼 건 불 보듯 뻔했으니까. 기실, 벨타이거의 숙부인 토지그 크로스웰 녀석은 전에 벨타이거의 목숨을 노리기까지 했으니 말이다. 물론, 증거는 없고 단지 심증뿐이긴 하지만.

헤스딩스 남작가에 청혼이 들어온 것도 문제지만, 이 벨타이거의 결혼 문제도 더 큰 문제였다.

"완전 엎친 데 덮쳤구만."

듣고 있던 토냐가 혀를 끌끌 차며 말한다. 벨타이거의 말을 듣고 보니 자신의 입장은 그에 비해 낫다고 생각되었는지 이제는 완전히 신색을 회복해서 벨타이거를 동정하고 있다.

핸들리 녀석, 아무래도 처음부터 자신의 딸과 벨타이거의 결혼을 노리고 그에게 힘을 실어준 모양이다. 그러면 그는 귀족이 못 되더라도 자신의 외손자는 남작 작위를 물려받을 수 있을 테니 말이다. 게다가 상회는 자신이 장악해 한 손으로 휘두르고 있고, 벨타이거야 자신이 없으면 작위의 기반은 물론이거니와 목숨도 위험하니 무조건 핸들리에게 고분고분할 수밖에 없을 거라고 생각했을 거다.

그러던 것이 얼마 전 타이거 상회에 울 꼬맹이가 이사로 영입된 후부터 그의 계획이 조금씩조금씩 어긋나 핸들리의 신경을 자극했던 것이겠지.

처음 벨타이거에게 타이거 상회를 설립하게 했던 건 크로스웰 상회의 일에 손을 못 대게 하려는 목적이었다. 크로스웰 상회의 일을 하려고 하면 타이거 상회 일이나 하라고 하면 될 테니까 말이다. 게다가 타이거 상회는 정말 향수 가게인지 의심스러울 정도로 형편없는 가게 하나만 딸랑 붙어 있는, 크로스웰 상회가 콧김을 획~! 하고 불어도 금방 넘어질 초라한 상회였으니 벨타이거를 손에 쥐고 흔드는 데 조금도 문제가 없었다.

그런데 그런 상회가 선애의 영입으로 인하여 갑자기 드워프와 거래를 성공시키는데다 수도를 비롯한 대도시 5군데에 지부를 설립하고, 첫 신상품이 폭발적인 반응을 이끌어내며 커져 갈 조짐을 보이자 문제가 생긴 것이다.

타이거 상회가 힘을 얻으면 얻을수록 벨타이거는 핸들리의 손아귀에서 점점 벗어나게 되니 말이다. 게다가 벨타이거가 힘을 얻으면 얻을수록 크로스웰 상회를 넘보게 될 건 뻔할 뻔자, 그로 인해 핸들리 녀석이 위험을 느낀 모양이다.

"아, 그 영감탱이, 정말 짜증나는구만! 쫓아가서 한 대 패줄까?"

선애가 짜증을 팍팍 내며 중얼거리자 토냐가 단호한 표정으로 입을 열었다.

"아무 생각 없이 감정적으로 행동하는 건 금물이야. 움직이려면 뒤탈이 없는 확실한 방법을 가지고 움직일 것."

"하아아~"

그 말에 다시 길게 한숨을 내쉬는 선애를 끝으로 일행들은 착잡한 표정으로 침묵 속에 빠졌다. 아마도 앞으로 어찌할 것인가 생각하는 것이리라. 그러나 딱히 좋은 방도가 떠오르는 것이 아니었던지 모두에게서는 암울한 오라만 뿜어져 나왔다.

그리고 그건 나도 마찬가지였다.

핸들리의 청혼을 받아들이면 분명히 벨타이거를 허수아비로 만들기 위하여 타이거 상회의 운영에 간섭하려 들 것이고, 그럼 선애의 입장도 위험해질 게 뻔했다.

게다가, 벨타이거 녀석이 핸들리의 딸내미를 무지 사랑한다면 몰라도 사랑 없는 정략결혼은 너무 슬픈 일 아닌가?

그렇다고 거절할 힘도 없고.

[아아, 뭐, 좋은 생각 없나?]

한숨을 내쉬듯 중얼거린 내 말에 선애가 움찔하며 고개를 들더니 로어를 바라봤다.

"그러고 보니 아까 좋은 소식과 나쁜 소식이 있다고 했지요? 나쁜 소식은 다 들었고, 그럼 좋은 소식은 뭔가요?"

그러자 로어가 '아차~!' 하는 얼굴로 자신의 이마를 쳤다. 암울한 오라에 빠져 깜빡 잊고 있었던 모양이다.

"드워프 마을에서 온 소식입니다. 저희와 거래를 하는 자몬 족장님 마을 근처에 있는 다른 드워프 마을의 족장님께서 선애님의 물품을 보고 크게 흥미를 느끼셨다고 합니다. 그래서 그걸 같이 공유해도 되겠느냐고 여쭈어보라고 하셨습니다. 그 대가로 원한다면 거래를 해도 좋다고 하신답니다."

"오오, 그거 정말 좋은 소식이네요."

"그리고 드워프 마을에 가 있던 형이 새로운 물질을 개발해 냈는데, 그게 드워프들에게 꽤 흥미로웠던 모양입니다. 벌써 몇몇 곳에 사용되고 있다고 하는데, 그걸 가지고 드워프들과 뭔가 거래를 할 수 있지 않 겠습니까? 그리고 드워프들이 새로운 재료에 지대한 관심을 가지고 있 다는 걸 확인한 셈이니 옥도 좋은 반응을 이끌어낼 수 있을 거 같습니 다."

"히야, 완전히 죽으란 법은 없나 보군요. 아참참, 진 나라의 술은 좋 아하던가요?"

로어는 우리보다 한발 앞서 진 나라의 술을 가지고 바이런 국으로 돌아왔다. 그래 먼저 가는 김에 도착하자마자 드워프 마을까지 배달하 기로 했었다.

"예. 아, 그리고 그 근처에 있던 족장님이 진 나라의 술을 맛보더니 자신들과 거래할 때 술을 대가로 줄 수 있겠냐고 물어보시더군요. 아 무래도 그 마을도 본격적으로 인간들과 거래를 틀 모양입니다."

"우리로서야 환영이지요. 진 나라 술이야 생산량이 무지 많았으니 배 한 척 분량을 더 가지고 오게 하면 될 거고… 아, 우선 배부터 수소 문해 봐야겠네요. 진 나라야 당분간 해운 조합의 배를 이용한다고 해 도 한 나라… 아, 그러고 보니 한 나라와 거래를 텄다는 거 말씀드렸던 가요?"

안 했다. 여기 오자마자 만난 벨타이거와 로어가 자기들이 먼저 암 울한 기운을 팍팍 뿌리면서 한 나라에 대한 보고를 받을 생각도 하지 않고 있었고, 선애 또한 그들의 말에 정신을 빼앗겨 깜빡 잊고 있었던 모양이다.

그때 토냐가 좋은 생각이 났는지 눈을 반짝이며 입을 열었다.

"어, 잠깐만… 이번에 헤스딩스 남작가에 청혼을 한 사람이 루빈스 타인 자작의 최대 라이벌이잖아? 그거 우리가 잘 이용할 수 있지 않을까? 루빈스타인 자작은 라이벌의 힘이 커지는 걸 원치 않을 테니 우리를 도와달라고 하면 어떨까?"

그러나 나는 그게 별로 좋은 생각 같지 않았다. 그래 얼른 선애에게 고개를 흔들어 보이자 선애가 차분한 어조로 입을 열었다.

"글쎄요. 저에게 들어온 정보에 의하면, 루빈스타인 자작은 그 브라우닝 경을 싫어하지 않는다고 하던데요. 우선 자세한 정보를 알아본 후에 다시 이야기하도록 하죠. 잘못했다간 우리가 이용당할 수도 있는 일이잖아요. 급한 건 회장님 결혼 문제인데……."

"혹시 핸들러라는 사람이나 저 회장의 숙부의 약점 같은 거 없나? 그거 가지고 협박이라도 할 수 있다면 좋을 텐데."

토냐의 말에 선애가 손뼉을 따악 쳤다.

"아, 그거 좋은 생각입니다. 에… 하지만 알아보려면 아무래도 시간이 걸릴 텐데. 청혼에 대한 답을 언제까지 해주기로 했어요?"

"정확한 날짜는 말하지 않았지만, 최대한 빨리… 라고 말을 들어서……."

벨타이거의 말에 선애가 한숨을 내쉰다.

"며칠 안에… 알아볼 수 있으려나? 시간이 문제네."

그때 로어가 슬며시 끼어들었다.

"시간을 끄는 방법이라면……."

"음? 뭐 좋은 생각이라도 있어요?"

"며칠 정도라면 끌 수 있다고 생각합니다만. 회장님이 자리에 안 계시면 청혼에 대한 답을 들을 수 없는 거 아니겠습니까? 어차피 선애님이 오셨으니 드워프 마을에 가셔야 할 텐데, 그때 회장님도 동행하시지요? 중요한 일로 급히 출장을 가야 한다고 하면 뭐라 하지 못할 것 아닙니까? 마침 지금 모건 씨도 없으니 회장님이 직접 움직이셔야 한다고 하면서 말입니다."

"그거 괜찮네."

토냐의 말에 선애가 동의한다는 듯 고개를 끄덕인다.

벨타이거는 만족하지 못한 표정이긴 했지만, 별다른 뾰족한 방법을 떠올리지 못했기에 결국 선애와 토냐의 시선에 거의 떠밀리다시피 로어의 의견에 따르기로 했다.

그리하여 일행은 그때부터 초스피드로 드워프 마을로 떠날 준비를 하기 시작했다. 로어와 벨타이거가 모든 일을 책임지고 준비하는 동안 선애는 '야생화 향수 & 화장품' 가게에 들러 첼시를 만나고 왔다.

이번 드워프 마을 방문 길에는 토냐도 같이 동행하기로 했다. 그녀는 드워프 마을에 한 번도 가본 적이 없는데다가 오랜만에 드워프 마을에 가 있는 스탠리의 얼굴도 볼 겸… 이라는 명목을 가지고 있지만, 사실 벨타이거 녀석의 경호가 가장 큰 목적이었다. 벨타이거에게 도움을 줄 수 있는 마법사인 페르티니어스는 스탠리와 같이 드워프 마을에서 연구에 몰두해 있는 바람에 지금 현재 도움을 청할 수가 없었던 것이다.

그리고 거기에서 그치지 않고 한 나라에서 사 온 많은 술들과 사륜마차 하나 정도는 가득 채울 수 있는 옥 원석, 그리고 드워프들에게 보여줄 몇몇 견본품이라 할 수 있는 옥 제품들을 가지고 가야 한다는 핑계로 많은 돈을 들여 실력이 높은 용병들을 호위로 고용했다. 하지만 그것만으로도 좀 부족한 것 같아서 정보 길드에 부탁해 길드 소속의 높은 실력의 무사들을 벨타이거의 호위로 붙였다.

핸들리야 벨타이거가 돌아올 때까지 기다려 줄지는 모르지만, 벨타이거의 숙부는 그렇지 않을 것 같아서였다. 아니면 핸들리가 벨타이거가 자신의 말을 듣지 않으리라 생각하고 벌써 토지그 크로스웰과 손을 잡았을지도 모르는 일이니까. 첼시의 말에 의하면, 핸들리와 토지그가 벌써 몇 차례의 만남을 가졌다고 하니 아예 가능성이 없는 건 아니었다.

사실, 정보 길드에서도 이번에 호위를 많이 동행시키는 게 좋겠다고 조심스레 충고해 왔었다.

그렇게 벨타이거가 거북스럽게 느낄 정도로 철저하게 호위할 준비를 끝내자 일행들은 잽싸게 알파두르 항구를 빠져나왔다. 다르게 보면 꼭 도망치는 것처럼 느껴져 기분이 좋지는 않았지만, 그래도 하는 수 없었다.

단지 선애가 오랜 여행을 하고 돌아온 뒤라 며칠 푸욱 쉬고 드워프 마을로 출발했으면 좋겠지만, 상황이 여의치 않아 휴식도 제대로 취하지 못한 채 다시 길을 떠난다는 사실이 마음에 걸렸다. 그래도 울 꼬맹이가 아직 젊은 나이라 그런지 다행히 크게 피곤해하는 기색은 없어 보였다.

그리고 천만다행스럽게도 렌스버리는 이번 일에서도 또 빠져 줬다. 오랜만에 아벤티노 대륙에 와서 그런지 이곳저곳을 둘러보기 위해 자리를 비웠던 것이다. 솔직히 그 녀석이 드워프 마을에 가서 뭔 일을 벌이지나 않을지 무지 걱정했던 일행들은 두 팔 벌려 만세라도 외치고 싶은 심정이었다.

호위를 든든하게 데리고 가는 덕분인지, 우리는 어떤 습격도 당하지 않고 헤스딩스 남작 영지에 도착할 수 있었다. 거기에 내친김에 무사히 헤스딩스 남작 저택에 도착한 일행은—그래도 도움을 많이 주시는 어른인데 영지에 왔으면 당연히 인사드리러 오는 것이 도리가 아니겠는가—친절하게 맞아주기는 하지만 핼쑥해진 얼굴을 숨기지 못하는 남작을 만날 수 있었다.

헤스딩스 남작은 야심이 별로 없는 사람이었다. 선조의 덕택으로 남작의 작위를 물려받아 풍요로운 생활을 영위해 나갈 수 있는 것에 만족하고 조용히 영지를 다스리며 이제 자식들이 좋은 배우자를 만나 귀여운 손주 녀석들을 보게 해주는 것만 기대하고 살아가는, 인심 좋은 평범한 남자였던 것이다.

부인을 일찍 잃기는 했지만 네 자녀들이 다 커서 자신의 일을 돕는데다가 큰아들은 벌써 현숙한 여인과 결혼하여 귀여운 손자까지 본 상황이었다. 이제 상업에 관심을 갖고 새로운 사업을 벌이려고 구상하는 둘째 아들과 수도 근위대의 기사로 복무하고 있는 막내아들, 그리고 눈에 넣어도 아프지 않을 막내딸만 결혼시켜 잘살기만 하면 죽어도 원이 없을 터인데, 갑자기 날벼락이 떨어지고 만 것이다.

고이고이 길렀던 막내딸에게 들어온 청혼.

물론 객관적으로 따져 봤을 때 브라우닝 백작가의 후계자라면 어디에 내놔도 꿀릴 데 없는 대단한 사윗감이다. 문제는… 그 청혼을 둘러싸고 있는 환경들이 여엉~ 불안하다는 것이었다. 게다가 결혼을 시킨다고 해도 딸내미가 그 집에 가서 잘산다는 보장도 없고 말이다. 아마 남작의 걱정 중 가장 큰 부분을 차지하고 있는 건 바로 그게 아니었을까?

남작에게 예의 바른 인사를 건네고 나자 벨타이거는 남작과 남작의 큰아들, 둘째 아들과 함께 이야기를 하러 자리를 떴고, 선애는 마침 남작의 저택에 와 있던 클라리사에게 붙들려 그녀의 방으로 들어갔다.

"리사, 너 괜찮아?"

남작과 마찬가지로 표정이 별로 안 좋은 클라리사에게 선애가 조심스레 묻자 그녀가 선애를 확 붙들더니 필사적인 어조로 말했다.

"언니, 나 좀 도와줘요! 나, 그 브라우닝 백작가의 후계자란 사람 한 번도 본 적이 없다고요. 그런데 어떻게 그 사람이랑 결혼을 할 수 있겠어요? 절대로 안 할 거예요. 난 좋아하는 사람이랑 하고 싶다고요."

"그래, 그래. 내가 할 수 있는 일이라면 도와줄게. 그런데 무슨 계획이라도 있는 거야?"

선애가 클라리사를 달래려고 그녀의 어깨를 토닥이며 묻자 클라리사가 입술을 잘근잘근 깨물며 망설이더니만, 결국 결심을 굳힌 확고한 표정으로 입을 연다.

"언니."

"응?"

"저기, 벨 오빠를 어떻게 생각해요?"

"회장님?"

클라리사의 의도를 몰라 어리둥절한 표정으로 되묻자 클라리사가 진지한 표정으로 고개를 끄덕인다. 그에 선애가 잠시 생각하는 표정을 짓더니 천천히 입을 열었다.

"음, 그래도 같이 일하기 좋은 사람이랄까? 뭐, 마음에 안 드는 면이 많기는 하지만 그래도 어려운 면이 없으니 편하기는 하지. 다른 상회에서 일해본 적이 없어서 잘은 모르겠지만, 그래도 회장님만큼 편한 상사는 없을 거라고 생각하는데?"

"그거 말고는요."

"흠, 어떤 대답을 원하는데?"

클라리사의 말에 대답은 안 하고 되묻자 클라리사가 선애의 눈치를 조심스레 살피더니 주저하며 입을 연다.

"언니, 나… 벨 오빠 좋아해요."

"에에에? 정말? 그딴, 아, 아니, 회장님이 왜 좋아?"

선애의 놀랍다는 반응에 클라리사가 무척이나 안심한 표정으로 안도의 한숨을 내뱉는다. 아무래도 혹, 선애가 벨타이거에게 연애 감정을 가지고 있지는 않은지 걱정했던 모양이다.

"그, 그걸 어떻게 설명해요? 그냥 어려서부터 쭈우욱~ 좋아했단 말이에요."

약간 붉어진 얼굴로 버벅거리며 대답하는 클라리사. 좋아하는 감정을 이야기하려니 아무리 친언니 같은 선애라 해도 조금은 쑥스러움을 느끼나 보다.

"하아, 뭐, 사람이 사람을 좋아한다는 데 이유는 없겠지만. 그럼 혹시 회장님의 신부가 되고 싶어?"

선애의 질문에 클라리사가 대답은 안 했지만, 들은 것과 마찬가지였다. 클라리사의 얼굴이 아까보다 더 빨개지면서 부끄러워서 어쩔 줄을 몰라 했던 것이다.

[하, 귀엽네.]

"뭐야, 그럼 회장님께 고백했어?"

"아니, 그게……."

거기서 다시 우물쭈물. 아직 고백도 못해본 모양이다.

클라리사의 귀여운 반응에 쿡쿡 웃던 나는 문득 웃음을 멈췄다. 벨타이거 녀석이 떠올랐기 때문이다.

벨타이거 녀석, 클라리사를 좋아하기는 하지만 그건 여동생을 향한 애정이었다. 전에 그가 클라리사를 친동생처럼 생각한다는 걸 몇 번이나 내비쳤던 것이다.

때마침 선애도 그걸 떠올렸는지 눈빛이 약간 흔들렸다. 그러나 곧 짐짓 자신은 아무것도 모른다는 듯 생글생글 웃으며 약간 장난기가 섞인 어조로 물었다.

"아직이야?"

그러자 클라리사가 울컥하는 표정으로 주먹을 쥐더니 결연하게 입을 열었다.

"그래서 나, 오늘 고백할 거예요."

꼭 쥐어진 두 주먹이 바들바들 떨리는 게, 어지간히도 긴장이 되는 모양이다. 에, 나는 그런 거 한 번도 안 해봐서 어떤 심정인지는 짐작도 안 가지만 말이다.

"잘됐으면 좋겠네. 행운을 빌어줄게."

선애는 클라리사에게 그렇게 말해줄 수밖에 없었다. 하기사, 남의 애정사에 이보다 뭘 더 어떻게 해줄 수 있겠는가. 지금 이 자리에서 '그놈은 널 여동생으로밖에 보고 있지 않아. 그러니까 포기해'라고 말해줄 수는 없는 노릇 아닌가?

"그, 그런데……."

갑자기 연약한 소리를 하는 클라리사. 이제 드디어 선애에게 부탁할 말을 꺼내려는 모양이다.

"응?"

"언니, 나 고백한다고 생각만 해도 너무 긴장되어서 말도 제대로 안 나올 거 같아요. 그래서 말인데……."

"응."

"저기, 나 고백하는 데 같이 가주면 안 돼요?"

그러자 선애가 무지 다정하게 방긋~ 웃어주며 말했다.

"안 돼."

"에?"

당혹한 얼굴로—아마 클라리사는 선애가 자신의 부탁을 들어줄 줄 알았나 보다—바라보는 클라리사에게 선애는 웃는 얼굴이었지만 단호하게 입을 열었다.

"안 돼. 이건 너와 회장님 사이의 일이잖아. 다른 사람이 끼어드는 건 좋지 않아. 거기다가 만약 내가 있으면 회장님이 너에게 할 말을 못하게 될 수도 있잖아. 떨리는 마음은 이해하겠지만, 이왕 고백하기로 마음먹은 거 용기를 내도록 해. 같이 가주지는 않겠지만 내가 뒤에서 응원해 줄게."

"에에."

실망했다는 걸 내비치는 클라리사였지만, 선애는 눈 하나 깜짝하지 않았다. 그도 그럴 것이, 울 꼬맹이는 남의 연애사에 끼어들면 좋은 꼴을 못 본다는 지론을 가지고 있었던 것이다.

"네가 상담을 해오거나 푸념을 해올 때 들어줄 수는 있어. 하지만 네 일은 네가 해결해야 한다고 봐. 그게 진정한 연애 아니야? 남의 도움을 받아서 하는 게 무슨 연애니?"

"그, 그런가?"

"그렇지. 그러니까 힘 내. 용기 있는 자가 사랑을 쟁취하는 거야."

선애의 힘 있는 어조에 클라리사가 입술을 꼬옥 깨물더니 힘차게 고개를 끄덕인다.

"예, 언니, 저 힘낼게요."

"그래, 파이팅~!"

"옙!'"

'잘되면 좋겠지만 과연… 벨타이거 녀석은 클라리사를 동생으로밖에 안 보는 것 같은데. 에휴… 선애는 뭔 심정으로 힘내라는 말을 했을라나.'

그렇게 선애에게 힘을 받아 당장이라도 고백을 하러 뛰어갈 것처럼 보이던 클라리사가 갑자기 무슨 생각이 떠올랐는지 다시 어정쩡한 표정으로 선애를 바라보았다.

"언니, 그런데……."

"응?"

"있잖아요, 저기요. 지금 제 상황이 안 좋잖아요. 그런데 고백해도 되는 걸까요? 오빠에게 괜히 부담 주는 거 아닐까요?"

자신의 상황이 마음에 걸리자 애써 끌어 모은 용기가 사르르 사라진 모양이다. 그러자 선애가 클라리사의 양어깨를 강하게 쥐더니 입을 열었다.

"클라리사."

"예?"

"고백하려고 마음먹었으면 끝까지 밀어붙여. 상황이 어떻고 오빠의 기분이 저떻고 따지다가는 너 평생 고백 못한다. 네 상황 때문에 고백을 미룰 거라면, 전에 상황이 괜찮았을 때는 왜 고백 안 했니?"

"아, 그, 그게……."

"그때도 뭔가를 따지다가 못한 거 아니야. 창피하다던가, 아직은 이르다고 생각했다던가."

"그거야 뭐……."

선애의 말이 정곡을 찔렀는지 클라리사가 괜히 시선을 피하면서 중얼거렸다.

"가끔은 이기적이 되어도 좋잖아. 지금 네가 고백했다고 해서 너에게 뭐라고 할 사람은 아무도 없어."

"그, 그럴까요? 아, 그래도 혹시 오빠가 이기적인 애라고 생각하면……."

"회장님이 정말 그렇게 생각할 거 같아?"

선애의 물음에 클라리사는 바닥만 뚫어져라 바라보더니 고개를 저었다.

"오히려 이런 상황이라서 네 고백을 더 진지하게 생각할지도 모르잖아. 다른 때라면 가벼운 장난으로 여겼을지도 모르지만, 이런 상황에 장난을 하리라고 생각하겠어?"

"아, 그럴까요?"

"그리고 한 가지 더. 이 상황 때문에 고백할 수 없을 것 같다면 왜 날 붙잡고 오늘 고백할 거라고 했니?"

"그거야… 미처 생각을……."

"고백한다고 결심하다가 막상 상황이 닥치니까 겁이 나서 그런 게 아니라? 영리한 네가 고백한다고 말하기 전에 상황이 안 좋다는 것도 파악하지 못하고 있었을까?"

선애의 말에 클라리사의 고개가 아래로 더욱더 숙여졌다.

"너, 지금 고백해도 괜찮다는 말을 듣고 싶은 거지? 고백하라고 밀어줄 사람이 필요한 거잖아. 고백해도 좋아. 지금이 아니면 언제 하니?"

선애의 다정한 말에 클라리사가 고개를 들더니 눈물이 그렁그렁한 얼굴로 묻는다.

　"언니… 혹시 상황이 악화되어서 오빠에게 부담만 되면 어떻게 하지요?"

　"왜 상황이 악화된다고 생각하니? 네가 싫다면 남작님께서는 어떻게 해서라도 결혼시키지 않을 거라고 생각해. 게다가 지금 이게 어떻게 되는 상황인지 회장님이랑 내가 알아보고 있거든. 어떻게 된 건지만 알아내면 좋게 좋게 해결할 수 있을 거야."

　"좋게 해결되지 않으면요?"

　"왜 그렇게 생각해? 그렇게 되지 않도록 여러 사람들이 애쓰고 있으니까 잘될 거라고 믿는 거지. 안 좋게 흐를 거라고 지레 짐작하고 주저앉아 있는 것보다 훨씬 좋지 않아?"

　선애의 말에 잠시 생각에 잠겨 있던 클라리사가 결연한 표정으로 고개를 끄덕였다.

　"언니, 역시 나 오늘 저녁에 고백할래요."

　"그래, 뒤에서 힘내라고 응원해 줄게."

　"그런데……."

　"응?"

　"오빠가 저를 거절하면 어떻게 하죠?"

　다시금 흔들리는 표정으로 묻는 클라리사에게 선애가 피식 웃어 보였다.

　"그건 네가 선택할 문제지. 깨끗하게 마음을 접고 사이좋은 오빠 동생으로 남든가, 아니면 끝까지 포기하지 않고 다시 도전하든가."

　"다시 도전한다고 고백이 받아들여질까요?"

"그건 나도 잘 모르겠는걸."

조금도 망설이지 않고 내뱉는 선애의 대답에 클라리사가 비질 웃었다.

"아하하, 하긴……."

그날 저녁, 클라리사는 정성을 들여 예쁘게 차려입고 벨타이거를 불러냈다.

나는 솔직히 클라리사를 따라가 엿보고 싶었지만 선애에게 붙잡혀서 가지 못했다.

"가지 마."

[뭐 어때? 그냥 보기만 하는데. 어차피 그들은 내가 안 보일 테고.]

"안 돼. 남의 애정사는 장난으로 보는 거 아니야. 그들은 얼마나 진지하겠어?"

[어이구, 울 꼬맹이 다 컸네.]

"언니가 철이 없다는 생각은 안 해봤어?"

[내가 뭘?]

"어쨌든 가지 마. 그런 거 몰래 훔쳐보는 거 아니야. 남의 연애사를 재미로 삼겠다는 거잖아. 남들은 심각한데."

[그래, 그래. 알았다. 그만두지, 뭐. 뭘 그렇게 정색을 하고…….]

"그러게 남들 연애하는 게 부러우면 언니도 진작 좀 하지 그랬어?"

[체엣, 됐네요. 그래, 나 능력 없었다. 아, 그런데… 벨타이거가 클라리사의 고백을 받아줄 거 같아?]

"모르지."

그러나 그렇게 말하는 선애의 표정이 어두운 걸 보니, 아무래도 잘

될 거라는 생각은 안 드나 보다.

그날 밤, 역시나… 라고 해야 할지, 참으로 안타깝게도 클라리사는 두 눈이 빨개져서 돌아왔다. 벨타이거는 클라리사를 여동생으로밖에 생각 안 해봤다고 한다.

밤새도록 선애를 붙들고 훌쩍훌쩍 우는 클라리사를 선애는 뭐라고 위로하기보다는 그냥 옆에서 가만히 안아주기만 했다.

'저런 거 보면 울 꼬맹이도 다 큰 거 같다니까.'

클라리사가 새벽녘에야 겨우 진정하고 잠이 드는 바람에 선애도 늦게 잘 수밖에 없었다. 덕분에 아침에 일어났을 때 클라리사는 너무 울어서 눈이 퉁퉁 부었고, 선애는 잠이 부족해서 눈이 퉁퉁 부었다.

그래도 클라리사는 비록 거절당했지만 전부터 마음 졸이고 졸였던 고백도 했고, 선애를 붙들고 신나게 울어서 그런지 제법 속 시원한 얼굴을 하고 있었다. 벨타이거 녀석이야 거절한 게 마음에 안 좋았던지 계속 클라리사의 눈치를 살피고 있었지만 말이다.

남작은 브라우닝 백작가에서 들어온 청혼에 대하여 걱정하고 있는 바람에 이 둘 사이에 미묘하게 흐르는 공기를 눈치 채지 못하고 있었지만, 두 아들만은 얼핏 눈치를 챈 듯하다. 그래도 벨타이거에게 뭐라고 하지 못하는 건 그들의 상황이 안 좋기 때문일지도 몰랐다. 다른 때 같았으면 자신들이 애지중지하는 여동생을 울렸다고 벨타이거에게 주먹을 휘둘렀을 텐데 말이다.

'으음, 이러한 상황 덕을 볼 때도 있군.'

아침 식사를 마치고 드워프의 마을로 출발하기 위하여 일행들이 저택을 나서려는데 클라리사가 선애를 붙들고 구석으로 끌고 갔다.

"언니."

"응?"

"저기요. 곰곰이 생각해 봤는데… 역시 한 번 거절당한 거 가지고 포기하기에는 너무 억울해요. 제가 오빠를 좋아한 기간이 얼마인데요."

"호~ 다시 한 번 도전하게?"

"예. 뭐, 지금이야 거절당한 지 얼마 안 된 상태이니 한동안은 얌전히 있겠지만, 다시 대쉬해 볼래요. 생각해 보니까 오빠에게 뭔가 여성으로서 어필한 적도 없이 그동안 여동생으로만 있다가 갑자기 고백을 해서 실패한 거 같아요. 이번에는 무조건 고백하기보다는 차근차근 계획을 세워서 성공 확률을 높이려구요."

일부러라도 힘을 내기 위해서인지 아니면 정말 희망을 가지고 있는 건지 모르겠지만, 그래도 클라리사의 눈은 제법 기운차게 또랑또랑해져 있었다.

그 모습이 보기 좋았는지 선애가 어른스러운 미소를 보이며 클라리사의 어깨를 툭툭 쳐준다.

"보기 좋네. 훌륭하다. 잘해봐, 언제든 네 고민은 들어줄 테니."

"넵!"

'흠, 그리고 보니 울 꼬맹이가 고등학교에 다닐 때도 후배 애들 사이에서 제법 인기가 있기는 했지. 그때도 저렇게 어른스럽게 애들을 대했을라나?

CHAPTER 36

FANTASY FRONTIER SPIRIT

Chapter 36

다행히 우리가 출발하기 전에 기운을 찾은 클라리사와 기분 좋게 작별한 선애는 일행과 함께 드워프 마을로 향했다. 그런데 의아하게도 길을 떠나는 일행 사이에 헤스딩스 가문의 둘째 아들내미인 안토니 헤스딩스가 끼어든 것이다. 벨타이거의 언질에 의하면 이 안토니 헤스딩스는 영지에서 상인들에 관련된 일들을 담당하고 있는데, 이번에 영지 차원에서 새로운 사업을 벌이려 한다는 거였다. 더 자세한 이야기는 모르겠지만, 아무래도 드워프들과 관련이 있는 모양이다.

상황이 안 좋은데 새로운 사업을 시작해도 되는지 걱정도 되긴 했지만, 어찌 보면 상황이 안 좋다고 두 손 놓고 있는 것보다 뭔가 새로운 시도를 해보는 것도 나쁘지는 않을 거 같았다.

드워프 마을에 도착하자 미리 연락이 되어 있었던지 기다렸다는 듯 몇몇의 드워프들이 우르르 달려왔다.

"허허허, 어서 오시게나. 기다리고 있었다네~"

제일 먼저 반갑게 맞아주는 드워프는 이 마을의 족장인 자몬.

"안녕하셨습니까? 저번에 보내드린 술이 마음에 드셨다니 정말 다행입니다. 이번에는 다른 술을 구해왔는데, 그것도 마음에 드실지 모르겠네요."

"어허허허, 그런가? 이거 참, 기대되는구만."

그러면서 족장이 뭐라고 더 말하려고 하는데 그의 말을 싹둑 자르면서 끼어드는 녀석이 있었다.

"왜 이제야 와? 인간인 주제에 너무 게으름 부리는 거 아니야?"

생각지도 못했는데 되게 반갑게 구는 스터링 녀석.

"호오라~ 너, 되게 잘난 척 구는데. 견습 딱지는 뗀 거냐?"

"날 어떻게 보고 그런 소리를 하는 거지? 그런 거 애저녁에 벌써 뗴었다."

"잘난 척은… 얼마 전에야 겨우겨우, 그것도 반 어거지로 뗀 주제에…….'

옆에서 딴지를 거는 녀석은 브론즈 녀석.

"이야아, 정말 오랜만이에요. 잘 있었어요?"

"어서 와라. 너에게 보여주고 싶은 게 많아."

쿨링도 나와 있었다. 그 드워프는 복잡한 기계를 다루는 자로, 선애가 건네준 손목시계를 책임지고 분해, 연구하고 있었다.

다들 무척이나 기다렸다는 듯이 반갑게 맞아주자 선애의 얼굴은 무척이나 환해졌다. 술과 손목시계의 위력이 무지 대단했던 모양이다.

"허허허, 빨리 보여주고 싶어 몸이 근질근질거리더군. 네가 보면 무척 놀랄 거다."

스스로 생각해도 괜찮은 제품이 만들어졌는지 오랜만에 만난 페르티니어스의 얼굴도 활짝 피어 있었다.

"그동안 안녕하셨습니까, 페르티니어스님."

그렇게 선애가 벨타이거 녀석을 들러리로 인사를 나누고 있을 때 한쪽에서는 토냐와 로어가 스탠리와 함께 회포를 풀고 있었다.

"토냐… 잘 다녀왔어?"

"오랜만이다, 스탠리. 너 이번에 괜찮은 물품을 만들어냈다며? 기대하고 있어."

"아하하, 그렇게 대단한 건 아닌데……."

쑥스럽다는 듯 얼굴을 살짝 붉히며 웃는 스탠리. 오랜만에 토냐를 봐서 그런지 얼굴이 활짝 폈다. 그가 토냐를 정면으로 보지는 못하고 힐끗거리며 헤벌레 하고 있건만, 토냐는 그 시선의 의미를 아는지 모르는지 오랜만에 만난 귀여운 동생을 바라보는 표정이다.

"왜 대단한 게 아니야? 드워프들의 관심을 끌었다던데. 기특해. 난 네가 여기서 잘해 나갈 줄 알았다니까. 연구하는 데 뭐 어려움은 없지?"

"아아… 드워프들 모두가 잘 대해주시고, 페르티니어스님과도 마음이 잘 맞아서 여기 오길 잘한 거 같아. 단지… 토냐, 널 자주 볼 수 없다는 게 아쉽지만……."

"아하하하! 이 녀석, 내가 언제까지 널 돌봐줄 수 있는 게 아니잖아? 아, 혹시 나나 로어가 없다고 여기서 식사도 제대로 안 챙겨 먹고 있는 건 아니겠지? 그러고 보니 얼굴이 약간 마른 거 같기도 하고……."

"아, 아니야. 그건 아니야. 식사는 잘하고 있어. 단지 요즘 좀 무리를 했더니……."

"건강 좀 챙겨. 네 옆에 나나 로어도 없는데 스스로 알아서 해야지. 시간 나는 대로 자주 오기는 하겠지만, 그때마다 야위어 있으면 알아서 해."

"응, 응."

완전 동생 다루는 듯한 말이었는데, 스탠리는 그것만으로도 감지덕지인 듯한 표정이다.

'어휴, 로어도 약간 소심한 면이 있는 것 같더만 형제들이 소심한 게 똑같아. 아니, 로어는 렌스버리 놈 때문에 소심해진 건가? 뭐, 어쨌든.'

그렇게 약간은 요란스럽게 느껴지는, 반가운 환영 인사를 끝내고 나서야 우리 일행은 가지고 온 짐들을 풀어놓을 수 있었다.

"이게 이번에 저희가 새로 구입해 온 술입니다. 그리고 이건 혹시나 마음에 드실까 하고 조금 구해본 것입니다. 서대륙에서 보석의 하나로 여겨지는 '옥'이라고 합니다. 그런데 이게 일반 보석에 비하여 강도가 약한데다가, 그쪽은 아무래도 여러분에 비하여 기술력이 떨어지는지 이 옥의 아름다움을 살릴 만한 세공품을 못 만들더라고요. 그래 이 세상에서 최.고.의. 장.인.이라고 일컬어지는 여러분이라면 혹 멋진 물품을 만들 수 있지 않을까 싶어서 말이지요."

선애는 생글생글 웃으며 은근히 '최고의 장인'에 악센트를 주었다. 그러나 드워프들은 그런 선애의 은근한 아부는 눈앞에 떠억 하니 놓여 있는 커~다란 옥 원석 앞에서는 들리지 않는지, 뚫어져라 옥 원석만을 바라보며 선애의 말은 듣는 둥 마는 둥이다.

"저거, 언제쯤 만져 볼 수 있어?"

작품에 대해서는 뜨거운 열의를 가지고 있는 드워프라서 그런지, 그들은 남이 가지고 온 물품에 함부로 손을 대지 않는 경향이 강했다. 굉장히 멋진 성품이라 생각하는데, 지금 그 성품 때문에 옥 원석을 앞에 두고도 차마 건드리지 못하고 언제 줄지 이제나저제나 기다리고 있는 거였다. 그러다 결국 못 참겠는지 스터링이 퉁명스레 묻자 선애가 픽, 웃었다. 괜히 아부를 늘어놨다고 생각한 모양이다.

"얼마든지 만져 봐도 됩니다. 여러분께 보여드리기 위해 가지고 온 건데요."

선애의 말이 채 끝나기도 전에 드워프들이 쌔앵~ 하니 옥 원석을 향해 달려들었다. 그들의 손에는 언제 가지고 있었던 건지 작은 망치라든지 끌 같은 연장이 들려 있었다. 옥 원석이 만약 살아 있었다면 자신에게 달려드는 드워프들의 기세에 두려움을 느끼고 도망치지 않았을까 싶다.

"오오옷~ 이거, 돌 맞지? 이 감촉… 처음 느껴보는 것이야."

제일 먼저 도착해서 마치 사랑하는 여인의 피부를 만져 보듯 무지 조심스러운 손길로 옥 원석의 표면을 쓰다듬은 드워프가 감동했다는 듯 온몸을 부르르 떤다.

톡톡~

"이 소리. 오오, 내가 처음 보는 돌 맞아."

"강도는 약할 것 같군."

"대리석과 비슷할까?"

"비슷하지만 재질이라든지 색이 완전히 다른걸. 이 말간 우윳빛 색이 끝내주는군."

"오, 이건 강도가 더 강한데요? 색도 녹색이고. 반투명한 에메랄드 같은 느낌……."

옥에는 두 가지 종류가 있다. 연옥과 경옥인데, 연옥은 백옥이 많고 경옥은 청옥이 많다. 경옥이 좀 더 단단한 강도를 가지고 있는데, 그래서 그런지 몰라도 연옥이 더 비싸다. 춘천의 그 '옥산가' 브랜드인 옥 광산에서 나오는 것이 바로 연옥. 보통 '옥' 이라 일컬어지는 것은 '연옥' 이고, 경옥은 '비취' 라고 불린다.

옥을 눈앞에 두니 그 좋아하는 술들도 눈에 보이지 않는지 내팽개쳐 둔다. 그들이 옥에 빼앗긴 정신을 되찾으려면 아무래도 시간이 오래 걸릴 듯. 그때까지 무작정 기다리다간 옥과 함께 가지고 온 술이 뜨끈뜨끈해질 거다. 그리하여 로어는 자기가 알아서 일꾼들을 지휘하여 드워프 마을의 공동 저장 창고에다가 술을 가져다 두었다.

[드워프들은 여전하네. 그래도 보기 좋지?]

"응. 너무 순수한 거 같아. 존경스러워."

그들이 옥에서 시선을 떼고 우리를 바라본 건 그로부터 거의 한 시간 정도가 흐른 뒤였다. 드워프들의 성격을 익히 알고 있는 우리 일행은 일꾼들은 숙소로 보낸 후 근처 그늘에 옹기종기 앉아 간단한 간식거리를 즐기면서 드워프들이 정신 차리기를 기다리고 있었다.

그런데 드워프들이 일행을 본 이유는 옥에 대한 흥분을 조금 가라앉혔기 때문이 아니었다.

"처자, 저거 나 주면 안 되나? 내가 멋진 세공품을 만들어 넘겨줌세."

"아니, 아니, 날 주게. 내가 저놈보다 기술이 더 뛰어나."

"뭣이여? 이놈이!"

"어허, 내가 틀린 말 했는감?"

"어디 한번 해보자는 거냐?"

"처자, 난 다 달라고 하지는 않아. 저거 반만 주면 안 되나?"

그러니까 서로 옥을 얻으려고 했던 것이다.

사실 처음에는 선애를 맞이하기 위해 나온 드워프들만 있었는데, 언제 어느새 다른 드워프들까지 몰려들어 옥 원석 주위를 빙 둘러싸고 있었던 것이다.

잠깐 선보인다고 커다란 원석 한 덩어리만 가지고 온 게 아니라 다행이었다. 드워프들이 흥미를 안 보인다 하더라도 어차피 우리가 갈아서 화장품 재료로 쓰면 되기에 한 종류당 이류마차 하나 정도는 가득 채울 정도로 가지고 왔던 것이다.

"좋아하실지 몰라 조금만 가지고 온 건데… 이럴 줄 알았으면 많이 가지고 올 걸 그랬어요."

선애의 말에 족장이 허허 웃었다.

"많이 가지고 오지 그러나? 이런 건 언제든 환영인데."

"음, 그럼 다음에 서대륙으로 배를 보낼 때 잔뜩 가지고 올 테니 이번에는 그냥 조금씩 나눠 받는 걸로 만족하시면 안 될까요? 그런데… 어느 정도 가지고 올까요? 전에 가져다 드린 술의 양만큼 정도면 될까요?"

"많을수록 좋지. 가능한 한 많이 가지고 오게. 그럼 이걸로 만든 괜찮은 제품들 중 마음에 드는 물품들은 다 넘겨주도록 함세. 뭐, 아직 어떤 작품이 나올지는 모르겠지만……."

"이야, 그러시면 저희로서야 감지덕지지요. 그럼 최대한 빠른 시간 안에 가능한 한 많은 양을 가지고 돌아오도록 하겠습니다."

옥을 나누어 주는 건 선애가 하기에 좀 난처했기에 결정권을 아예 족장에게 다 넘겨 버렸다. 그때부터 저희들끼리 그거 가지고 옥신각신

하면서 다퉜기에 우리는 그 다음날이 되어서야 드워프들과 제대로 된 대화를 할 수 있었다.

그 틈을 타서 스탠리와 페르티니어스가 자신들이 만든 물품을 보여주기 위하여 우리를 자신들의 작업실이 있는 건물로 데리고 갔다.

그 둘은 드워프들과 같이 작업을 하면서 인정을 받아 그런지 그들의 작업실은 드워프 마을 안에 있었다. 게다가 그 작업실은 드워프들이 직접 만들어준 것이었다.

"이게 바로 내가 최초로 만든 거야. 뭐, 드워프들이 이걸 좀 더 다듬어서 멋지게 만들어주기는 했지만, 형태는 이것과 과히 다르지 않지."

먼저 페르티니어스가 자신이 만든 선풍기를 보여준다. 얇은 금속판으로 된 다섯 개의 선풍기 날개가 달린 모습은 한국에서 본 선풍기의 모습과 크게 다르지 않았다. 그리고 그 가운데 빙글빙글 돌아가는 축은 페르티니어스가 발명한 마법 물품. 거기에 한 가지 기능을 더해서 스위치를 달았다. 켜면 돌아가고, 끄면 멈추게 말이다. 게다가 전에 비하여 돌아가는 속도가 빨라, 선애의 말에 의하면 제법 기분 좋은 산들산들 바람이 불어온다는 것이다.

드워프들이 그걸 모델로 제작한 물품은 정말 아름다웠다. 한국에서 본, 천장에 다는 것처럼 페르티니어스가 자그마한 마법 등까지 달았는데, 드워프들이 만든 꽃 모양의 유리병 속에 담겨진 마법 등은 그 자체만으로도 정말 아름다웠다. 그런데 마법 등에 불이 들어오자 겉을 감싼 유리병의 여러 각도로 깎인 유리 면 때문에 유리병 자체가 반짝반짝 빛나는 것처럼 느껴졌다. 마치 빛을 받은 다이아몬드처럼 말이다.

"대단합니다! 멋있어요. 이거 자체만으로도 가격이 백금화 단위에서 매겨질 텐데, 수공예품이라 수량이 적을 테니 가격이 더 더욱 올라가겠군요."

"이거 처음에 선보일 때 아무래도 경매에 내놓는 게 좋을 것 같아. 우리가 한 명, 한 명에게 파는 것보다 그게 나을 테지."

"계속 경매에 내놓을 수는 없겠지요. 처음에만 그러고, 그 다음부터는 저희가 직접 팔도록 하지요. 올해 여름은 거의 다 지나가는 추세이니 내년 여름이 다가올 때 즈음 내놓는 게 좋을 것 같습니다. 그때까지 수량이 많아지면 가장 뛰어난 두어 작품만 경매에 내놓고, 나머지는 저희 상회에서 판매하는 게 좋겠습니다."

벨타이거와 로어가 제품을 보자마자 눈을 번뜩이는 폼이 머리가 맹렬하게 회전하는 거 같다.

"그럼, 이제 새로운 가게를 세워야겠네? 이걸 '화장품 & 향수' 가게에서 판매할 수는 없잖아?"

토냐의 말에 선애가 고개를 저었다.

"아니요. 어차피 이것도 여성 고객을 대상으로 삼을 텐데요, 뭐. 어차피 집 안 인테리어를 바꾸는 건 대부분 안주인들이 하잖아요. 차라리 여러 종류를 판매하는 가게로 아예 이름을 바꾸는 게 났겠어요. '야생화'란 타이틀만 내놓고 일층에서는 화장품과 향수를 판매하고, 이층에서는 수공예품을 파는 거예요. 어차피 지금도 드워프제 유리 제품들을 같이 판매하고 있으니 상품 수량과 종류만 조금씩 조금씩 늘리는 식으로 말이죠."

"호오, 그거 좋다. 이거 말고도 이제 서대륙에서 옥을 수입하면 옥 제품들도 나올 테고, 거기서 여성용 장신구들도 반응이 좋으면… 아, 그 장신구들은 벌써 선을 보였나?"

"곧 가을이잖아. 가을에도 사교계 파티가 많이 열릴 테니, 그때 특이

한 상품을 선보이는 게 좋을 거 같아서 여기 도착하자마자 모건님께 보내드렸지. 뒷수습하실 때 도움이 될지도 모르고… 지금쯤 각 지역의 가계로 나누어져 전시되었을걸."

"좋구만. 여기에 스탠리가 만든 것까지 마음에 들면 좋을 거 같아. 스탠리, 네가 만든 건 뭐야?"

페르티니어스 마법사가 만든 걸 봤으니 이젠 스탠리 차례였다.

"아, 내가 만든 건 단지 재료 중 하나이기 때문에… 완성품은 드워프들 작업실에 있거든."

"드워프들 솜씨야 안 봐도 대단하다는 건 알겠고, 네가 뭘 만들었는지만 보여주면 돼."

"그거야 뭐… 그럼, 내 작업실로…….."

스탠리의 작업실은 페르티니어스의 작업실 바로 옆에 있었다.

우리에게 보여주기 위하여 미리 꺼내놓은 페르티니어스와는 달리 스탠리는 드워프가 완성시킨 제품이면 몰라도 자신이 만든 물질은 볼 줄 몰랐던 모양이다. 미리 꺼내놓지 않았던 터라 우리 일행은 스탠리의 작업실까지 들어가 보는 영광을 얻을 수 있었다(페르티니어스의 물품을 본 건 그가 일을 하는 방이 아니라 휴게실 비스무리한 방이었다).

완전 밀림이라고밖에 표현할 수 없을 것 같은, 그 복잡하고 엉망인 곳에서 무엇이 어디에 있다는 걸 어떻게 기억하는지 정말 대단하다고밖에 할 말이 없었다.

그 속을 헤치고 스탠리가 가지고 온 넓적한 유리 접시에 담겨진 걸 바라본 일행들은 이구동성으로 외쳤다.

"젤리?"

투명한 파란색의 반원형 모형을 하고 있는 건 정말 특유의 말랑말랑

한 촉감과 달콤한 맛을 가지고 있을 것 같은, 영락없는 젤리였다.

"이거, 만져 봐도 돼?"

토냐가 가장 먼저 호기심을 드러내고 묻자 스탠리가 기꺼이 고개를 끄덕인다.

"응."

토냐가 손가락으로 쿡 찌르니 쏙 들어갔다가 손을 떼니 톡 튀어나오는 것이 영락없는 젤리의 탄력이다.

"어때요?"

로어가 묻자 토냐가 재미있다는 듯 눈을 빛내며 다시 손가락으로 쿡쿡 찌른다. 그러자 그에 쏙쏙 들어갔다가도 계속 통통 튀어나오는 것이 꼭 탄력 좋은 고무공 같았지만, 쏙 들어갔다가 다시 본래의 모습으로 돌아오는 데 약간 시간이 걸리는 걸 보면 고무공만큼 탄성이 강한 건 아닌 모양이다. 게다가 토냐의 폼을 보니 가볍게 눌러줄 때마다 쏙쏙 들어가는 게 아니라 어느 정도 힘을 줘야 들어가는 걸 보니 마냥 약한 젤리만은 아닌 모양이다.

게다가 겉에는 마치 젤리, 아니면 고무처럼 탄성을 가지고 있는 고체인데 안에는 어째 액체 같기도 하다.

"이거… 혹시 안에는 액체야?"

"원래 이건 액체였어. 굳어서 고체가 된 거지. 그런데 굳는 시간이 엄청 느려서… 실온에서 안에까지 완전히 굳히려면 이 자그마한 거라도 한 달 정도 걸릴 정도야. 그런데 그렇게 완전히 굳으면 지금 같은 탄성은 없어지고 딱딱해져. 이것처럼 말야."

그러면서 스탠리가 다시 꺼낸 건 내 새끼 손톱만 한 자그마한 구슬이었는데, 색을 넣은 유리 구슬처럼 꽤나 예뻤다.

"이게 완전히 굳어진 거야."

그걸 보자마자 눈을 빛내는 일행들.

"오옷, 장식품으로 이용하며 좋겠네요. 얼핏 보면 유리랑 질감이 비슷하고."

로어가 제일 먼저 하나 집어 들며 말하자 벨타이거도 그 뒤를 이었다.

"이거 색을 여러 가지로 할 수 있을까요?"

벨타이거의 질문에 스탠리가 선선히 고개를 끄덕였다.

"색이야 뭐… 처음에 재료들을 혼합할 때 몇 가지만 바꿔주면 여러 가지 색이 가능해요. 빨강색, 파랑색, 녹색, 거기에 투명한 색도……."

"좋다!"

일행들의 얼굴이 더 더욱 환해졌다.

"그래, 드워프들이 이걸 장식품으로 이용하는가 보죠?"

선애의 질문에 스탠리가 어색하게 웃어 보였다.

"아, 그건 아니고……."

"뭐? 이걸 장식품으로 이용 안 하면 뭐로 사용하는데? 혹시 그릇을 만든다던가? 이거, 단단한가?"

"아뇨, 그게 아니라… 침대 매트로 이용하던데요? 소파 쿠션으로도……."

"엥?"

의아한 표정의 일행들을 돌아보며 스탠리가 좀 더 자세하게 설명한다.

"이게 이렇게 작은 것도 완전히 굳히려면 한 달 정도 걸리거든요. 그러니 조금만 커지면 완전히 굳는 데 걸리는 시간이 몇 배씩 늘어나요. 그러니 그동안 기다렸다가 장식품으로 사용하느니 차라리 쿠션으로 사용하겠다는 이야기가 나와서요. 그런데 침대 매트로 만들어보니까 누워 있는 감촉이 정말 좋더라고요. 거의 물침대? 아니, 물침대보다는 좀 딱딱한 편이기는 해요. 게다가 열전도율이 굉장히 느려서요. 한번 시원하게 해두면 따뜻하게 데워지는 데 몇 시간이 걸리더라고요. 반대로 따뜻하게 해두면 식는 데도 몇 시간 걸리고, 여름이나 겨울에 이용하기 좋겠지요?"

[오옷, 완전 온돌이네.]

"이야, 그거 괜찮네! 드워프들이 만든 침대의 매트로 이용된단 말이지?"

토냐의 말에 일행의 눈이 번쩍번쩍 빛난다.

"거기다 색도 여러 가지고, 반투명해서 굉장히 예쁘니까. 가치가 높아지겠어요."

선애의 말에 일행이 고개를 끄덕인다.

"최고군. 이보다 더 좋을 수가 없다!"

'드워프가 만든 침대라니… 도대체 가격이 얼마나 할까?'

잘만 하면 가구까지 취급하는 종합 상점이 될지도 모르겠다.

멋진 일은 그것뿐만이 아니었다.

그 다음날이 되어 제정신을 되찾은 자몬 족장이 그와 비슷한 나이대의 다른 드워프를 한 명 데리고 왔다.

"처자, 인사하게. 저기 위쪽으로 좀 떨어진 마을의 촌장인 케루빔이라고 하네."

"처음 뵙겠습니다."

이미 전에 로어로부터 언질을 받았던 터라 선애는 반갑게 고개를 끄벅 숙였다.

"처자, 처자가 진열관에 있는 그 기계를 만든 사람인가?"

"예? 아니요. 그건 제가 만든 게 아니라… 선물 받은 거거든요."

전에는 서대륙에서 받아 온 거라고 둘러댔지만, 이제 그 변명이 통할지도 의문이다. 벨타이거가 직접 서대륙에 다녀오지는 않았지만, 거길 갔다 온 다른 이들의 말을 들으면 서대륙이나 아벤티노 대륙이나 문명의 발달 수준이 그리 크게 차이가 나지 않는다는 걸 금세 알 수 있을 테니 말이다. 뭐, 어쩌면 그전부터 이미 그 손목시계가 서대륙의 물품이 아니라는 건 눈치 채고 있었을지도……. 그에 대해 뭐라고 하지 않으니 선애도 입을 다물고 있을 수밖에 없었다. 설사 묻는다고 해도 다른 차원에 대해 이야기할 수는 없는 일 아닌가.

"처자, 내가 기계에 관심이 많거든. 진열관에 전시된 걸 보니 정말 멋지더군. 처자가 비록 이 마을에 넘겨주기는 했지만, 우리 마을의 드워프들도 함께 살펴보도록 허락해 주지 않겠나?"

이 마을의 족장인 자몬과 옆 마을의 족장인 케루빔은 예전부터 친분이 있었다고 한다. 그래 케루빔이 오랜만에 친우를 만나기 위하여 마을을 방문하자, 자몬이 기계를 다루는 친우를 위하여 선애의 손목시계를 구경시켜 준 것이었다. 시계는 어느 정도 분해하고 연구하는 건 끝났지만, 그래도 그걸 다시 조립하려면 좀 더 시간이 걸린다고 한다.

그 작업을 이 마을 드워프들이 하고 있는 중인데, 케루빔 족장은 자기네 마을의 드워프들도 같이하게 해줬으면… 하는 거다. 더불어 이미 다 살펴봐서 원리를 알아낸 기술도 알려줬으면 하는 거고.

우리 입장에서 보자면, 그 시계는 이미 이 마을에게 넘겨준 상태였기에 그건 자몬이 마음대로 정해도 되는 사항이었다. 그런데 드워프들의 입장에서 볼 때는 선애가 이 마을 드워프들에게 준 것이니, 그걸 살펴보며 연구하고 만질 수 있는 건 이 마을 드워프뿐이라고 여기는 거다. 그래 다른 드워프들에게도 그 기술을 전수하거나 같이 연구하고 싶으면 선애에게 허락을 맡아야 한다고 생각했다.

우리로서는 럭키~! 라고 할 만한 드워프들의 사상이었다.

그러고 보면 드워프들은 인정한 자에게는 자신의 뛰어난 기술을 공개하는 걸 꺼려하지 않는다. 우리 인간들은 뭔가 대단한 기술 하나를 만들어내면 독점하려고 난리인데 말이다. 드워프들은 대단한 기술이나 기교 방법이 있다고 해도 그걸 자신의 것으로 만드는 것은 각자의 노력과 재능에 달린 일이니 숨길 필요가 없다고 생각했다. 마치 학교에서 다 같이 수업을 받아도 누구는 공부를 잘하고, 누구는 공부를 못하는 것처럼 말이다.

뭐, 그렇다고 아무에게나 다 공개하는 건 아니고 그들이 원하는 기준을 통과한 존재에 한해서라는 단서가 붙기는 한다. 만약 아무에게나 공개했다면, 드워프들의 기술은 이미 몽땅 인간 세계로 넘어왔을 거다. 물론 그렇다 해도 드워프들의 말처럼 그걸 자신의 것으로 만들 수 있을지는 모르겠지만 말이다.

어쨌든 다른 드워프 마을과의 거래를 이룰 수 있는 이 좋은 기회를 선애가 놓칠 리 없었다.

"저야, 저희 상회에 상품을 제공해 주신다면 얼마든지 허락해 드리겠습니다. 단지 이 마을 드워프들께서 기꺼이 같이하겠다고 허락하신다는 조건하에서 말입니다. 만약 이 마을 드워프들께서 반대하신다면 저도 허락해 드릴 수 없습니다."

그러자 이 마을 족장 자몬과 옆 마을 족장 케루빔의 얼굴이 환해졌다.

"그건 걱정할 필요 없네, 처자. 우리 마을 녀석들은 얼마든지 허락할 거야. 그렇지 않아도 같이 연구할 녀석들이 적어 머리에 쥐 나게 생겼다고 얼마나 툴툴댔는지 아는가?"

금상첨화가 바로 이런 것일까?

기쁜 소식은 거기에서 끝이 아니었다.

선애가 전에 드워프 마을을 방문했을 당시 자몬 족장의 부탁으로 인하여 오르골의 원리를 알려준 적이 있었다. 거기에 선애의 손목시계 분해, 연구의 책임자인 쿨링이 그동안 시계를 연구하여 비스무리하게 만들어낸 멋진 제품이 우리를 또 기다리고 있었던 것이다.

케루빔 족장에게 같이 연구를 해도 좋다고 허락하자마자 그 다음에 곧바로 자몬 족장이 선애를 자신의 작업실로 데리고 갔는데 놀랍게도 쿨링이 그곳에 먼저 와서 뭔가 커다란 물품을 만지작거리고 있었다.

드워프들의 평균 키 정도의 크기에 윤기가 자르르 흐르는 원목으로 몸체를 형성하고 있는 그것은 드워프들이 만든 괘종시계였다.

이 세계의 시간에 대해 잠깐 설명한다면, 하루를 24시간으로 나누는 건 똑같다. 그러나 한 달은 무조건 30일이었고, 일 년은 12달로 360일이었다. 지구에서는 과학적으로 기준을 정하여 시간과 달력을 만들었지만, 여기서는 그 기준이 마법이었다. 새해 첫날 첫 시간인 1월 1일 영시가 이 세계의 마나가 가장 고요하고 옅어지는 시간이란다. 그걸 0시를 기준으로 이 세계의 시계가 돌아가는데, 재미있는 건 하루를 기준으로 했을 때 밤 12시가 마나가 가장 고요하게 흐르고 낮 12시가 가장 활발하게 움직인다고 한다. 이 마나라는 것도 밤낮을 타는 모양이다.

드워프들이 만든 괘종시계도 그 시간의 법칙을 따르고 있기는 했다.

그런데 시계의 둥근 테두리에 1부터 12시까지만 표시된 건 선애의 손목시계를 흉내 낸 것 같았다.

그런데 신기하게도 시계 판은 2개로 되어 있었다. 0시부터 낮 12시까지는 새하얀 바탕에 검은색으로 숫자가 둘러 써져 있었고, 낮 12시가 되면 이 판이 짙은 고동색 바탕에 하얀색 숫자로 13시부터 24시까지의 숫자가 써진 것으로 바뀌었다.

그리고 여기는 시간을 시로 나눌 뿐 분이나 초 단위까지 나뉘어져 있지는 않기에 시계 바늘은 시를 가리키는 단 하나밖에 없었다. 대신 한 시간, 한 시간이 바뀔 때마다 괘종시계의 종소리가 울려 퍼지는 건 똑같았다(사실 이것도 우리가 설명한 것이긴 했다). 그런데 단순히 종소리만 나서 끝나는 건 아니었다. 오전 3시로 시침을 조절하자 종소리가 세 번 울리더니만 갑자기 시계 판 밑의, 괘종시계 몸통 부분에 있는 두 짝의 여닫이문이 활짝 열리는 것이었다.

그 사이에는 마치 인형 극장 같은 무대가 만들어져 있었는데, 거기에는 한 명 한 명 내 손바닥만 한 굉장히 섬세하게 만들어진 드워프 인형 일곱 개가 그 무대 위에 있었다. 그리고 그 인형들이 흘러나온 아름다운 오르골 소리에 맞추어서 움직이기 시작하는 것이었다. 오르골에서 흘러나오는 멜로디는 한국의 명동요인 '학교 종이 땡땡땡~!'. 오르골의 원리에 대해 직접 시범을 보이느라 가르쳐 준 그 동요를 여기에 사용할 줄은 몰랐던 터라 나는 순간적으로 웃음이 터져 나왔다.

그래도 그 '학교 종이 땡땡땡~!' 멜로디와 일곱 드워프 인형의 움직임은 제법 잘 어울렸다. 드워프 인형은 2차원으로 만들어진 평면 인형이었다. 거기에 팔과 다리, 머리를 따로 이어 붙여 좌우로 움직일 수 있게 만드는 정도였는데, 그 팔과 다리에 각각 섬세한 줄을 연결하여 단조로운 동작을 반복시키는 것이었다. 한 드워프는 뜨거운 불이 타오르는 가마에 풀무질을 했고, 그 다음 드워프는 불을 계속 유지하기 위하여 가마에 땔감을 집어넣었다. 그 다음 드워프는 망치질을 했고, 그 옆의 드워프는 망치질하는 드워프를 위하여 망치질당하는 물체를 집게로 잘 잡아주고 있었다. 그 옆에서 한 드워프는 작은 나팔을 불었고, 그 옆의 드워프는 폴짝폴짝 뛰며 춤을 추고 있었다.

"머, 멋지다."

"대단합니다."

"우와아!"

그 모습을 본 일행들은 한동안 말을 잃다가 잠시 후 선애의 중얼거림을 시작으로 감탄사를 한 명씩 내뱉었다.

"훗훗훗, 이 정도쯤이야. 이게 제일 처음에 만든 건데, 어때 괜찮은가?"

일행의 반응이 무척이나 마음에 든 자몬 족장이 선애를 향해 묻자 선애가 박수까지 치며 열렬하게 대답했다.

"대단해요. 멋지십니다! 이렇게 대단한 것을 보게 될 줄이야!"

"내가 생각해도 꽤나 마음에 드는 작품이야. 섬세하고 복잡한 작업이 정말 마음에 들었어."

옆에서 시계를 조작해 여러 가지를 보여주던 쿨링도 무척이나 만족스럽다는 듯이 말했다.

"이거, 진열관에 들어갈까요?"

그러자 자몬과 쿨링이 동시에 말한다.

"만족스럽기는 하지만, 처음 만든 것치고 만족스럽다는 거지 진열관에 들어갈 정도는 아니야."

"진열관에 들어가기에는 아직 좀 부족해. 다음에 만들면 혹 거기에 들어갈 만한 걸 만들게 될지도 모르지."

"이야아~ 기대할게요."

이것도 야생화 가게에서 판매하게 될 걸 상상하는지 선애는 무척이나 기쁘게 웃으며 말했다.

그러나 기쁨은 거기까지였다.

페르티니어스 마법사의 선풍기, 거기에 스탠리가 발명한 젤리 매트로 만든 침대(굉장히 멋졌다. 나는 킹 사이즈의, 백조가 매트를 날개로 감싼 형태의 크리스탈 침대는 처음 봤다. 그 안의 밝은 녹색 매트는 크리스탈 백조와 너무 잘 어울려 굉장히 멋있었다), 자몬 족장과 쿨링이 만든 괘종시계, 거기에 케루빔이 족장으로 있는 드워프 마을과의 새로운 거래까지, 타이거 상회 일행은 보물섬을 발견하거나 노다지를 캔 것만 같은 기분이었을 거다. 그러나 그건 한국 속담으로 말하자면 '떡 줄 사람은 생각도 않는데 김칫국부터 마신다!' 라고 할 수 있겠다.

자몬이 우리에게 그 모든 것을 보여준 것은 우리에게 상품으로 주겠다는 게 아니라 '단지 너희들과 안면 있는 존재들이 이렇게 멋진 걸 만들었다' 라는 성과를 보여주려고 했던 것뿐이었다.

"우리가 그걸 줄 이유는 없지. 자네들이 대가를 치르는 것은 유리 제품들과 그 마법사와 합작으로 만든 '선풍기' 뿐이지 않은가?"

"아! 그, 그런……."

선애가 당혹스러운 표정으로 뭐라 말을 하려고 했지만, 단호한 자몬 족장의 표정에 뭐라 할 말을 찾지 못한 모양이었다. 드워프들은 한 번 아니면 아니었기에 그를 설득할 자신이 없었던 모양이다.

이때 벨타이거 녀석이 나섰다.

"음, 저기 여쭈어볼 것이 있습니다만……."

"뭔가?"

"유리 제품들은 선애의 시계를 대가로 치른 것이고, 선풍기는 서대류의 술을 대가로 치른 거라 알고 있습니다. 제가 맞습니까?"

"맞네."

"그런데 말입니다, 서대류의 술은 처음에 가지고 온 것이 약속한 분량인 걸로 알고 있습니다만. 그 후에 가지고 온 건 약속한 분량 이외의 것으로, 저희가 여러분을 생각해서 알려지지 않은 새로운 판매처를 찾아서 어렵사리 구해온 건데 그것도 '선풍기'의 대가로 치실 생각입니까?"

벨타이거가 차분하게 조목조목 지적하며 말하자 자몬이 생각해 보려는 듯 입을 다물었다.

"저희가 너무 드러내려고 하는 거 같아서 말씀을 안 드렸습니다만, 이번에 가지고 온 것은 수요량에 비하여 생산량이 너무 적어서 구하기 힘든 것들입니다. 그것을 선애가 판매처 사람들과 단판을 지어서 이만큼이라도 수량을 확보할 수 있었던 것입니다. 앞서 가지고 온 술을 구한 루트와 완전히 다른 루트거든요. 보시면 아시겠지만, 이번에 가지고 온 술들은 형태도 전혀 다른 것들이고 양이 훨씬 적지 않습니까?"

벨타이거의 말에 자몬이 선애를 바라본다.

"이자의 말이 맞는가?"

"예, 구입 루트가 달라요. 앞에서 구한 건 수량을 얼마든지 더 확보할 수 있는데, 이번 건 이게 구할 수 있는 최대치였습니다. 다음에 좀더 많이 달라고 예약을 해놓고 왔습니다만, 솔직히 얼마나 더 구할 수 있을지는 자신이 없습니다."

"흠……."

선애의 대답에 자몬이 생각에 잠긴 표정이 되자 벨타이거가 다시 입을 열었다.

"그리고 한 가지 더 말씀드리자면, 옥에 관련된 것입니다만."

"그건 또 왜?"

"여러분이 만드신 옥 제품 중 괜찮은 수준의 것들을 내주겠다고 하셨지만, 저희가 수용할 수 있는 부분이 있고 필요성을 느끼지 않는 부분이 있을 거 아닙니까? 그런데 그걸 모두 대가로 생각하시는 건 좀……."

벨타이거의 말에 다행스럽게도 자몬이 고개를 끄덕끄덕한다.

"그래, 그건 자네의 말이 옳은 것 같네. 넌 어떻게 생각 하냐?"

자몬이 의견을 구한 드워프는 두랄루민으로, 합금 제조의 대가였다. 선풍기를 만드는 데 페르티니어스 마법사에게 가장 큰 도움이 된 드워프였고, 스탠리가 와서 서로 많은 도움을 주고받기도 했다. 그러한 인연으로 상회와의 거래를 구체적으로 이야기하는 이 자리에 함께한 것이었다.

"나도 저 인간의 말이 맞다고 생각해. 우리가 다루는 종류가 워낙 많아야지. 그걸 다 가져가라고 했다 해서 대가를 치른 건 아니라고 봐. 저들이 수용하길 원하는 부분과 수용할 필요성을 느끼지 못하는 부분이 있을 텐데."

"그리고 한 가지 더 말씀드리고 싶은 부분이 있습니다."

이야기가 잘 먹히는 것 같자 벨타이거가 내친김이라 생각했는지 입을 열었다.

"이번에는 또 뭔가?"

"여러분이 만드신 시계 말씀입니다만."

벨타이거가 시계 이야기를 꺼내자 자몬이 이번에는 우리가 너무 욕심을 부린다 생각했는지 살짝 인상을 찡그렸다.

"미안하지만, 그거에 대한 기술의 대가는 유리 제품이 아니던가?"

"아니요, 유리 제품은 선애가 여러분께 드린 시계의 대가지요. 그러나 제가 그 시계를 보자니 두 가지 기술이 들어갔던데요. 하나는 선애가 여러분에게 드린 시계를 여러분이 연구하여 알아낸 기술이고, 하나는 선애가 직접 가르쳐 드린 오르골이라는 음악 상자에 대한 기술입니다. 제가 틀린 겁니까? 전에 선애가 여기 왔을 때 직접 만들어서 시범까지 보인 것으로 알고 있습니다만, 그 음악 또한 선애가 가르쳐 준 게 아닙니까?"

벨타이거의 말에 자몬과 두랄루민이 서로의 얼굴을 마주 보며 시선을 교환하더니 결국 고개를 끄덕였다.

"그래, 그건 자네의 말이 옳아. 내 미처 그 생각을 못했군. 그럼, 그 대가로 뭘 요구하겠나?"

자몬의 말에 벨타이거는 미리 생각해 둔 바가 있었던 듯 주저 없이 입을 열었다.

"우선 옥 제품은 여성용 물품과 장식품 정도로 제한해 두면 괜찮겠습니까?"

"그건… 정확한 기준을 모르겠으니, 차라리 나중에 자네가 제품을 받고 싶은 드워프들을 정하는 게 좋겠군. 그리고?"

"다른 옥 제품들을 수용하지 않는 대신 스탠리가 개발한 재료로 만든 매트를 끼운 침대 제품들을 원합니다만. 그리고 선애가 가르쳐 준 음악 상자의 기술 대가로는… 괘종시계를 주시면 안 되겠습니까?"

벨타이거의 말에 자몬이 고개를 저었다.

"그거 참 난처한 요구로군."

"어려우시겠습니까?"

"오르골 기술의 대가로 괘종시계를 지속적으로 제공해 주는 건 너무 과하다고 보네. 그러니… 5개 정도면 적당할 것 같군. 그리고 침대는… 사실 자네들이 오기 전에 먼저 도착한 상인이 있네. 그는 우리에게 대리석을 납품해 주는데, 그가 얼마 전에 대리석으로 만든 제품들을 요구했다네. 원래 건축 제품들 정도만 받았는데 이번에 그 종류를 늘렸거든. 사실, 그에게는 좀 과하다 싶을 정도로 받았기에 그의 요구를 거절할 수가 없네."

우리가 요구하는 침대 중에 대리석으로 만든 침대도 있다는 게 문제였다. 그 대리석 침대는 정말 우연치 않게도 침대를 원하는 우리 상회와 대리석으로 만든 제품을 원하는 타 상회가 같이 요구하는 꼴이 되었으니 말이다.

자몬의 말에 벨타이거가 고심하는 표정이더니 입을 열었다.

"그럼 대가를 정하기 전에 먼저 그 상회 사람을 만나서 이야기를 해도 괜찮겠습니까? 혹시 그와 접점을 찾을 수 있을지 모르니까요."

"그건 좋을 대로 하게. 그러나 오르골에 대한 대가는 괘종시계 5개로 괜찮겠지?"

그때 선애가 슬며시 끼어들었다.

"저, 한 가지 여쭈어볼 게 있는데……."

"음? 뭔가, 처자?"

"괘종시계를 만들 때 말입니다. 오늘 저희에게 보여주신 것처럼 계속 멜로디가 나오게 하실 건가요?"

"그럴 생각인데. 혹, 자네 기술을 계속 쓴다고 대가를 요구하는 건가?"

주는 것마다 다 대가를 요구하다 보니 '이번에도냐?' 라는 생각이 들었는지 자몬 족장의 눈초리가 곱지 않다.

"아뇨, 그게 아니라… 그럼 계속 같은 멜로디를 사용하실 건가요? 제가 가르쳐 드린?"

"음? 그럴 생각인데."

"같은 멜로디만 계속 사용하면 식상하지 않겠습니까? 제가 다른 멜로디도 알고 있는데요."

"당연히 그 대가가 있겠지?"

"아하하……."

선애가 난처한 웃음을 흘리자 자몬이 어쩔 수 없는 놈이구나, 하는 표정으로 피식 웃더니 입을 열었다.

"오르골 기술에 대한 대가를 안 주는 대신, 멜로디 두 개당 시계 하나면 어떤가?"

"에에… 멜로디가 그렇게 많지는 않은데……."

"흠, 그럼 그냥 다섯 개만 받던가."

"멜로디가 필요하시지 않으세요?"

"필요하지. 그런데 많지 않다며? 뭐, 그거라도 필요하긴 하니… 그럼 여섯 개로 할까?"

자몬의 말에 선애가 나를 바라본다. 멜로디를 몇 개 정도 내놓을 수 있느냐는 시선.

[으으음… 그래도 최소한 10개 정도는 되지 않을까? 갑자기 생각이 안 난다고 하더라도 혹 나중에라도 또 떠오를 수 있으니, 그냥 멜로디

두 개당 시계 하나로 해.]

내 말에 선애가 고개를 살짝 끄덕이더니 자몬 족장에게로 시선을 돌렸다.

그렇게 자몬 족장과 이야기를 끝낸 후, 우리는 이 드워프 마을에 대리석을 공급한다는 상인을 찾아갔다.

그 사람에 대해 이야기해 주면서 자몬 족장이 덧붙이길, 케루빔 족장이 우리 상회와 거래를 하자고 마음먹자 다른 재료에도 관심이 쏠리는지 대리석을 공급하는 상인과도 거래길 원한다고 했다. 우리에게도 서대륙의 술과 옥을 공급받기 원했는데, 진 나라의 술이야 쉽게 공급해 줄 수 있지만 한 나라의 옥 생산량이 두 드워프 마을에 충분히 공급할 수 있을 정도가 될지 모르겠다. 다행히 옥은 진 나라에도 광산이 있다 들었기에 얼마 후 서대륙으로 갈 때 광진에 가서 루트를 알아볼 예정이었다.

대리석을 공급하는 상인은 마침 인간들을 위한 건물에 머물러 있었다.

"실례합니다. 리클레어 씨를 뵙고 싶은데요."

그가 머무는 방 입구에 호위를 위함인지 무사 둘이 보초를 서고 있었다. 그들에게 벨타이거가 정중하게 요청하자 한 사람이 문을 똑똑 두드리더니 말한다.

"찾아온 분이 계십니다."

"들어오시라 하게."

안에서 허락의 목소리가 들리자 무사들이 문 앞에서 비켜섰고 벨타이거와 선애, 로어가 안으로 들어갔다.

토냐는 스텐리와 이야기할 게 많은지 그의 작업실에 가 있었다. 뭐,

그게 아니라 하더라도 그녀는 마법사라는 신분 때문에 이런 만남에 혹 경계심을 불러일으킬지도 몰라 동행하기가 좀 곤란하기는 했다.

그런데 안으로 들어가자 놀랍게도 거기에 안토니 헤스딩스가 와 있었다.

"어, 형, 여기 있었어?"

그와 가까운 사이이긴 했지만, 그래도 엄연히 상단 사람은 아니라 상단 일을 볼 때 같이 동행할 수는 없었다. 뭐, 그 또한 다른 볼일이 있어 여기에 온 것이라 마을로 들어온 뒤에는 같이 움직인 적이 없었다.

"이분께 볼일이 있어서 말이지. 그런데 너는 웬일이냐?"

"아아, 이 마을 족장이신 자몬님께 리클레어 씨에 대한 이야기를 듣고 대화를 해보고 싶어서 왔어."

"호오, 저에 대한 이야기를 족장님께서 하셨단 말입니까? 설마 나쁜 이야기는 아니겠지요?"

그렇게 장난스레 이야기하며 끼어든 사람은 30대 초반 혹은 중반으로 보이는 남자였다. 은발에 회색 눈을 가진, 깔끔하게 뒤로 넘긴 머리라든가 단정한 옷차림 등등이 약간 날카로운 인상과 조화되어 좀 깐깐해 보였다. 하지만 당당하고 자신감 있는 행동이 엘리트처럼 보이기도 했다. 종합하면, 깐깐한 엘리트?

"처음 뵙겠습니다. 타이거 상회의 벨타이거 크로스웰이라고 합니다."

벨타이거가 자연스레 악수를 청하며 인사를 하자 그 또한 벨타이거의 손을 맞잡으며 소개를 해왔다.

"아시겠지만, 닷지 상회의 벨저 리클레어라고 합니다. 그런데 성이 크로스웰이시라면… 알파두르의 크로스웰 상회와 연관이 있으신 거 같습니만?"

상인이라 그런지 크로스웰 상회에 대해 알고 있는 눈치다.

"뭐, 여러 가지 인연은 있습니다만, 지금은 타이거 상회에 주력하고 있습니다. 이쪽은 제 동업자인 선애 양."

"처음 뵙겠습니다."

"만나서 반갑습니다, 레이디."

벨저 리클레어가 선애의 손을 잡고 손등에 입술을 대는, 귀족 영애를 대하는 예를 하려고 하자 선애가 얼른 웃으며 만류했다.

"저는 평민이니 그러한 예의를 차리실 필요 없습니다. 그냥 편하게 대해주십시오."

서로 소개가 끝나자 벨타이거가 본론으로 들어가려는 듯 입을 열었다.

"그런데 저희가 혹 중요한 이야기를 하는 중에 방해한 건 아닌지요?"

그에 자세를 바로하며 벨타이거를 바라보는 리클레어.

"괜찮습니다. 거의 다 끝난 참이거든요. 그런데 여러분은 단순히 대화를 해보고 싶어서 오신 건 아닌 것 같은데요. 무슨 일이십니까?"

"사실… 저희가 이번에 드워프 마을에 와서 받아 가는 제품의 종류를 좀 늘리려고 합니다. 그런데 족장님의 말씀에 의하면, 저희가 원하는 제품 중 몇몇이 귀 상회에서 원하는 제품과 겹친다고 하더군요."

"호오, 여러분이 원하시는 제품은 어떤 건데요?"

"장식품과 가구를 생각하고 있습니다. 그런데… 좀 의아하더군요. 닷지 상단은 건축 재료를 다루는 상회가 아니었던가요? 이번에 대리석으로 만든 모든 종류의 제품을 구하신다던데, 이제 와서 업종을 변경하실 예정입니까?"

"글쎄요. 여러 가지를 생각 중이죠."

"그 종류를 포기하시면, 원하시던 계획에 크게 지장이 될까요?"

"흠… 계획에 지장이 되고 안 되고를 떠나 드워프 제품은 대단한 이익이 될 수 있지요. 저희 상단에서 그걸 포기한다면, 혹 그를 대신할 다른 것이 있을까요?"

"바라시는 게 있습니까?"

"으음, 여러분들이 드워프 마을에 여러 제품을 구할 수 있다면 드워프들에게 뭔가를 제공한다는 것이겠지요? 저희 상단을 위하여 그 대가의 일부를 포기할 수 있겠습니까? 제가 양보하는 대신 말이지요."

"혹 드워프 마을에 바라시는 다른 무언가가 있으신지요?"

벨타이거의 질문에 벨저 리클레어는 빙긋 웃으며 뭐라 입을 열려고 했다. 그러나 아마도 본론은 안 꺼내고 빙빙 겉도는 이야기만 하려 했을 거다. 그런데 그전에 옆에서 가만히 있던 안토니 헤스딩스가 리클레어의 옆구리를 슬쩍 찔렀다.

"괜히 밀고 당기기 하지 말고, 원하는 걸 말하자고. 저 녀석, 제법 괜찮은 녀석이라 이기적으로 안 굴어."

"형?"

갑자기 끼어드는 안토니의 모습에 벨타이거가 의아하게 묻자 안토니가 입을 연다.

"너, 내가 새로운 사업을 해보려고 여기에 온 거 알지?"

"그거야, 형이 간단하게 언급했으니까."

"그런데 그 사업이란 걸 여기 벨저 형이랑 같이하려고 하거든."

"저기… 둘이 아는 사이?"

"내가 수도에서 학교 다닐 때 같은 학교 선배였어. 그때의 인연이 지금까지 이어진 거지."

"그렇군. 뭐, 그에 대한 이야기는 나중에 맥주 한잔하면서 하고… 본론으로 돌아와서 같이한다는 사업이 뭐야?"

"목재 사업이야. 벨저네 상단이 건축 자재를 다룬다는 걸 알지? 거기서 목재도 꽤 커다란 비중을 차지하는데, 지금까지 그 상회에서 유통시킨 목재는 웨이벌리에서 생산한 거야. 그런데 거기는 워낙 많은 상회에서 목재를 구하다 보니 고급 목재를 충분히 얻기 어렵거든. 그래서 차라리 우리가 생산지를 개척하고자 했지."

"그 생산지가… 여기?"

"맞았어. 드워프 마을 주변에는 드워프들 덕분에 몬스터가 적은데다 여기 목재는 웨이벌리 못지않게 고급 목재들을 구할 수 있거든."

드워프들도 목재를 굉장히 많이 사용했다. 그리하여 드워프 마을에서도 직접 나무를 베어 오는 팀이 존재했다.

"흠, 대리석 제품을 요구한 건 어떻게 된 건데?"

"건축 자재를 다룬다는 건 그와 관련된 모든 걸 다 다룰 수 있는 것이지. 인테리어 소품들이라든지 가구라든지. 이번에 상단을 확장할 예정인데, 그때 이런 것들도 다뤄볼 예정이거든."

"혹시 알고 있을지도 모르지만, 이곳과 가까운 다른 드워프 마을의 족장님이 여기 와 계시거든, 케루빔님이라고. 그런데 그곳에서도 대리석을 공급받기를 원한다던데?"

"어제 요청하시더군. 우리로서야 좋은 기회이지. 하지만 그 마을에서도 건축 재료를 공급받기를 원해서……."

닷지 상단이 드워프 마을에서 공급받는 제품은 아름다운 조각이 되어 있는 고급 문짝이라든지 기둥, 벽 장식 등등…… . 그들 입장에서도 제공받고 싶은 제품들은 무척이나 많을 것이다. 그 일부분을 포기하고 목재를 공급받으려고 하니 어느 정도에서 균형을 맞출지 고민하고 있었던 것이다.

그들의 이야기를 듣고 있던 나는 문득 떠오르는 생각에 선애에게 입을 열었다.

[건축 자재를 다룬다면… 옥도 다룰 수 있겠네? 한국에서도 옥이 건축 자재로 쓰였거든.]

나의 속삭임을 듣던 선애가 로어를 불러 속삭였다.

"저기… 닷지 상회라는 곳, 큰 곳입니까?"

"예, 그쪽 계통에서는 손꼽히는 곳이지요. 아무래도 드워프 제품을 판매하는 곳이니까요. 상계 전체적으로 봐도 20대 상회 안에 드는 곳입니다."

"흠……."

로어의 말을 듣고 잠시 생각에 잠겼던 선애는 이윽고 뭔가 괜찮은 계획을 세웠는지 이야기를 나누는 세 남자 틈에 끼었다.

"괜찮으시다면 제 계획을 한번 들어보시겠습니까?"

벨타이거의 요청과 안토니 헤스딩스, 벨저 리클레어의 설명을 모두 들은 그 셋은 어떻게 하면 자신들이 이익을 얻는 상태로 상대편 상회와 타협을 할 수 있을까 고민하던 중 선애가 끼어들자 호기심 어린 시선을 던졌다.

"지금 여러분들이 원하시는 건 드워프 제품들을 될 수 있는 한 많이 확보하려고 하시는 거잖아요? 그 이유는 여러분 상회 산하의 가게에서 더 더욱 많은 제품을 진열하고, 판매할 수 있기 위해서이죠. 제 말이 맞지요?"

선애의 말에 세 남자가 동시에 고개를 끄덕였다.

"그럼 이렇게 하면 어떻겠어요?"

선애의 계획이란 닷지 상회와 타이거 상회의 상품들을 모두 모아놓은 가게를 만드는 것이었다. 백화점처럼 말이다. 닷지 상회에서는 건축에 관련된 제품들을 다루는 덕분에 인테리어용 제품들도 꽤나 많이 다루고 있었다. 거기다 이번에 드워프제 제품들까지 많은 수를 포함시키려 하고 있으니 그 숫자는 더욱더 커질 것이다.

그런데 이번에 타이거 상회에서 새로 들여놓으려고 하는 선풍기와 침대, 그리고 옥 장식품 등에 가끔가다 들여올 수 있는 시계는 모두 인테리어에 관련된 제품들이 아닌가 말이다. 그리고 그것들은 안주인들이 얼마든지 사들일 수 있는 제품들이었다.

그런 공통된 제품들을 모아서 같이 판매하자는 것이었다. 물론 층을 다르게 한다던가, 코너를 다르게 한다고 해서 분리해 두면 두 상회의 제품들이 뒤섞이는 일은 없을 것이다.

"저희 상회에서는 이번에 새로 인테리어 제품들을 들여놓으려고 하는데, 그 종류가 많지가 않거든요. 게다가 주된 제품들이 모두 드워프 제품들이니 숫자도 많지 않고요. 그 부족한 부분을 닷지 상회의 제품들이 채워주시는 것이죠. 닷지 상회에서는 드워프 제품들 말고도 많은 상품들이 있을 것 아닙니까?"

선애의 설명에 안토니 헤스딩스가 별로 탐탁치 않다는 표정으로 물어온다.

"괜찮은 생각이기는 한데… 설마 화장품이나 향수, 장신구들을 같이 판매하자는 소리는 아니겠지요?"

"물론 같이 판매할 겁니다. 단지 한 건물 내일 뿐, 여성 전문 용품들은 다른 층에서 판매하도록 할 겁니다. 화장품을 구입하러 왔던 여성들이 다른 층에 있는 인테리어 소품들을 구경할 수도 있는 것이고, 인테리어 소품들을 구하러 왔던 여성들이 화장품을 구경하러 올 수도 있는 일이니까요."

"흠, 획기적인 발상이군."

벨저 리클레어가 나쁘지 않다는 표정으로 고개를 끄덕인다. 그러자 안토니 헤스딩스도 동감했다.

"그러게. 남성들이 주 고객인 건축 자재들 같은 경우도 층을 달리해서 판매처를 만들면 되니까."

"한 층은 완전 건축 자재를 판매하고, 한 층은 인테리어 소품들을 판매하고, 한 층은 여성 전용 제품들을 판매하려면… 가게만 3층이 필요하겠군."

벨타이거도 진지하게 고려해 보고 있는 모양이다.

"제품을 판매하는 가게 이름은 각 층에 따로 붙이거나, 아니면 각 판매처마다 붙일 수도 있는 거니까요. 그래도 우리들은 같이 진열할 많은 제품들을 확보할 수 있어서 좋고, 여러분은 상회 가치를 높이고 선전이 될 수 있는 드워프 제품들을 같은 자리에서 판매할 수 있잖아요. 서로에게 좋은 일 같은데요."

선애의 말에 벨저 리클레어가 고개를 끄덕인다.

"좋소. 우리 좀 더 구체적인 이야기를 해봅시다."

벨저 리클레어가 적극적으로 나서는 거 같자 선애는 환하게 웃으면서 입을 열었다.

"제 제안을 마음에 들어 해 주시니 정말 감사하군요. 그런데 여기에는 몇 가지 요구 조건이 있습니다만."

"무엇입니까?"

"이 마을의 드워프제 제품 중 대리석 제품들은 모두 그쪽에 양보하지요. 그러나 단 한 가지, 침대만은 저희 쪽으로 양보해 주셨으면 해요. 대신, 여러분께 괜찮은 건축 자재 한 가지를 소개해 드리지요."

이제 완전히 케리어 우먼 티를 보이며 능숙하게 상대방과 거래를 하는 선애의 모습을 보자니 뿌듯한 감정이 든다.

'흐음… 그런데 이거 우리 타이거 상회도 서대륙 무역을 본격적으로 하게 될지도 모르겠네.'

선애의 말에 그가 곰곰이 생각에 잠긴다. 아마 그로 인해 생기는 이익과 손해를 따져 보는 것이리라. 그가 그럴 동안 다른 사람들도 각자 자신의 생각에 조용히 빠져 있는데, 갑자기 밖에서 약간 소란스러운 소리가 들린다 싶더니만 우리가 있는 방문이 부서져라 벌컥 열리며 익숙한 붉은 머리가 나타났다.

"선애, 큰일 났어!"

무척이나 다급한 표정으로 헐떡거리며 선애를 부르는 드워프 녀석은 스터링이었다.

『선애야, 선애야』 7권에 계속…